유광현 新무협 판타지 소설
FANTASTIC ORIENTAL HEROES

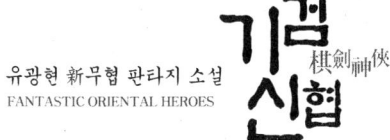

기검신협 棋劍神俠

기검신협 7

유광현 新무협 판타지 소설

초판 1쇄 찍은 날 § 2009년 7월 10일
초판 1쇄 펴낸 날 § 2009년 7월 17일

지은이 § 유광현
펴낸이 § 서경석

편집장 § 문혜영
편집책임 § 문정흠
편집 § 정서진

펴낸곳 § 도서출판 청어람
등록번호 § 제1081-1-89호
등록일자 § 1999. 5. 31
어람번호 § 제2-1782호

주소 § 경기도 부천시 원미구 심곡2동 163-2 서경B/D 3F (우) 420-822
전화 § 032-656-4452팩스 § 032-656-4453
http://www.chungeoram.com
E-mail § eoram99@chollian.net

ISBN 978-89-251-1871-0 04810
ISBN 978-89-251-1448-4 (세트)

유광현 新무협 판타지 소설
FANTASTIC ORIENTAL HEROES

7 [극기지동(極棋之洞)]

검기신협

棋劍神俠

도서출판
청어람

目次

第一章
독개

기검
신협 棋劍神俠

독개 1

산동악가 측에서 태자에게 내어준 거처는 고풍스러운 향취가 물씬 풍기는 방이었다. 갖가지 난들이 앙증맞고 수수한 꽃망울을 다투어 터뜨려 알싸한 난향이 방 안에 가득했다.

"저들에게 얘기했던 대로 자네 사질들은 죄인 형식으로 압송될 것일세. 하지만 자금성에 드는 즉시 자유로운 신분이 될 것을 약속하지. 원한다면 금의위 위사 직위 또한 보장해 주겠네."

"무엇 때문입니까?"

"뜻밖인가?"

태자의 물음에 무한은 끄덕일 수밖에 없었다.

"솔직히 그렇습니다."

"그랬겠지. 사실 과인이 자네의 직위를 보전해 준 것은 자네를 믿어서가 아니었네. 섭섭히 들릴지는 모르나 오히려 과인은 자네의 말보다 저들의 말을 더 신뢰하고 있네."

"한데 무엇 때문에 제 편에 서주신 것입니까? 소관이 정말 저들이 말한 그라면 전하께서는 무척이나 위험한 지경에 처해 계십니다."

"아니, 그렇지는 않을 게야. 지금껏 자네는 과인을 해할 기회가 얼마든지 있었네. 지금도 마음만 먹는다면 좋은 기회겠지. 자네가 무엇 때문에 진무사 자리에 올랐는지는 모르겠지만, 적어도 그 목적이 과인은 아닐 걸세."

무한은 고개를 무겁게 저었다.

"스스로 결백을 증명할 방법이 없으니, 지금은 아무 말씀도 드리지 않겠습니다."

"과인 또한 변명을 바란 것이 아니었네. 어떻게 들릴지 모르겠지만 과인은 오히려 자네가 마선이란 자와 연관이 있기를 바라고 있다네."

무한은 무례라는 생각도 하지 못한 채 태자의 얼굴을 뚫어지게 바라보았다. 그만큼 태자의 언행은 예측을 벗어나 있었다.

"무슨 말씀이신지 알 수 있겠습니까?"

"참게. 지금은 말할 단계가 아닐세. 궁에 든 후 차차 얘기해주겠네."

대체 태자의 진정한 속내는 무엇일까. 무한은 태자가 자신에게 무엇인가 바라고 있다는 생각을 지울 수가 없었다. 지금 보이는 태자의 호의는 치밀하게 계산된, 즉 훗날을 대비한 포석인 것이다.

태자가 무한의 상념을 깨웠다.

"그보다 자네는 먼저 지금 할 일이 있는 걸로 아는데?"

당장 해야 할 일. 물론 있었다.

태자를 거처에 모시고 밖으로 나오자마자 아예 지필묵을 준비해 복도에서 기다리고 있던 가홍이 앞을 가로막았다. 가홍의 표독스러운 눈과 무한의 무심한 눈이 잠시 얽혀들었다.

가홍은 무한의 심연 같은 눈을 감당하지 못하고 결국 먼저 시선을 피했다.

"자, 이제 말해봐."

"뭘 말이오?"

가홍은 이야기가 길어질 듯하자 무한의 소매를 잡고 옆방으로 끌고 들어갔다.

"앉아, 앉아서 편히 얘기하자고."

"바쁘니 용건만 간단히 말하시오."

무한의 맞은편에 앉은 가홍이 으르렁대며 말했다.

"나도 바빠. 누군 한가한 줄 알아?"

"뭘 알고 싶소?"

가홍이 성질을 이기지 못하고 글을 휘갈겨 쓰며 말했다.

"네 정체. 정말 네가 저들이 말한 수백 명을 죽였다는 그 괴물이야? 그래?"

가흥의 음성에는 추궁의 의지보다 실망했다는, 아니, 믿을 수 없다는 뜻이 가득했다.

　"내가 어떤 말을 하길 바라시오?"

　"진실!"

　"말하면 믿어주시겠소?"

　"그래, 믿어주지. 네가 그 괴물이라 해도 믿을 거고, 아니라고 해도 난 믿을 거야. 그러니 어서 말해봐."

　"이미 말한 걸로 아오."

　"정말 그럴 거야? 다시 한 번 똑바로 말해보라고! 난 지금 어느 때보다 심각해. 내 얼굴을 보고도 모르겠어?"

　"얼굴? 눈밖에 안 보이오만."

　무한의 말대로 가흥의 얼굴은 여전히 백포로 감겨 있었다.

　"지금 장난하는 게 아니잖아!"

　"나는 누구든 죽일 수 있소, 살아서 조선 땅을 밟기 위해서라면. 그리고 소중한 사람에게 누군가 위해를 가하려 한다면 망설임없이 검을 뽑아 들 거요."

　"그래서 살인마라는 거야, 아니라는 거야?!"

　"이유없는 살생은 하지 않소."

　"그럼 그 많은 사람들을 이유가 있어서 죽였단 말이야?"

　"어찌 그리 알아듣는 거요? 내 말은 내가 죽이지 않았다는 말이었소."

　가흥이 긴 한숨과 함께 가슴을 쓸어내렸다.

　"휴우! 그렇지? 정말 네가 아니지?"

"대답은 이미 했소."

"놀랐잖아. 알았어, 믿을게."

무한은 가홍이 안도의 한숨을 토하는 것을 보며 물었다.

"당신이야말로 정체가 뭐요?"

무한의 물음에 가홍이 움찔했다.

"헤헤, 지금 뭐라고 했어? 글씨체가 삐뚤빼뚤해서 도무지 알아볼 수가 없네."

다른 말은 잘도 구별하던 아가씨가 이제는 숫제 무한의 글 씨 타령을 해댔다.

"당신의 정체."

이번에는 제법 또렷한 한어가 무한이 입에서 튀어나온 대다 가 글씨체도 반듯하니 알아듣지 못한 척할 수가 없었기에 괜 스레 호들갑을 떨어댔다.

"어마, 아직 몰랐어? 나, 태자 전하의 호위. 전에는 세자 저 하의 호위였지만."

참으로 못 말릴 아가씨다. 무한은 더 이야기해 봐야 머리만 아파질 것 같아 고개를 절레절레 저으며 일어섰다.

"어딜 가는데?"

가홍이 득달같이 일어나 입구를 막아서며 말했다.

"사질들을 만나봐야겠소."

"아, 그 스님들?"

무한이 끄덕이자 가홍이 까만 눈동자를 데굴데굴 굴리며 말 했다.

"그런데 어떻게 스님들이 네 사질이 될 수가 있지? 아하! 불문을 사문으로 둔 속가제자라는 건가?"

혼자 묻고 혼자 대답하던 가흥은 문득 무한이 자신을 뚫어지게 바라보고 있는 것을 발견하고 팔짱을 끼며 눈을 치켜떴다.

"왜 날 그런 눈으로 보는 거야?"

무한은 황당해서 잠시 할 말을 잃었다. 앞을 막아서서 비켜주지 않으니 길을 내달라는 시선을 보낸 것뿐인데 이런 당돌한 추궁이라니.

"……?"

"흥, 왜 말이 없어? 순진한 줄 알았더니 생각보다 엉큼한 구석이 있잖아?"

무한이 얼굴을 있는 대로 찡그리며 말했다.

"그건 또 무슨 억지요?"

"방금 내 얼굴 보고 싶다고 생각했잖아? 아니라고 할 거야?"

어떻게 저럴 수가 있나 싶을 정도로 말 한 마디 한 마디가 예상을 벗어난다. 그야말로 행동 하나하나가 돌발적이다. 그런데도 기분이 나쁘다거나 거부감이 없으니 이상한 일이다. 천방지축일망정 악의가 없기 때문일 것이다.

무한은 사실 가흥의 신분을 어느 정도 눈치채고 있었다. 자신은 한사코 호위무사라고 말했지만 행동 자체가 호위무사와는 거리가 멀었다.

태자나 세자를 대함에 있어서 크게 어려워하는 기색이 없는

데다, 북진무사라면 지고한 위치인데 반말을 서슴지 않는다. 바보가 아닌 바에야 황실과 관련된 여자라는 걸 눈치채지 못할 리가 없다.

다만 황실의 피를 이은 사람이 어찌 저리 천방지축일 수 있는지, 뇌의 절반은 권위의식으로 채워진 황가에서 왜 아무도 그런 그녀를 제지하지 않는지 의아할 뿐이었다.

"뭐야, 또 음흉한 생각을 하고 있는 거지!"

무한은 더 얘기해 봐야 골치만 아파질 것 같아 아예 입을 다물었다. 가로막는다고 지나가지 못할 그가 아니었다.

무한이 가홍을 연기처럼 따돌리고 건물 밖으로 나왔을 때였다. 그가 나오기를 기다리고 있었는지 풍천개가 빠른 걸음으로 다가왔다.

"지금 상황이 이리됐다고 기고만장해하지 마라."

"사질들을 보고 싶습니다."

"흥! 그렇지 않아도 네 녀석을 보고자 하는 분이 계시니 따라나서라."

풍천개가 휑하니 돌아서서 저만치 앞서 나갔다.

무한이 풍천개의 뒤를 따라 도착한 곳은 산동악가의 의약당(醫藥堂)이었다. 편액이 걸린 문을 열고 들어가니 내부에 몇 채의 건물이 늘어서 있었다. 다시 건물들을 지나 구불구불한 길을 따라 들어가니 다른 건물에 비해 작고 초라한 모옥 한 채가 나타났다.

부엌으로 보이는 쪽문 틈으로 연기와 함께 진한 약 냄새가 풍겨 나오고 있었다.

"사백, 녀석을 데리고 왔습니다."

"부정 탈라, 게서 기다려라." ·

어딘지 꼬장꼬장한 느낌이 드는 노회한 음성이었다.

얼마 후, 삐거덕거리는 소리와 함께 쪽문이 열리고 탕약 사발을 든 노인이 모습을 드러냈다. 거의 직각으로 굽은 허리와 검은 머리카락 하나 없는 순전한 백발이 살아온 세월을 짐작케 했다.

무한과 풍천개가 있는 것을 잊은 것일까, 이쪽은 한 번도 바라보지도 않고 노인은 곧바로 방으로 들어갔다.

다시 반 각 정도의 시간이 속절없이 흘렀다. 노인이 방문을 열고 나오더니 마당 가운데 놓인 평상에 털썩 주저앉았다.

"아이고, 삭신이야. 늘그막에 이게 무슨 고생이란 말이냐."

신세 한탄을 한바탕 쏟아낸 노인은 슬쩍 무한의 위아래를 쓸어보았다. 그러는가 싶더니 시선을 풍천개에게 옮겼다.

"이놈이 그놈이라고?"

"그렇습니다."

육십이 넘은 풍천개가 더없이 정중히 대하는 자. 노인은 무림의 산 중인이요, 개방의 최고 어른인 독개 주일평이었다.

"당장에라도 쳐 죽일 것처럼 하더니, 어째 멀쩡하게 데리고 왔누?"

"태자마저 놈의 편을 들고 나서니 방법이 있어야지요."

"오호라, 태자가 복병이었단 말이지? 한데 조선인이라고?"

"진위 여부는 알 수 없지만 일단은 그렇게 알고 있습니다."

독개가 알았다는 듯 끄덕이며 무한에게 말했다.

"이놈아, 네놈이 진정 그 괴물의 제자더냐?"

무한은 노인의 물음에 흠칫 놀라고 말았다.

"놀라는 걸 보니 찔리는 것이 있기는 있는 모양이구나."

"어찌 조선말을 아시는 겁니까?"

"이놈 봐라? 노부가 조선말을 하면 안 된다는 법이라도 있더냐?"

무한이 놀란 이유는 독개의 입에서 나온 말이 조선말이었기 때문이다. 억양이 약간 어색한 점이 있기는 했지만 알아듣는 데는 전혀 지장이 없었다.

풍천개도 놀란 모양이었다.

"사백, 조선어는 또 언제 배우신 것입니까?"

"허허, 노부의 발길이 미치지 않은 곳이 어디 한 군데라도 있다더냐. 조선 땅에서 한 삼 년 지냈더니라."

풍천개는 독개가 종적을 감춘 지난날 동안 조선에 있었다고 하자 의아함을 감추지 못했다. 방랑벽이 있는 건 사실이었지만 여직 타국까지 넘어간 적이 없었다. 더군다나 중원 땅이 좁다고 종횡무진하는 사람인데 좁디좁은 조선 땅에서 삼 년이나 머물렀다는 것이 언뜻 납득이 가지 않았다.

하지만 독개의 다음 말에 의문이 저절로 풀렸다.

"쇠 신이 닳도록 그의 행적을 찾아도 중원에는 없으니 혹여 그곳에 있을까 싶어 가봤더니라."

그라 했다. 독개의 삶과 뗄래야 뗄 수 없는 사람. 독개의 삶은 거의 한 사람에게 바쳐졌다고 해도 과언이 아니었다. 물론 그라 함은 마선을 말함이었다.

독개가 어두운 표정의 무한에게 말했다.

"궁금할 테니 들어가 보아라. 단, 반 각 안에 나와야 한다."

방으로 들어가는 무한의 뒷모습을 바라보던 풍천개가 낮은 음성으로 물었다.

"사백, 어찌 보셨습니까?"

"그와 여러 면에서 닮았다."

풍천개가 놀란 얼굴로 말했다.

"하면 녀석이 마선의 핏줄이란 말씀이십니까?"

"쯧, 나이가 들어도 멍청한 것은 변함이 없구나. 외모를 말하는 것이 아니라 느낌이 그렇다는 것이다. 무섭도록 안정된 기도, 속을 알 수 없는 눈빛."

"어쨌거나 녀석이 그의 제자인 것만은 틀림없습니다. 일이 또 터졌습니다."

"이번에는 또 무슨 일이냐?"

"풍소백이 죽었습니다."

바로 코앞에서 벼락이 떨어져도 놀랄 것 같지 않던 독개가 놀란 몸짓으로 평상을 두드렸다.

"뭐라! 누가 죽어?"

"경천도 풍소백 말입니다. 객잔 안에서 시신이 발견되었습니다. 칼만 빼 들었지, 전혀 반항한 흔적도 없이 말입니다."

"허허! 세상이 어찌 되려고 이러누!"

"이 또한 녀석의 소행이 틀림없습니다. 이제 어찌하실 계획이십니까? 이대로 놈을 궁으로 들여보내실 작정이십니까?"

"하면 어찌하겠느냐, 태자가 녀석을 감싸고 나선 마당에."

"그냥 죽이고 입을 씻으면 태자가 어찌하겠습니까."

"무모한 짓이다. 태자의 위세가 정화라는 내시 놈에게 눌려 있다 하나 엄연히 다음 대 보위를 이을 예비 천자이니라."

"경천도가 정화의 사주를 받고 태자를 죽이려 했습니다. 동창도 살의를 품고 이곳 문 앞까지 왔다가 돌아갔단 말입니다. 그런데도 태자가 황제의 위를 이을 거라 생각하십니까?"

"그것은 모르는 일이다. 정말 정화가 태자를 죽일 마음이 있었다면 지금쯤 이곳은 쑥밭이 되었을 것이다. 그자의 무력은 바로 그런 것이다."

독개의 말에 풍천개가 부르르 떨었다. 생각해 보니 사백의 말이 옳다. 만에 하나의 가능성도 허투루 넘겨서는 안 된다. 태자가 보위에라도 오르는 날이면 자칫 그 화가 개방 전체에 미칠 수도 있는 일이었다.

"휴, 하면 이대로 녀석을 궁으로 들여보내야 한단 말씀이십니까?"

"일단은 태자의 뜻이 그러하니 녀석이 호위를 마칠 때까지 두고 보자."

"그 후에라도 뾰족한 수단이 없질 않습니까? 녀석이 궁 안에 있는 이상 어찌할 방도가 없지 않겠습니까?"

"그야 제 발로 나오도록 만들면 되지 않겠느냐."

독개는 궁성에 든 무한을 끌어낼 확실한 묘안이 있다는 듯 전혀 근심하는 빛이 없었다.

한편 방 안에 든 무한은 나란히 누운 만평과 중평을 바라보며 할 말을 잃었다. 전신에 붕대를 두른 만평은 호흡이 일정치 않고 낯빛은 마치 납덩이같았다. 하지만 그나마 만평은 중평에 비하면 나은 축에 속했다.

중평은 호흡이 있는 듯 없는 듯 미미하기 그지없어 청각이 일반인에 비해 몇 배나 예민한 무한의 귀에도 간신히 들릴 정도였다.

"흐음……."

무한은 이들의 참담한 모습에 신음이 절로 터졌다. 가슴이 미어져 숨이 막혀왔다.

간신히 흔들리는 마음을 추스르고 먼저 만평의 맥을 살폈다. 불규칙한 중에 한가닥 끈질긴 기운이 느껴졌다. 그 기운의 정체는 누구보다도 무한이 잘 알고 있었다. 그가 직접 전수했던 도선진기였던 것이다.

의술에 문외한인 무한이 보기에도 만평은 생명에는 지장이 없었다.

한숨 돌린 무한은 이어 중평의 맥을 살폈다.

"아!"

맥이 잡히지 않는다. 이건 호흡보다 더욱 미미하다. 이래서야 어찌 산 사람이라고 할 수 있겠는가. 정말이지 살아 있는 자체가 용할 지경이었다.

삐거덕.

그때 조용히 방문이 열리고 독개가 들어서며 무한이 중평의 맥을 짚고 있는 것을 보고 혀를 찼다.

"쯧쯧, 그래, 네 보기엔 어떤 것 같으냐?"

무한은 옷매무새를 바로하고 독개에게 큰절을 올렸다.

"어르신, 감사합니다."

무한은 진심으로 독개에게 감사했다. 만평이야 그렇다 쳐도 중평이 지금껏 목숨을 잇고 있는 것은 일반적인 상식으로 설명이 불가능했다. 전신 근맥이 대부분 끊어졌다. 그나마 끊어지지 않은 맥은 제멋대로 얽히고설켜 진기가 전혀 공급되지 않고 있었다.

한데 단 한 가닥, 심장으로 직접 흐르는 맥이 아직 살아 있었다. 운이 좋아 다치지 않은 것이 아니라 살리려고 애쓴 태가 역력했다. 즉, 죽기 일보 직전의 중평을 독개가 살려낸 것이었다.

독개는 무한이 자신의 노고를 알아주자 옅은 미소를 띠며 말했다.

"무공의 원류야 어쨌든 예의가 바른 것을 보니 조선 사람은 조선 사람이구나."

"어르신, 중평이 어찌되겠습니까?"

"이 아이의 법명이 중평이었더냐? 허허, 한데 알면서 묻는

저의가 무엇이냐?"

"살려주십시오. 반드시 살리셔야 합니다."

"노부는 독을 다루는 사람이기 이전에 의원이니라. 하여 그 신분이 무엇이든 관여치 않고 목숨을 붙여놓은 것이다. 녀석의 상태가 나쁜 중에도 극악(極惡)이라 노부가 과연 살릴 수 있는지 시험하고 싶은 욕구도 있었음을 숨기지는 않겠다. 하지만 더 이상은 의미가 없다. 깨어나지도 못하겠지만, 설령 천우신조가 있어 깨어난다 해도 손가락 하나 까딱하지 못할 신세로 평생을 살아야 할 것이다."

독개의 말에 무한은 아득한 기분을 떨치기 힘들었다.

"반드시 어떤 방법이 있을 것입니다. 어찌하면 살릴 수 있겠습니까? 대체 누구에게 보이면 중평의 목숨을 살릴 수 있겠습니까?"

"노부가 살리지 못하면 그 누구도 살릴 수 없다."

청천벽력이었다.

무한은 모르고 있었지만, 독개의 말은 과장이 아니었다. 그는 무림 전역을 통틀어 사천당가의 독절(毒絶) 당운천과 더불어 의술과 독술에 관한한 독보적인 존재였다. 흑백괴동을 중독시키고 기련존자의 그늘로 들어간 고독정도 그에 비하면 햇병아리에 불과했다.

"일단 목숨을 유지시킬 방도를 알려주십시오. 당장 내일 떠나야 하는데 이대로는 버티지 못합니다."

무한은 당장은 방법이 없더라도 시간이 지나면 어떤 수가 생기리라 믿었다. 독개는 자신이 못하면 아무도 못한다고 단정했지만 자금성에 들면 어의가 있으니 혹시 모를 일이었다.

"목숨을 한동안 유지시켜 달라… 그건 전혀 불가능한 일은 아니다. 하지만 그 또한 결코 쉽지 않은 일이다."

"제가 어찌하면 됩니까? 말씀해 주십시오."

독개가 거의 애원하다시피 매달리는 무한에게 말했다.

"영약이 필요하다."

무한이 아는 영약이라고는 산삼이 유일했다.

"백 년근 산삼 같은 것을 말씀하시는지요?"

독개의 어이없다는 표정에 무한이 말했다.

"설마 그것으로도 안 된단 말씀이십니까?"

"그 열 배다."

그야말로 입이 떡 벌어지는 말이었다. 열 배라면 천 년근을 말함이 아닌가.

무한은 얼굴이 하얗게 질려서 말을 잇지 못했다. 말이 천년삼이지, 실제로 그런 것이 있는지조차 의문이다.

"아쉬운 대로 사오백 년근이라면 한 보름쯤은 연명이 가능할지도 모르지."

천 년근이나 사오백 년근이나 구할 수 없는 건 마찬가지였다. 침통해하던 무한은 갑작스레 떠오르는 것이 있어 급히 품속을 뒤졌다. 곧 약노에게서 받은 반쪽짜리 단환이 손에 쥐어졌다.

단환을 받아 든 독개는 시큰둥한 얼굴이었다. 은박을 슬쩍 벗겨보더니 반쪽인 걸 알고 볼 것도 없다는 듯 던지듯이 무한에게 건넸다.

"그깟 것으로 어찌 죽어가는 사람의 목숨을 연장시킬 수 있겠느냐? 게다가 고작 반쪽짜리……."

독개는 말을 하다 말고 코를 찡긋거렸다. 코끝을 스치는 기이한 향, 독개는 향의 근원이 단환임을 깨닫고 무한에게서 단환을 빼앗듯 낚아챘다.

"이건 천령수오향이 아닌가. 게다가 천산영초향까지!"

무한은 알 수 없는 말을 중얼거리는 독개를 긴장한 얼굴로 바라보았다.

"이, 이걸 어디서 얻었더냐?"

"그건 며칠 전 약노 어르신에게서 받은 것입니다."

"약노? 약노라니, 그가 누구더냐?"

"전대 기대조셨다는 것밖에 저도 아는 바가 없습니다."

"기대조라면, 황상의 바둑 선생을 말함이더냐?"

무한이 고개를 끄덕이자 독개는 턱까지 괴고 생각에 잠겼다. 눈은 여전히 단환에 고정된 채였다.

"그 단환에 무슨 문제라도 있는 것입니까?"

무한의 물음에 독개는 눈을 가늘게 뜨고 무한을 탐색의 시선으로 바라보았다.

"잘 알지도 못하는 기대조라는 사람이 이걸 네게 주었다?"

"그렇습니다."

"허허, 참으로 믿기 힘든 일이로다. 네 녀석은 이것이 무언지 알고나 있는 것이냐?"

"그것이 무엇이기에 그러십니까?"

"반쪽인 걸 보니 반은 먹은 것 같은데… 그래, 어떻더냐?"

"적지 않은 내상이 단시간 안에 거의 말끔히 치유할 수 있었습니다. 하여 귀한 것이라는 생각은 하고 있었습니다만……."

"단시간 안에 치유되었다? 허허, 괴이한 일이로다."

"그것이 무슨 말씀이신지……."

"진정 모르는 것인지 모르는 체하는 것인지는 모르겠다만, 설명해 줄 터이니 잘 들어라. 이 단환은 천령수오와 천산영초라는 약초로 만들어진 것이다. 그밖에도 여러 진귀한 약재가 섞여 있는 것 같다만, 주가 되는 약재는 그 두 가지라고 보면 될 것이다. 이 두 약재의 공통점은 즉효를 기대하기 힘들다는 데 있다."

천령수오.

천산영초.

무한으로서는 난생처음 듣는 이름의 약초였다.

"견문이 적은 저로서는 처음 듣는 이름들이군요."

"견문이 적다고 스스로를 낮출 것 없다. 두 약재는 약재상을 하는 자라 할지라도 아는 자가 극히 적다. 이유인즉슨, 중원 밖 천산이라는 영산에서만 자생하는 영약이기 때문이다. 더욱이 구하기가 천년삼만큼이나 어려운 것들이니 아는 사람이 적을 밖에."

무한은 놀라지 않을 수 없었다.

"하면 이것으로 중평의 목숨을 연장할 수 있다는 말씀이십니까?"

"강추위를 이겨내고 눈 속에 자생하는 녀석들이다. 아까 말했다시피 즉각적인 효능이야 천년삼에 미치지 못하겠지만 생명을 연장하는 은은한 효능만큼은 천년삼보다 탁월하다 봐야할 것이다."

독개의 말대로라면 중평에게 이보다 좋은 영약은 없을 터였다. 이건 마치 약노가 자신이 아닌, 중평의 처지를 알고 그에게 준 것 같지 않은가. 그토록 진귀한 영단을 자신에게 서슴없이 주다니, 무한은 약노에게 달려가 천 번이고 만 번이고 절하고픈 심정이었다.

"하면 이것으로 중평의 목숨을 어느 정도 유지시킬 수 있겠습니까?"

"사람마다 체질이 다르니 어찌 장담하겠느냐. 이 녀석이 어찌 받아들이느냐에 따라 달라질 것이다."

"그렇다고 해도 대략적인 시일을 예상할 수는 있지 않겠습니까?"

"단환이 온전치 않고 들어간 약재가 미량이니 큰 기대는 하지 않는 것이 좋을 것이다. 최소한으로 잡아도 보름은 너끈히 버티겠지만 한 달을 넘기기는 힘들 것이다."

한 달, 중평을 살리기 위해 주어진 시간이었다.

2

가주 악대명은 태자와 반 시진가량 면담을 한 후 곧바로 빈청에 들었다. 그곳에는 정법을 위시한 소림의 금강승들과 각파의 고수들이 모두 자리하고 있었다.

"기다리게 해서 송구하오."

악대명이 착석하기 무섭게 남궁민이 물어왔다.

"태자께서 뭐라고 말하시오? 정말 고집대로 그자를 궁성에 들이실 거랍니까?"

"설득할 수 없었소이다."

꽝!

비폭검 남궁탁이 탁자를 거칠게 내려치며 분노를 표출했다.

"참으로 어리석은 자 같으니라고! 저런 자가 어찌 일국의 황제가 된단 말인가!"

"저런! 말씀이 새어나가겠소이다. 정말 역도로 몰리고 싶어 그러십니까."

악대명이 안색이 변해서 남궁탁을 제지했다.

"답답해서 하는 말이오이다. 원수 놈을 앞에 두고도 봐라만 봐야 하니 말이오."

"허허, 빈도라고 어찌 답답치 않겠소. 하지만 태자의 명을 어긴다는 것은 조정에 반기를 드는 것과 같은데 어찌 섣불리 움직이겠소이까."

능공의 조심스러운 발언을 분천검 남궁도가 과격하게 받았다.

"그래 봐야 이빨 빠진 호랑이에 불과한 태자가 아니오? 우리가 밀어붙인다면 그로서도 어쩔 수 없을 거라 보오. 태자는 당장 자금성에 들어가는 것조차 우리에게 의지하는 형편이 아니란 말이오!"

이제껏 잠자코 있던 능허가 입을 열었다.

"허허, 아무리 힘을 잃은 태자라 하나 무림과 태자가 서로 반목한다면 혼란이 가중될 것이오. 그것을 반길 사람은 태감 정화밖에 더 있겠소이까. 어찌 도적 같은 그에게 이로운 일을 할 수 있겠소?"

의견이 분분한 가운데 풍천개가 빈청으로 들어서자 모두가 설전을 그치고 풍소백에게로 눈을 돌렸다.

"풍 장로, 무슨 좋은 소식이라도 있소? 어찌 그리 표정이 밝으신 게요?"

"허허, 그야말로 가뭄에 단비 같은 소식이 있소이다."

풍천개가 희색이 만면한 얼굴로 빈청으로 들어서다 개방도로부터 전해 받은 전서를 정법에게 내밀었다. 전서를 읽은 정법의 얼굴이 눈에 띄게 밝아졌다. 전서가 손에서 손으로 전해졌다.

"아니, 이게 정말이오?"

마지막으로 전서를 읽은 남궁민이 놀람을 감추지 못한 목소리로 말했다.

"틀림없소이다. 개방 지부 두 곳에서 연이어 도착했소."

"허허, 한데 기련존자의 등장을 마냥 좋게만 받아들여도 될

지 모르겠구려."

남궁민이 다소 신중한 자세를 취하자 풍천개가 말했다.

"길한 징조로 해석해도 무리가 없다고 보오."

"기련존자는 정파인지 사파인지조차 알려지지 않은 신비에 싸인 인물이오. 한데 그가 마선을 저지할 거라 지레짐작하는 건 지나친 희망 아니오? 노부는 지나친 희망은 마땅히 경계해야 한다고 생각하오."

난데없는 기련존자의 출현에 들떠 있던 사람들은 남궁민의 냉정한 분석에 고개를 끄덕였다. 하지만 풍천개의 생각은 다른 모양이었다.

"노부의 생각은 다르오. 그건 여러분께서 흑백괴동에 대해 잘 알지 못하기 때문에 하시는 말씀이오."

"흑백괴동에 대해 잘 모른다?"

"그렇소이다."

"하면 지금부터 노부가 그들에 대해 아는 것을 말할 테니 어디가 틀렸는지 말씀해 보시오. 노부가 아는 그 괴이한 자들은 정사 양도에 두루 발을 걸치고 있지만, 굳이 무공의 본류로 따지자면 정도의 인물이라 할 수 있소. 한데 무공만 믿고 정파무인으로서 해서는 안 될 일을 서슴지 않더니, 몇 해 전부터는 아예 마도 문파인 경천신문의 빈객으로 들어갔소. 격식과 예의 따위는 헌신짝보다 못하게 여기는 그들은 정파의 수치이자, 뭐든 내키는 행동하는 무림의 골칫덩어리들이오."

남궁민의 말에 다들 고개를 끄덕였다. 다른 이들도 흑백괴동에 대한 인식이 그와 별반 다르지 않았던 것이다.

남궁민은 흑백괴동에 대한 악담을 늘어놓고는 팔짱을 끼며 이제 뭐가 틀렸는지 말해보라는 눈빛을 보냈다.

"그들은 행실이 자유분방한 것은 사실이오. 하나, 아시다시피 결코 용서받지 못할 악행을 저지르는 부류는 아니오. 노부가 본 그들은 누구보다도 성정이 바른 자들이었고, 무림의 앞날을 근심하는 강호의 동도였소. 무한이라는 녀석이 마선의 제자임을 가장 먼저 알아채서 노부에게 알린 사람도 그들이었고, 그의 악행을 저지하기 위해 최선을 다했소."

"하면 흑백괴동이 개과천선하여 정파로 돌아서기라도 했다는 말씀이시오?"

남궁민의 말에 풍천개는 내심 탄식했다. 참으로 답답한 사람이 아닌가. 어찌 세상을 흑(黑)이 아니면 백(白)으로만 본단 말인가.

흑백괴동은 정파의 이 같은 고리타분한 모습과 지나치게 과격한 마도의 모습을 경계하는 정사 양도의 인물이었다. 굳이 따지자면 정과 사, 양쪽 모두에 속한 인물이 아니라 양측 어디에도 속하지 않는 사람들이었다.

한데 그런 사람들을 단순 흑백논리로만 제단하려 들다니.

풍천개가 근심 가득한 얼굴로 좌중을 둘러보며 말했다.

"흑백괴동이 기련존자를 따르게 된 것으로 미루어 기련존자 또한 정사 양도의 성격을 띤 인물일 가능성이 높다고 생각되오. 흑백괴동에게 그랬던 것처럼 기련존자를 아군이 아니면 적군이란 식으로 대하시려오?"

흑백괴동과 기련존자는 완전히 다르다. 흑백괴동을 무시할 수는 있었지만, 기련존자에게 그랬다가는 문파 전체가 평안치 못할 수도 있었다.

그 점을 잘 알기에 누구도 풍천개의 물음에 선뜻 대꾸하지 못했다. 강자에게 약하고 약자에게 강한, 이러한 모습이야말로 정파의 위선적인 단면이었다.

풍천개가 씁쓸한 미소를 지으며 말했다.

"흑백괴동이 마선의 제자의 행적을 뒤쫓고 있다 하니 기련존자 또한 마선을 제지하려는 뜻을 품었다고 보이오. 행여 기련존자의 언행이 마음에 들지 않더라도 제발 품을 넓게 가지고 기련존자를 대해주시길 부탁드리오."

풍천개의 말은 가만 두면 아군이 될 기련존자를 굳이 자극해서 적으로 만들지 말자는 얘기였다.

자존심 강한 남궁민이 가만히 듣지 못하고 또 토를 달았다.

"험! 곧 뭇 세가들과 화산파의 고수가 속속 도착할 터인데 굳이 기련존자까지 필요하겠소? 더군다나 일검진혼이 수련을 끝내고 산을 내려왔다는 풍문까지 들리는 마당에."

비폭검 낭궁탁이 그 말에 동조했다.

"사실 우리가 힘이 없어서 녀석을 두고 보는 것이 아닌데, 어찌 우리에게 기련존자의 눈치를 보자고 하시는 게요? 더군다나 기련존자는 중원인도 아니질 않소이까?"

남궁탁의 말에 다른 남궁가 고수들이 고개를 끄덕였다. 소림과 무당의 여섯 고인도 은근히 그 말에 공감하는 눈치였다.

풍천개는 문득 뒤통수를 한 대씩 후려치고 싶다는 생각이
들었다.

"끄응, 어찌 노부의 말을 곡해하시오? 상대방의 다른 점을
이해하고 인정하자는 것이지, 절대로 고개를 숙이자는 말이
아니었소. 그리고 대연검께서 우리의 힘이 충분하다 하시니
묻겠소이다."

남궁민이 목을 뻣뻣이 들고 말했다.

"기탄없이 말씀해 보시구려."

풍천개는 내심 비웃으며 말했다.

"우리의 가장 큰 적은 마선의 제자가 아니라 마선이오. 한데
도 힘이 충분하다 하시니, 혹시 여러분들 문파에서 각자 남몰
래 마선을 상대할 비책을 마련해 두고 있기라도 한 것이오? 허
허, 정말 그런 것이라면 중원인도 아닌 기련존자의 힘을 굳이
빌릴 필요가 없겠구려. 그 앞에서 말조심을 할 필요도 없고 말
이오."

풍천개의 촌철살인에 남궁민은 당황한 기색을 숨기지 못했
다. 마선의 제자 하나 감당 못해 지부가 쑥대밭이 된 마당에
마선을 남궁세가가 어찌 감당한단 말인가.

"험! 노부의 생각이 짧았소이다."

악대명이 다소 어수선해진 분위기를 일신시켰다.

"어쨌든 다행이 아닐 수 없소이다. 우리 정파의 역량이 총집
결되고 기련존자까지 가세한다면 마선이 어떤 계략을 꾸민다

해도 능히 대처할 수 있으리라 보오."

"아미타불, 신창 시주의 말씀이 옳소이다. 하지만 문제가 전혀 없는 것은 아닌 것 같구려. 마선의 제자가 폭주를 하면 막을 자가 없다고 들었소. 폭주 때에 맞춰 궁성을 빠져나와 인명을 해친 후 다시 궁성으로 들어간다면 도리가 없질 않겠소?"

그러고 보니 정법의 말에 일리가 있다. 태자는 엄격히 조사해 엄히 처결할 것이라 말했지만 그 말을 믿는 사람은 아무도 없었다. 설령 공정한 조사를 한다고 해도 문제였다. 조사에는 시일이 필요하니 필시 그 안에 폭주를 할 터였다.

"그 점은 걱정하지 않으셔도 될 것 같소이다. 본 방의 최고 어른인 독개 사백께서……."

풍천개의 말이 이어지자 모두의 얼굴에 화색이 돌기 시작했다.

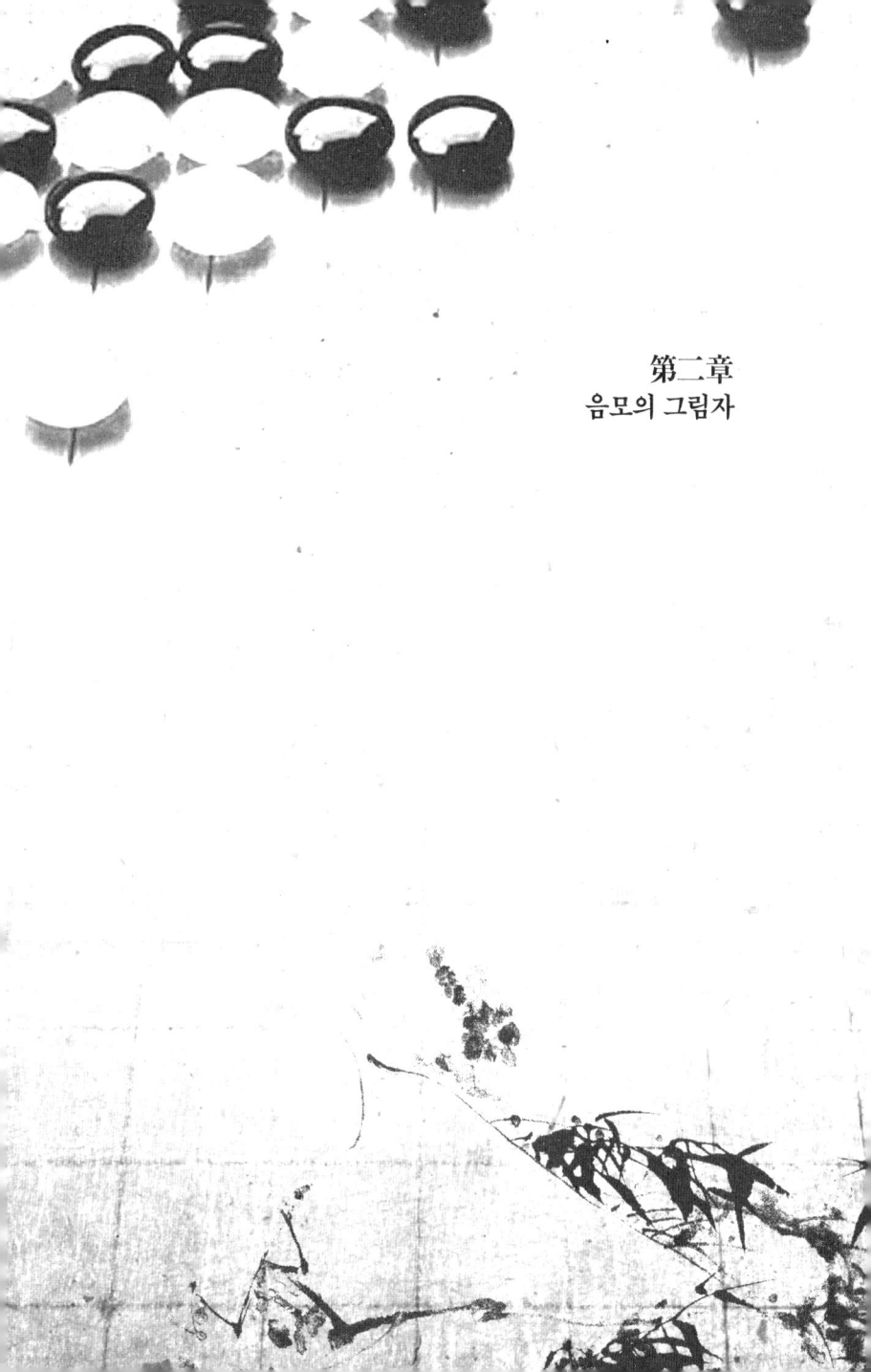

第二章
음모의 그림자

기검
신협 棋劍神俠

음모의 그림자 1

    회의를 끝낸 악대명은 빠른 걸음으로 처소에 들었다. 밖은 짙은 어둠이 내린 지 오래였다.

    처소에 든 악대명은 불을 켤 생각도 하지 않고 잠시 그대로 서 있었다. 눈을 감고 주위를 경계하던 그는 곧 주변에 아무도 없다는 걸 확인하고 유령처럼 침대로 스며들었다.

    은밀히 침대 밑으로 꺼져 든 악대명은 칠흑 같은 어둠에도 아랑곳없이 성큼성큼 발을 내딛었다. 족히 서른 계단을 넘게 내려간 그는 양옆이 막힌 곧게 뻗은 길을 따라 걷기 시작했다.

    걷는 중간 중간 가지처럼 옆으로 뻗은 길로 들어서서 몇 번이나 방향을 바꾼 끝에 도달한 곳은 삼면이 석벽으로 가로막힌 열 평 남짓한 밀실이었다.

밀실 중앙에 둥근 돌 탁자 하나와 탁자 주변으로 네 개의 돌 의자가 덩그러니 놓여 있었다.

드르릉, 쿵!

악대명이 안으로 들어서서 뭔가를 건드리자 그가 들어왔던 길마저 육중한 석벽이 내려와 막아버렸다. 이제는 사방이 가로막힌 석실이 되어버린 것이었다.

세상과의 완전한 단절이었다. 밤말은 쥐가 듣고 낮말은 새가 듣는다지만, 이곳에서 일어나는 일들은 쥐도 새도 모를 것 같았다.

대체 이토록 철통같은 보안이 필요한 일이란 무엇일까.

얼마쯤 지나자 숨 막히는 고요를 깨뜨리는 소리가 있었다.

드르륵, 쿵!

악대명이 들어왔던 반대편 벽이 좌측으로 밀려 나갔다. 한 줄기 미풍이 석실에 들어오는가 싶더니 밀려 나갔던 벽이 원위치를 되찾았다.

탁, 화악!

화석(火石) 튕기는 소리와 함께 석실이 대번에 밝아졌다. 석실 안을 온통 점령하고 있던 어둠은 중앙에 놓인 작은 촛불 하나에 놀라 석실 가장자리로 줄행랑을 놓았다.

어둠이 밀려간 자리에 석실의 풍경이 드러났다.

놀라운 일이었다. 어느새 악대명의 맞은편 석좌에는 나이를 짐작하기 힘든 노인이 그린 듯이 앉아 있었다.

석벽의 여닫침과 함께 홀연히 나타난 노인.

검은머리 하나 섞이지 않은 백발과 검버섯 자국으로 고스란히 남아 있는 세월의 흔적들. 그러나 피부는 나이를 역으로 거슬러 윤기가 흘렀고, 눈은 형형히 빛나고 있었다.

노인이 카랑카랑한 음성으로 정적을 무참히 깨뜨렸다.

"밖은 아직도 소란스럽더냐?"

악대명이 더없이 공손한 자세로 말했다.

"일시적인 일이니 아버님께서 크게 근심하실 일이 아닙니다."

악대명의 입에서 흘러나온 호칭, 분명 아버님이라 했다. 세상에 알려진 악대명의 부친 악환수는 이미 수년 전에 죽은 사람이었다. 한데 이토록 버젓이 살아 있다니.

산동악가의 전대 가주 악환수. 그는 창왕이라는 별호로 명성을 떨친 자로, 그와 절친했던 창절 황보천력과 더불어 창술에 관한한 독보적인 존재로 평가받는 인물이었다.

악대명의 나이는 이제 오십대 중반에 불과했지만, 그를 뒤늦게 얻었던 악환수는 이미 구십을 넘기고 백 세를 바라보는 나이였다. 황보천력, 마선, 독개 등과 동시대의 인물인 것이다.

한데 이미 수년 전 죽어 장사까지 치른 그가 이런 곳에 멀쩡히 살아서 나타날 줄이야. 죽은 자가 살아난 것도 그렇거니와, 부자지간의 만남치고는 지나치게 은밀했다.

드르륵, 쿵! 드르륵, 쿵!

다시 양쪽 석벽이 약간의 시간 차를 두고 열리더니, 긴 그림자를 늘어뜨리며 두 사람이 모습을 드러냈다. 둘 모두 못해도 육십은 넘어 보였는데, 강인한 인상과 더불어 나이에 맞지 않게 다부진 체격을 가지고 있었다.

두 노인이 밀실로 들어서자 악대명이 일어서서 맞이했다.

"형님들, 수고가 많으십니다."

"가문을 이끄는 자네가 고생이지, 어찌 이 못난 형들이 고생인가."

악대명의 인사를 웃는 낯으로 받은 두 노인은 먼저 도착해 있던 악환수에게 공손히 절했다.

"숙부님을 뵙습니다."

이번에는 숙부라 했다. 악환수의 조카는 모두 셋으로, 천룡창 악소교, 수호창 악후륜, 전류창 악대오가 그들이었다.

셋 중 경영 수완이 뛰어나 총관으로 있는 악대오를 뺀 두 형제는 무재가 뛰어났다. 일찍이 창술이 절정 경지에 든 그들은 산동악가를 떠받치는 기둥이라 할 수 있었다.

산동악가의 거물들로 자리가 모두 채워지자 밀실의 분위기가 무르익었다.

"무한이란 아이에 대한 일은 어찌 되어가느냐?"

악환수의 물음에 악대명이 즉시 대답했다.

"녀석에게 혐의가 굳어져 가는 분위기입니다. 누구도 의심치 않고 있습니다."

"허허, 독개의 눈은 누구보다 날카롭다. 설마 그마저 의심치 않고 있단 얘기냐?"

"그렇습니다. 의심은커녕 그 스스로 놈을 잡을 비책을 마련하기까지 했습니다."

악환수가 놀란 얼굴로 말했다.

"오호, 그것참, 기이한 일이로다. 독개라면 진위를 간파하리라 믿었거늘. 허허, 그 역시도 세월을 이기지 못한단 말인가?"

악환수의 혼잣말에 천룡창 악소교가 말했다.

"우리로서는 좋은 일이 아닙니까?"

악소교에 이어 악후륜이 말했다.

"형님 말씀대로 현재로서는 그 아이가 오래 살아 있을수록 본 가에는 득이 될 것은 분명합니다. 어쨌든 모든 시선이 녀석에게 쏠려 있으니 말입니다."

악대명이 고개를 끄덕이며 말했다.

"태자가 그 아이 편에 선 이상 당분간은 건드릴 수 없게 되었습니다. 하지만 아쉽게도 놈의 명줄도 보름을 넘기기는 힘들 것 같습니다."

"보름이라…… 독개가 세웠다던 비책을 말함이더냐?"

"그렇습니다."

"가주, 대체 무슨 비책이기에 그런 확신을 하시는가?"

악후륜의 물음에 악대명은 이곳에 들기 전 풍천개에게 들었던 말을 전했다.

"무한이란 녀석에게 사질이 넷 있는데, 독개가 그들에게 손을 쓸 모양입니다."

"손을 쓴다? 물론 독을 말함이겠지?"

"예, 보름 안에 해약을 복용하지 않으면 목숨을 잃는 시한부 독을 쓸 모양입니다. 해약을 얻기 위해 자금성에서 나올 수밖에 없게끔 한 것이지요."

악대명의 말에 악환수가 감탄인지 탄식인지 모를 말을 토했다.

"허허, 독개가 급하긴 급했던 모양이로구나. 다른 특별한 소식은 없더냐?"

잠시 생각에 잠겼던 악대명은 문득 떠오른 사항을 말했다.

"정확히 확인된 바는 없지만, 일검진혼이 강호로 나왔다는 소문이 무성합니다."

악소교가 해연이 놀란 얼굴로 말했다.

"일검진혼이라면 정선 이후로 최고의 자질을 지녔다는 그 화산의 검사를 말함인가?"

"예, 그 일검진혼입니다."

"호오! 수련동에 들었다는 소문이 있었거늘, 그간 장족의 발전이 있었던 게로군. 이 흉흉한 시기에 하산했다 함은 마선의 제자조차 두렵지 않다는 뜻이렷다?"

악후륜이 말을 받았다.

"일검진혼도 그렇고, 화산의 성세가 예사롭지 않습니다. 어쩌면 우리의 가장 큰 적은 그들이 될지도 모르겠습니다."

다시 악소교가 말을 받았다.

"아우의 말에 동감입니다. 일검진혼의 나이는 이제 고작 사십대 중반입니다. 한데도 중원십대검사 중 수위를 다투는 지경입니다. 그자가 과연 일이십 년 후에 어떤 모습을 하고 있을지를 생각하면 근심거리가 아닐 수 없습니다."

악소교의 말 이후 잠시 밀실은 침묵에 잠겼다. 하나 말이 없다 뿐이지, 시선에서 시선으로 수많은 말들이 오갔으나 좀처럼 의견의 일치를 보지 못했다.

끝내 의견 조율이 되지 않자 악후륜이 침묵을 깼다.

"이번에는 혈아가 하나 남는다는 걸 잊지 말게."

악대명이 고개를 저었다.

"아무리 그래도 혈아를 또다시 내보내는 건 위험합니다. 지난번 건들도 무한이라는 아이가 의심을 받지 않았다면 이렇게 쉽게 넘어가지는 않았을 것입니다. 무엇보다 일검진혼이 뛰어난 자임에는 이견이 없지만 립아가 일곱 번의 탈각을 모두 거친다면 그 또한 적수는 못 됩니다."

악대명의 말을 들은 악후륜은 개운치 않다는 얼굴로 악환수에게 말했다.

"숙부님께서는 어찌 보시는지요?"

악환수는 눈을 감고 생각에 잠겼다. 일각이라는 시간이 더디게 흐른 후, 이윽고 눈을 뜬 악환수는 악후륜의 의견에 힘을 실어주었다.

"하늘은 천재를 내면 반드시 그에 대응할 자를 낸다 하였다. 어쩌면 화산의 검이 립아의 숙적이 될 수도 있다는 생각이 드는구나."

"아버님, 지나친 기우십니다. 립아는 이제 이 년 후면 칠 단계를 마무리하게 됩니다. 곧 마선의 반열에 오를 텐데 무엇이 두렵단 말씀이십니까?"

"허허, 잊었느냐, 마선과 비견되는 자가 현세에 둘이나 더 있음을? 그중 하나가 무당에 있다. 화산의 무리(武理)와 검은 결코 무당에 뒤지지 않는 바, 일검진혼이 정선의 반열에 오르지 말라는 법도 없다."

악소교가 말했다.

"가주, 숙부님 말씀이 옳은 듯싶으이. 크게 될 나무는 더 크기 전에 싹부터 잘라야 하네."

악후륜이 거들었다.

"형님께서 싹이라 말씀하시지만, 사실 일검진혼은 싹이라 부르기에는 너무 커버렸네. 생각해 보게. 예서 화산이 있는 섬 서까지는 수천 리 길이네. 한데도 일검진혼이 강호에 발을 디뎠다는 소식이 예까지 전해지고 있네. 무림의 이목이 그의 일거수일투족을 주시하고 있다는 뜻이 아니고 무엇이겠는가."

반대를 고집했던 악대명은 모두가 일검진혼에 대해 걱정하자 깊은 생각에 잠겼다.

악대명이 선뜻 결정을 내리지 못하자 악후륜이 답답하다는 얼굴로 말했다.

"칠단계 폭주를 모두 거친다면 립아는 마선의 선례로 볼 때 우리들이 바라 마지않는 고고한 학이 되어 세상에 우뚝 설 것일세. 고고한 학은 결코 피를 보려 하지 않네. 무슨 뜻인지 알겠는가?"

"립아가 일검진혼을 꺾지 않을 거란 말씀이십니까?"

"맞네. 립아는 이제 이 년 안에 의심의 여지없이 궁극의 반열에 들어갈 것이네. 일검진혼은 그보다야 성취가 느릴 테지. 마음만 먹으면 립아가 그를 제거하는 것은 일도 아닐 걸세. 하지만 반선(半仙)의 반열에 든 립아는 결코 일검진혼을 해치려 들지 않을 걸세. 빠르면 십 년 안에, 늦어도 이십 년 후면 무림에 립아 말고도 화산에 찬란한 별이 뜨게 되는 것일세. 그건 립아에게 집중되어야 할 시선이 반으로 줄게 됨을 뜻하네. 생각해 보게, 천하제일이 왜 가치가 있는 것인가를. 천하제일고수란 단 하나이기 때문에 그 가치가 있는 것일세."

악후륜의 열변에 흔들리던 악대명의 눈동자가 떨림을 멈췄다.

"혈아의 폭주 예정일에 맞춰 일검진혼의 행적을 추적하여 혈아를 보내는 것으로 하겠습니다."

악대명의 전격적인 결단에 악소교가 만족한 미소를 지으며 말했다.

"옳은 결정일세. 크게 심려치 말게. 그날 우리 형제가 직접 혈아를 데리고 감세."

악환수가 어렵게 도달한 합의점에 쐐기를 박았다.

"좋아, 일검진혼 건은 혈아를 보내 처리하는 것으로 한다. 한데 이번 아이들은 어떻더냐?"

"이번에도 쓸 만한 자들이 꽤나 있습니다."

악환수의 입가에 미소가 지어졌다.

"허허, 좋은 징조로다. 옥석(玉石) 구분은 어느 정도 진척이
되었는고?"

"예기치 않게 찾아온 불청객들로 시일을 다소 늦춰야 할 것
같습니다."

악환수이 얼굴에서 미소가 지워졌다.

"쯧, 시일이 촉박하나 어쩔 수 없는 일이지. 다소 지체되더
라도 결코 서둘러서는 안 될 것이다. 일단 모든 일정을 멈춘
다. 태자가 떠나고 잠잠해지는 때를 기다려 일차 혈아가 될 아
이들을 선발하고, 그중 특혈아(特血兒)가 될 아이들은 천무수
련관에 들이도록 해라."

"그리하겠습니다."

혈아는 무엇이고, 특혈아는 무엇이며, 이들이 말한 립아는
또 누구인가. 음모는 이렇듯 누구도 생각지 못한 산동악가의
지하 밀실에서 무르익어 가고 있었다.

2

톡, 톡……

손톱 끝을 세워 탁자 두드리는 소리만이 정적을 깨우고 있
었다.

상좌에 어두운 표정의 정화가 좌정한 가운데 첩형 하만과
옥환, 금의위 남진무사 장윤이 감히 앉지 못하고 말없이 시립
해 있었다.

"시간이 얼마쯤 됐더냐?"

정화의 물음에 옥환이 즉시 대답했다.

"이제 곧 삼경입니다. 하온데 그토록 기다리시는 분들이……"

옥환은 흠칫 놀라 말을 멈췄다. 내실 분위기가 변했다는 느낌에 돌아보니 어느새 나타났는지 창백한 얼굴의 두 노인이 내실 정중앙에 서 있었다.

하만과 장윤까지 안색이 일변했다. 하만의 무력은 풍운마도를 꺾을 정도로 높았고, 장윤 또한 세상에 알려진 것보다 몇 배는 더 강한 자였다. 한데도 그들이 어디서 어떻게 들어왔는지 알지 못했으니 놀랄 밖에.

채채쟁!

침입자의 존재를 확인한 하만과 옥환은 급히 검을 뽑아 들었다. 그들은 세자와 함께 사로잡았던 호위 적청이로였던 것이다.

"예가 어디라고 함부로 들어오는 것이냐!"

"물러서라. 두 분께 무례를 범하지 말라."

정화의 뜻밖의 명에 하만 등은 어리둥절한 얼굴로 공격하려다 말고 엉거주춤 서 있었다. 그런 그들을 일견한 적청이로는 큰 걸음으로 안쪽으로 들어섰다.

"허허, 총사는 여전히 기체가 헌앙하시구려."

적로의 말에 정화가 웃으며 말을 받았다.

"저런, 내시에게 기체가 헌앙하다니요? 놀리시는 게지요."

"허허, 그럴 리가 있겠소."

짐짓 노여운 얼굴을 했던 정화가 안색을 풀며 말했다.

"하하! 두 분, 먼 길 오시느라 고생이 많으셨습니다. 여독이 풀리기도 전에 뵙자고 하여 죄송합니다."

적청이로는 정화가 권한 자리에 앉자마자 얼굴을 씻어 내렸다. 그러자 각지고 노르스름했던 얼굴 대신 콧날이 높고 낯빛이 하얀 이국적인 얼굴이 나타났다. 까맣던 눈동자도 파란 물감을 떨어뜨린 것처럼 순간적으로 깊은 호숫빛이 되었다.

극에 다다른 변검술과 변안공이었다.

"헛!"

쿵! 쿵!

하만 등은 적청이로의 진면목을 확인하자마자 쓰러지듯 오체투지하며 한껏 억눌린 음성을 발했다.

"광명좌사님을 뵈옵니다."

"광명우사님을 뵈옵니다."

"제법 사신위의 위용이 보이는구나. 일어나도록 해라."

하만은 그제야 정화가 지난날 풍소백의 목숨을 거둘 사람이 있다고 했던 말을 이해할 수 있었다.

간단한 인사를 마친 후 적로, 즉 광명좌사가 정색을 하며 말했다.

"총사께서는 녀석에 대해 처음부터 알고 계셨던 거요?"

정화는 무거운 안색으로 고개를 끄덕였다.

"몸을 버리면서까지 본신을 드러내지 않은 통에 놈에게 깜빡 속았습니다. 하지만 예감이 좋지 않아 놈의 일행에 간자를 하나 심어놓았습니다. 그로부터 녀석이 건재하다는 것과 마선의 제자라는 의심을 받고 있다는 정보를 함께 얻었습니다. 두 분께서 보시기에는 어땠습니까? 정말 녀석이 마선과 관련이 있다 보십니까?"

광명좌사와 우사는 얼마 전 일을 떠올렸다. 그들은 풍소백이 머문 객잔에 스며들어 풍소백의 목숨을 거둔 직후, 정화가 말한 간자로부터 은밀한 방법으로 한 통의 서한을 전달받았다.

서한은 무한에 관한 간략한 사항을 담고 있었는데, 무한이 마선의 제자일 가능성이 크다는 점과 그를 눈여겨보라는 것, 그리고 상황이 허락되면 제거하라는 내용이었다.

그들은 풍소백의 처리를 끝낸 후 축산귀수 등이 들이닥친 시점에 맞춰 태자호위대에 합류했다. 풍소백의 무위를 상회하는 강력한 무력을 소유한 그들은 빈객들을 모두 처리할 힘이 있었다.

하지만 신분을 감춰야 했기에 무공의 태반을 숨기며 빈객들을 상대했다. 그들은 무한이 도착하리라는 걸 알고 있었기에 일부러 상처까지 입는 연기 투혼을 발휘하며 시간을 끌었다.

그리고 누가 봐도 극적인 순간에 무한이 출현했다. 협공을 받으면서도 무한의 행동을 주시하고 있던 그들이었다. 그리고 한순간에 빈객들의 머리통이 진흙탕으로 처박히는 광경을 바로 코앞에서 목도했다.

당시 그들이 받은 충격이란 필설로 형용하기 힘들 정도였다.

"허허, 정말이지 믿을 수 없을 정도로 강한 녀석이었소. 일순간에 절정고수 셋의 목을 베는 위용이라니."

정화의 낯빛이 더욱 굳어졌다.

"그 정도였단 말입니까?"

청로, 광명우사가 굳은 안색으로 끄덕이며 말했다.

"다른 건 몰라도 언제고 놈을 만난다면 그 보법만큼은 경계해야 하오. 솔직히 본인조차도 막을 수 있다고 장담할 수 없었소."

"하면 마선의 제자라는 세간의 소문이 사실일 수도 있다는 말씀이십니까?"

"마선의 무공을 직접 본 바 없으니 뭐라 단정 짓기는 힘드오. 하지만 저토록 떠들어대는 것을 보면 사실일 가능성이 크지 않겠소?"

공들여 농사지어 거둔 쌀이 이제 곧 밥이 되려는 찰나였다. 한데 뜬금없이 마선의 등장이라니. 꺼림칙했다. 아니, 가슴 한 구석이 갑갑할 정도로 석연치가 않았다.

강호에 그다지 끈이 없는 원적이니만큼 그런 그가 마선을 찾아내 접근했다고 보기에는 어려웠다. 오히려 마선이 제자를 통해 원적에게 접근했다고 보는 편이 옳았다.

"하만! 장윤!"

"하명하십시오!"

"당장 동창과 금의위의 정보력을 총동원해 마선의 행적을 찾아라!"

"존명!"

"옥환!"

"예, 주군!"

"사람이든 무공이든, 무엇이 되어도 좋다. 무한이라는 놈의 약점을 찾아라."

"존명!"

단숨에 명을 내려 수하들을 내보낸 정화가 음성을 죽여 광명좌사에게 물었다.

"소천사(小天使)님의 천마뇌정공(天魔雷霆功)의 성취는 어떻습니까?"

"이제 총사와 같은 마의 칠 단계에 접어들었소."

정화의 안색이 다소 밝아졌다.

"장족의 발전이군요. 하나 에서 만족해서는 안 됩니다. 적어도 팔 단계는 되어야 마성에 든 대천사(大天使)님에게 영면을 줄 수 있을 것입니다. 게다가 마선이라는 강적이 나타난 마당이니 속히 칠 단계를 넘어야 합니다."

"한번 기대해 봅시다. 총명이 극에 이른 분이오. 어쩌면 팔 단계 구결이 없어도 홀로 그 벽을 깰지도 모르지 않겠소이까?"

말은 그리해도 다들 표정이 어둡기만 했다. 천마뇌정공은 중원 명교의 창시자인 천마의 독문심법으로, 모두 구 단계로 나누어진 가히 천고에 다시없는 신공이다. 그런 무공을 구결도 없는 상태에서 익힌다는 것은 결코 쉬운 일이 아니었다.

웬만한 천재를 능가하는 자질을 지닌 정화조차도 칠 단계에 든 이후 거의 십 년째 답보 상태였다.

광명우사가 무거워진 분위기를 깨며 말했다.

"천마지동(天魔之洞)에 관한 성과는 아직 없소이까?"

천마지동 이야기가 나오자 정화의 안색이 더욱 침중하게 가라앉았다.

"천마지동에 다른 이름이 있다는 것을 최근에 알아낸 것 외에는 별다른 성과가 없었습니다."

천마지동은 여러 면으로 마교에 있어 중요한 곳이었다.

첫째로 천마지동은 마교의 전설을 간직하고 있는 신비의 동굴이었다. 전설의 내용은 천마의 최고 절기인 천마뇌정공에 관한 것으로, 천마뇌정공이 동굴 어딘가에 묻혀 있다는 것이었다.

천마뇌정공은 교주에게서 교주에게만 전해지는, 즉 교주 비전의 심공이다. 마교사대신병에 수록된 무공 역시 천마뇌정공에서 비롯된 것이었으니 그야말로 모든 마교 무공의 원류라 해도 과언이 아니었다. 사정이 그러하니 사람들의 욕망을 자극할 수밖에 없었다.

그러나 전설은 어디까지나 전설일 뿐인가, 천마뇌정공을 좇아 숱한 사람들이 동굴로 들어갔지만 그 누구도 나온 사람이 없었다.

둘째로 천마지동은 죄인을 가두는 뇌옥이었다.

천마지동에 든 자 중 살아 나오는 사람이 없자 사람들의 뇌리에 천마지동은 절대 무공을 얻을 수 있는 기회가 아닌, 죽음의 땅으로 인식되었다. 천마지동에 든 것 자체가 죽음으로 직결되니, 언제부터인가 자연히 교를 배반하거나 반역을 꾀하는 무리들을 가두는 뇌옥으로 사용되었다.

셋째로 천마지동은 교주들의 무덤, 즉 조사지동(祖師之洞)이기도 했다.

교주가 죽으면 유체를 안치하는 일반적인 조사지동과는 달리, 역대 교주들은 교주 자리에서 물러난 후, 죽음이 가까워졌다고 느낄 때 즈음, 스스로 천마지동으로 걸어 들어갔다. 생을 다하기 전에 마지막으로 조사의 비기를 찾아 교에 전달하고자 하는 뜻이 담긴 관례였다.

그런 관례가 굳어져 자연스럽게 역대 교주들의 무덤, 즉 조사지동이 된 것이다.

물론 역대 교주들 중 살아나와 천마의 절기를 전한 자는 아무도 없었다.

광명좌사와 우사가 눈을 감고 침음했다. 한참 후 탄식과 함께 광명우사가 말했다.

"허어! 어리석었소. 그때 노부가 어떻게 해서라도 한림아, 그자의 입을 열게 했어야 했거늘. 그랬다면 최소한 칠 단계의 구결은 얻을 수 있었을 터인데."

"쯧, 어디 그게 우사의 잘못이던가."

정화가 고개를 끄덕이며 말했다.

"천 리까지 효력이 미친다는 천리향이 천마지동 안에서 무용지물이 될지 누가 알았겠습니까. 게다가 전대 교주 한림아가 천마지동 안으로 들어가지 않았다 해도 그에게서 칠 단계 구결을 알아내기란 불가능했을 겁니다."

정화의 입에서 한림아라는 이름이 언급되었다. 놀라운 일이
었다. 한림아는 명 태조 주원장의 마교 정벌 때 죽었다고 알려
진 마교 교주의 이름이었다.

광명우사가 말했다.

"하기는 그렇기도 하오. 눈알을 뽑아도 신음 한마디 내지 않
던 독종이었으니."

광명좌사가 말했다.

"총사, 천마지동에 다른 이름이 있다니, 그 얘기나 마저 해
보시오."

"소실된 신교의 무고 터를 살피던 중 작은 금속판을 하나 발
견했습니다. 천마지동에 관한 짧은 글이 담긴 오래된 동판이
었는데, 천마지동을 극기지동(極棋之洞)이라는 이름으로 혼용
해 기록하고 있었습니다."

광명좌사가 도무지 모르겠다는 얼굴로 말했다.

"거참, 기이하구려. 극기지동이라니……."

광명우사가 말했다.

"혹, 그곳의 절진이 바둑과 관련이 있는 것이 아니오?"

광명좌사가 고개를 저었다.

"우사께서는 잊었는가, 그 옛날 한림아의 바둑이 어떠했는
가? 만약 절진이 바둑과 관련이 있었다면 그는 진작 심공의
마지막 구결을 취해 밖으로 나왔을 것일세."

광명좌사의 말대로 한림아의 바둑은 대단했다. 현재 중원에

서는 정선과 마선, 기련존자, 세 사람만을 입신지경으로 인정하고 있었다. 하지만 그것은 어디까지나 한림아가 이십 년 전 태조 주원장의 마교 정벌 때 죽었다고 알려졌기 때문이다.

"물론 한림아의 바둑이 어떠했는지 잘 알고 있소. 하지만 그리 단순하게만 생각할 것이 아닌 것 같소이다. 절진을 풀 열쇠가 바둑과 관계가 있다는 것을 알고 들어가는 것과 모르고 들어가는 것. 과연 둘 간의 차이가 없다고 보시오?"

잠시 생각해 보던 광명좌사가 고개를 끄덕였다.

"과연 그럴 수도 있겠구려. 어쩌면 그는 진의 원리가 바둑과 연관이 있으리라고는 꿈에도 생각지 못하고 생을 마쳤을 수도 있겠구려."

정화가 말했다.

"그렇지 않아도 이번 기대조 선발 시험에서 떨어진 자들과 좌조의 반열에 들었다고 평가받는 몇몇을 은밀히 천마지동에 넣어봤습니다. 하지만 아직까지 어느 누구도 살아 나오는 자가 없었습니다."

광명좌사가 말했다.

"천고의 비술이 묻힌 곳이오. 정말 바둑과 관계가 있다면 어디 웬만한 기예로 문이 열리겠소이까? 다만 입신의 경지에 육박하는 자라야 희망을 가져볼 수 있겠지요."

광명우사가 말을 받았다.

"바둑만 잘하는 자를 택할 것이 아니라 무공도 어느 정도 겸비한 자라야 할 것 같소. 천마지동이 바둑과 연관이 있다고 해

도 어찌 바둑만 아는 자가 그곳에서 장시간 살아남을 수가 있겠소?'

정화가 끄덕이며 말했다.

"본인 또한 그 생각을 못한 바는 아니었습니다. 정선이나 마선, 기련존자 같은 자들이야 무공과 기예 모두 입신의 경지라 평가받고 있지만, 그런 자들에게 천마의 절기를 찾아달라고 부탁할 수는 없지 않겠습니까?'

당연한 말이었다. 감당할 수 없는 자를 끌어들일 수는 없었다. 그들이 천마의 절기를 차지하고도 돌려주지 않는다면 그야말로 방법이 없는 것이다. 오히려 그들에게는 천마지동의 존재 자체를 숨겨야 할 판이었다.

"바둑이 그들만은 못해도 우리가 감당할 수 있는 자는 없소이까?'

"얼마 전까지 그에 부합하는 인물을 점찍어두고 있었습니다. 한데 그 또한 문제가 생겼습니다. 흑백괴동이라는 자들인데, 기련존자의 수하로 들어갔다는 소문이 있으니 그 또한 힘들 것 같습니다."

광명좌사가 탄식하며 말했다.

"허허! 이것참, 난감하구려. 어쨌든 어렵게 얻은 단서이니 쉽게 포기할 수는 없지 않겠소이까. 천마지동에 들어가 천마의 비전을 찾아낼 합당한 자들을 한번 찾아봅시다."

第三章
비인연공비결(肥人硏功秘訣)

비인연공비결(肥人硏功秘訣)

내실은 어두침침했다. 내실 중앙에 놓인 촛불이 제 몸을 불사르며 어두움을 밀어내려 몸부림치고 있었지만, 드리운 어둠은 호시탐탐 촛불을 집어삼킬 기회만 엿보고 있었다.

"어서 들게. 기다리고 있었네."

태자는 특유의 숨 가쁜 음성은 여전했으나, 태자로서의 위엄은 되찾은 상태였다.

태자의 곁에는 지필묵이 준비되어 있었다. 무한을 가까이 다가오게 한 태자는 글을 쓰며 무한이 최대한 알아듣기 편하도록 느릿하게 말했다.

"과인이 세자의 안위를 근심하지 않았던 연유를 이제 알았는가?"

무한은 문득 의아한 생각이 들었다. 마치 태자는 세자가 안전하리라는 것을 알고 있었다는 투가 아닌가.

그렇지 않아도 정화가 세자와 청운 등을 순순히 놓아준 것을 두고 기이하게 여기던 차였다.

"정화가 세자 저하를 풀어주리라는 걸 알고 계셨습니까?"

태자가 끄덕이며 말했다.

"그는 세자를 죽일 수 없네."

이 또한 이해할 수 없는 말이었다. 태자마저 죽이려 했던 그들인데 세자는 죽일 수 없다니?

"무엇 때문……."

무한이 물으려 하자 태자가 고개를 저었다.

"지금은 굳이 알려 들지 말게. 곧 알게 될 것이네."

"하면 소인을 보고자 하신 연유가 무엇인지요?"

자금성에 들어온 지 사흘째, 사실 태자에 대한 호위는 마친 상태라 업무상 더 볼 일이 없었다. 예정에 있던 태자 모친의 무덤이 있는 장릉으로의 행차 또한 전면 취소된 상태였다.

"근심이 큰 것을 알고 있네. 그렇지 않아도 어의를 불러 특별히 신경 써달라 명해두었네. 약재를 씀에 있어서도 물론이거니와, 의술을 펼칠 때에도 내게 하듯 하라 하였으니 곧 차도가 있지 않겠는가."

무한은 깊이 고개를 숙였다. 아닌 게 아니라, 두 사질에게 제공되는 약재는 흔히 보기 힘든 최상품이었다. 또한 사질들을 대하는 어의들의 태도 역시 극진하기 그지없었다.

사실 만평이라면 모를까, 치명상을 입은 중평으로서는 그런 약재들이 아무런 도움이 되지 못하고 있었다. 워낙 상세가 중해 아무리 좋은 약재도 받아들이지 못하는 형편이었다. 혹시나 하고 기대를 품었건만, 어의는 중평을 보자마자 고개를 흔들었다.

중평은 산동악가에서 먹은 반쪽짜리 영단으로 간신히 목숨을 이어가고 있을 뿐, 산동악가에서보다 상세가 더욱 악화되어 이제 그 어떤 진귀한 영약이 있다고 해도 소용이 없는 지경이었다. 그야말로 백약이 무효한 상태였다.

"친히 제 사질들에게 신경 써주시니 감사합니다."

또다시 침묵이 흘렀다. 무한은 태자가 이런 이야기나 하자고 부르지는 않았을 거라 생각했다.

의문이 증폭되어 더 이상 참기 힘들 정도가 됐을 즈음 태자는 뭔가를 결심한 듯 느릿하게 말하며 붓을 놀렸다.

"원적에게서 자네 이야기를 자세히 들었네."

"그러셨습니까."

태자가 끄덕이며 말했다.

"놀랍더군. 자네의 무예야 직접 보았네만, 중원에서도 자네를 당할 자가 별로 없는 지경이라니."

무한은 쓸쓸한 표정으로 고개를 저었다.

"부끄러운 말씀입니다. 사질들조차 지켜주지 못한 못난 사숙일 뿐입니다."

잠시 침묵이 흐른 후, 태자 손에 쥐어진 붓이 다시 움직이기 시작했다.

"내 자네를 믿어볼까 하네. 그래도 되겠는가?"

태자는 믿어도 되겠느냐고 물었다.

무슨 의미일까, 무한은 무례를 무릅쓰고 태자의 눈을 빤히 바라보았다. 두터운 눈꺼풀에 묻혀 간신히 보이는 길게 째진 눈, 그 작은 눈이 파르르 떨리고 있었다.

절박한 눈이다. 너무도 간절한 눈이었다. 일인지하 만인지상을 넘어 곧 천자가 될 사람의 것이라고는 믿기 힘든 눈이었다.

무한은 태자의 눈빛을 대하는 순간 가슴이 답답해져 왔다. 풍소백의 칼에 맞은 중평의 눈과 태자의 눈이 겹쳐졌다.

문득 두려워졌다. 태자가 지금부터 할 말을 들어서는 절대로 좋을 것이 없다는 느낌이 들었다. 들었다가는 풀어내기 버거운 숙제가 지워질 것 같은 예감이었다.

거절하고 싶었다. 믿지 말라고 하고 싶었다. 하지만 태자의 눈빛은 도무지 거절하기 힘들 만큼 애처롭게 다가왔다. 중평의 눈빛이 떠올라서였는지도 모를 일이었다.

세상에, 명나라의 다음 대 황제가 될 사람을 가련히 여기는 날이 올 줄이야. 내심 크게 한숨을 내쉰 무한은 결국 이렇게 말하고 말았다.

"무슨 이야기인지 말씀해 보십시오."

한편 태자에게 있어 무한의 대답은 가슴을 탕탕 치며 호언장담을 한 것보다도 더욱 믿음직하게 느껴졌다.

이내 결심을 굳힌 태자가 서랍을 열어 작은 비단 보퉁이를 꺼내 내밀었다.

"이것이 무엇이온지……."

"풀어보시게."

무한은 풀기 쉽도록 매듭지어진 보퉁이를 조심스럽게 풀어 헤쳤다. 이 속에 태자가 그토록 말하고자 했던 그 뭔가가 들어 있을 터였다.

한 권의 책. 내용물은 겉표지가 가죽으로 덮인 고색창연한 책이었다.

비인연공비결(肥人硏功秘訣).

책 이름이 무척이나 우스웠지만 연공이라는 글자를 보고 어렵지 않게 무공서(武功書)라는 것을 알 수 있었다.

고민을 거듭하던 끝에 내놓은 것이 무공서라니.

무한은 고개를 들어 무언의 의문을 표했다. 그리고 뜻밖의 대답을 들었다.

"그것이 과인이 익힌 무공일세."

"태자 전하께서 익히신 무공이라 하셨습니까?"

"틀림없네."

"외람된 말씀이오나, 전하께서는 무공이 전혀 없으신 듯 보입니다. 혹여 무예를 숨기고 계셨던 것입니까?"

놀랄 만한 일이었다. 드러내지 않을 정도의 무예를 익혔다면 말이다.

무한의 말에 태자는 쓰게 웃었다.

"숨겼다? 그랬지, 한때는……."

태자의 '한때는' 이라는 말이 묘한 여운을 남겼다. 그 한 단어에는 아프고 쓰린 감정이 깊게 새겨져 있었다.

태자가 과거를 더듬으며 아픔을 곱씹는 동안 무한은 조용히 태자의 다음 말을 기다렸다.

잠시 후 생각을 정리한 태자는 여전히 괴로운 표정을 떨치지 못한 얼굴로 지난 일을 풀어놓았다.

"자네도 들어 알겠지만 아우와는 달리 과인은 무예에 흥미가 없었네. 무를 업신여기지는 않았네만 나라를 다스림에 있어 문(文)이 무(武)에 우선한다고 여겼기 때문이지. 물론 문무 겸전한다면야 그보다 좋을 것은 없겠지만, 과인은 자칫 둘을 쫓다 하나도 얻지 못하는 우를 범할까 저어하여 무를 등한시하였지. 흐음, 하지만 날로 날렵해지는 고후 아우에 비해 책상물림으로 시간을 보내는 동안 과인은 서서히 비대해져만 갔네."

태자는 쉼없이 흘러내리는 땀을 손수건으로 훔치며 글을 써 내려갔다. 무한은 묵묵히 태자가 써 내려가는 글을 읽었다.

"과인이 어리석었네. 채 열 살이 되기도 전에 사서삼경을 독파하여 용의 자질을 타고났다는 소리를 들었건만, 정작 사서의 하나인 중용의 참뜻조차도 제대로 알지 못하였으니 말일세. 자네는 혹 중용의 참 이치를 알고 있나?"

무한은 가만히 생각했다. 비록 학업이 길지는 않았지만 중용의 핵심은 어렴풋이 알고 있었다.

"그칠 줄 아는 태도가 아닙니까?"

태자가 크게 끄덕였다.

"맞네. 과하기 전에 스스로 멈출 줄 아는 것이 중용이지. 물론 중용이란 부족해서도 안 되지. 다시 말해 부족하지도, 과하지도 않는 것이야말로 중용이라 할 수 있네. 물로 치면 뜨뜻미지근한 것이야말로 중용일 터. 그에 비추어 볼 때 과인은 중용과는 거리가 먼 삶을 살았네. 외골수적으로 학문에만 집착하는 것은 결코 중용이 아니지."

태자는 느릿한 말과 함께 잠시 멈췄던 붓끝을 다시 움직이기 시작했다.

"어느 날인가 궁녀들이 소곤거리는 소리를 우연히 듣게 되었네. 과인을 일러 서유기의 저팔계와 닮았다며 흉을 보고 있더군. 처음에는 분노하였네. 성정이 온화한 과인이었지만 당장 그들을 능지처참하고 싶을 정도였다네. 허허, 하지만 곧 동경에 비친 과인의 모습이 그 아이들이 이야기하던 것과 다르지 않다는 걸 알게 되었네. 우습게 들리겠지만 동경에 비친 자신의 모습에 과인은 참으로 충격을 받았다네. 그간 학문을 익힌답시고 제대로 자신의 모습이 어떤지조차 돌아보지 않았던 게야."

잠시 붓끝이 멈추고 태자의 얼굴 살들이 푸들푸들 떨렸다. 태자의 웃음은 차라리 우는 것보다도 슬퍼 무한을 한숨짓도록 만들었다.

잠시 멈췄던 태자의 붓이 다시 화선지 위로 미끄러졌다.

"깨달음은 비록 늦은 바 있었으나 아주 돌이킬 수 없을 지경은 아니었다네. 하여 과인은 잠시 문을 접어두고 무를 익히기로 마음을 먹었지."

이것은 세상 사람들이 알고 있는 것과는 달랐다. 사람들은 태자가 무를 경시하여 끝내 거들떠보지도 않았다고 알고 있었던 것이다. 무한 또한 원적에게서 들은 내용이 그와 같았기에 그런 줄로만 알았다.

"그래서 익히신 것이 비인연공비결이라는 무공이었습니까?"

무한의 물음에 태자는 고개를 저었다.

"아닐세. 그건 후에 얻게 된 것이네."

태자는 갑자기 무예를 연마한다고 말하기 쑥스러운데다 비대한 모습으로 무예를 익히는 모습을 누군가에게 보여주기 싫었던 탓에 독학으로 무예를 익히기로 마음먹었다.

무예에 관한 책이라면 언제든 출입이 가능한 왕부서고에 차고도 넘쳤다. 태자는 왕부서고에 들어올 정도면 아주 형편없지는 않겠지 싶어 그중 아무거나 골라서 익힐 작정이었다.

태자의 말을 들은 무한은 그 장면에서 얼굴을 찌푸렸다. 태자의 발상은 위험천만했다. 무예란 학문과는 다르다. 단순히 발길질을 하고 주먹을 뻗는 육체적인 것에서 그친다면 모를까, 호흡법까지 들어간다면 차분히 스승을 두고 익혀야지, 그렇지 않았다가는 열에 아홉은 몸을 망칠 우려가 있었다.

"모험을 하셨군요."

"자네 말이 맞네. 무지에서 비롯된 모험이었지. 하지만 그때 과인은 그걸 미처 알지 못했다네. 사실 무공을 경시하는 마음도 없지 않았네. 혼자서도 충분히 익힐 수 있다고 자만했지. 천하제일의 고수가 되겠다는 것도 아니고 살을 좀 빼서 건강해지겠다는 의도였으니, 따로 스승을 둘 필요가 없다고 여겼지."

"그래서 어찌 되었습니까?"

"과인이 서고에 드는 일은 아주 일상적인 일이었네. 평소에도 하루 두 시진 이상은 꼬박 그 안에서 보냈으니 말일세. 아주 자연스러운 일상이었으니 누구라도 무공을 익히고 있다는 것을 모르게 할 수 있었지."

무한은 태자에게 이야기를 들을수록 점점 빠져들어 갔다.

서고에 든 태자는 손에 잡히는 대로 한 권의 책을 뽑아 들었다.

책은 지금은 멸망하고 없는 도가 계열의 전진교란 곳의 권법을 담고 있었다. 그림으로 자세가 제법 세밀히 그려져 있어 어렵지 않을 것 같았다.

하지만 그것이 오산이었음은 오래지 않아 절실히 깨달았다. 열에 아홉은 그로서는 도저히 이해할 수 없는 문구들로 채워져 있었다. 난해하기는 글뿐 아니라 그림도 마찬가지였다. 정상적인 뼈와 살을 가진 사람이 할 수 있는 동작인지 의문이었다. 인간의 한계를 시험하겠다는 것이지, 무공을 익히라는 책이 아닌 것 같았다.

한 식경도 못 돼 한계를 느낀 태자는 권법은 그만두고 다른 책을 꺼내 들었다. 이번에는 검법이 기록된 책이었다. 그러나 '일 장을 뛰어 검첨이 태극에 닿게 하고'라는 구절이 나오자마자 손에서 책을 놓을 수밖에 없었다.

그러나 태자는 어리석은 사람이 아니었고, 쉽게 포기하는 성격도 아니었다.

당장 익히겠다는 욕심은 일단 접어두고 권법, 검법, 도법 등 닥치는 대로 서고의 책들을 읽어나갔다. 모르는 것도 백 번을 읽으면 저절로 알게 된다고 했다.

태자는 내력이란 존재를 오래지 않아 알게 되었다. 비정상적인 동작도, 허공으로 일 장 이상을 날아오르는 것도 모두 내력이 뒷받침되어야만 가능하다는 걸 깨달은 것이다.

태자는 즉시 기공을 익히기로 마음먹었다. 서고에는 검법서 등과 마찬가지로 수많은 종류의 내공심법이 있었다.

태자는 기왕 익힐 바에야 가장 강한 것으로 익히고 싶었다. 하지만 그쪽 방면으로 문외한인 태자가 그것도 수준 높은 심법들을 놓고 우열을 가린다는 건 어불성설이었다.

태자는 눈으로 봐서는 알 수 없으니 일단 약간씩 익혀보고 뛰어난 것을 고르기로 마음먹었다. 마치 해독약이 독약과 섞여 있으니 먹어보고 해독약을 찾겠다는 것과 다를 바가 없었다.

무지가 불러온 무모한 도전이었다.

태자는 자신이 하려는 시도가 얼마나 위험천만한 행동인 줄도 모르고 심법 하나를 골라 시험에 들어갔다. 하지만 열흘이 지나도록 신체에 아무런 변화가 없었다. 당연한 결과였지만 태자는 탁월한 심법이 아니라 여기고 다른 심법을 익히기 시작했다. 하지만 그 역시 아무런 효과도 없었다.

시간이 흘러 일 년이 지나갔다. 그동안 태자는 삼사십여 종에 이르는 심법을 모두 맛보았다. 소득은 전무했다. 살이 빠지기는커녕 심법을 익힌답시고 가만히 앉아 있으니 살이 더 찌고 말았다는 것 정도가 변화라면 변화였다.

가부좌 자세로 앉아서 숨을 쉬는 지루하고 단순한 작업, 아무런 효과도 없는 그 짓을 일 년이나 반복했으니 태자의 인내심도 어지간했다.

그러나 서서히 태자의 인내심도 바닥을 보이고 있었다. 사실 더 익힐 만한 새로운 심법도 없었다.

태자는 언제나처럼 서고의 외진 곳에 자리를 잡았다. 하지만 그날은 내력을 익히는 대신 턱을 괴고 고민에 빠졌다.

왜 내력이란 놈이 몸에 쌓이지 않는 걸까. 식사로 치면 편식하지 않고 이 반찬 저 반찬 골고루 먹은 셈인데 왜 배가 부르지 않는지 이해할 수가 없었다.

결국 태자는 자신 혼자서는 무예를 익힐 수 없다는 결론에 도달했다. 어쩌면 살이 너무 찐 나머지 내력이 깃들지 않는 체질로 변했을 수도 있다는 생각이 들었다. 의원에게 보이든 고수에게 자문을 구하든 해보면 알 일이었다.

결국 태자는 강호의 이름난 무예 선생을 초빙해 내공을 익히기로 결심했다.

하지만 곧 그 결심을 바꿀 만한 일이 벌어졌다. 결심을 굳힌 태자가 힘겹게 몸을 일으키려는데 서고 맨 아래 칸에 꽂힌 한 권의 책이 시선을 잡아끌었다.

처음 보는 책이었다. 그 책 양옆에 꽂힌 것들은 이미 한 번씩 익혔던 것들이었으니, 실수로 하나를 빠뜨렸던 모양이라고 생각했다.

수많은 심법 중 하나일 뿐이라 치부하고 그냥 넘어갈 수도 있었다. 이미 무공 고수에게 가르침을 받기로 결정을 하지 않았던가.

하지만 기껏 반 이상 일어섰던 태자는 미련없이 다시 주저 앉았다. 무시하고 넘어가기에는 심법의 이름이 주는 유혹이 너무도 강렬했던 탓이었다.

"그것이 바로 비인연공비결이었군요."

비인연공비결. 풀이해 보면 뚱뚱한 사람이 연공하는 비법인 셈이었다.

"맞네. 바로 그 책이었지. 그 책을 보는 순간 저절로 손이 가더군. 자네는 과인을 결심한 바를 순식간에 뒤집는 줏대없는 사람이라 비웃겠는가?"

"아닙니다. 충분히 이해할 수 있습니다."

무한의 말은 진심이었다. 태자가 아닌 자신이라도 쉽게 외면하지는 못했을 터였다.

"고맙군. 하지만 과인은 결심대로 그 책을 외면했어야 했네."

"그 말씀은 이 책에 무슨 문제라도 있었다는 말씀이십니까?"

"문제라… 있었지, 있었고말고. 가장 큰 문제는 너무 익히기 쉽다는 것이었네. 오히려 다른 책들과 같이 익힐 수 없었다면 이 같은 문제가 일어나지는 않았겠지."

태자는 비인연공비결을 접하는 순간 봉사가 눈을 뜬 듯한 기분을 느꼈다. 마치 자신을 위해 준비된 책 같았다.

비인연공비결은 다른 책들과는 시작부터 사뭇 달랐다. 지극히 난해한 문구들로 시작했던 지금까지의 심법과는 달리 내공에 대한 개념부터 시작해, 간단한 진기토납에 이르기까지 상세히 기록되어 있었다.

내공심법을 익히는 과정을 집 짓는 것으로 비유하자면, 바닥을 다지는 과정부터 나무 고르는 법, 대패질하는 법, 서까래 얹는 법 등을 상세하게 기술하고 있었다.

즉, 전자가 목수를 위한 책이라면 후자는 집 지은 경험이 전혀 없는 일반인을 위한 책이었다.

"허허, 비인연공비결을 보고 나니 깨달아지더군. 그동안 왜 내력을 전혀 쌓을 수 없었는지 말일세. 지난 일 년간 무엇을 했나 한심할 지경이었네. 천자문조차 떼지 못한 자가 사서삼경을 공부한 꼴이니 그 속에서 무엇을 얻을 수 있었겠나."

태자는 학문으로 치면 천자문 정도에 해당하는 토납술부터 익히기 시작했다. 이번에도 역시 한동안은 아무런 효과도 볼 수 없었다. 하지만 태자는 조금도 조급해하지 않았다.

토납술을 익혔다고 당장 효과가 나길 바라는 건 마치 천자문 몇 자 익히고서 곧장 세상 만물의 이치를 통달하기를 바라는 것과 마찬가지라는 걸 알게 된 태자였다.

한 달, 두 달… 시간이 흐르면서 연공이 조금씩 효과를 발하기 시작했다. 비대한 몸은 여전했지만 신진대사가 몰라보게 활발해지고, 토납술을 익히느라 잠자리가 늦어져도 전에 없이 개운한 아침을 맞게 되었다.

이에 자신감을 얻은 태자는 본격적으로 내공심법 연마에 들어갔다. 토납술을 익히기 시작한지 정확히 일 년째 되던 날이었다.

내공심법을 익히는 과정 역시 순조로웠다. 하나에서부터 열까지 상세하게 풀어놓은 책은 그 자체로 훌륭한 스승과도 같았다. 원래 근골이 좋은 건지, 아니면 심법이 좋았는지 내력은 쉽게 쌓여갔다.

매사에 기운이 넘쳤다. 살이 찐 후로 얼굴이 누렇게 뜨는 증상이 나타나곤 했는데, 언제인가부터는 얼굴도 홍조를 되찾았다.

무한은 이상한 생각이 들었다. 이야기 중간 중간 의문점도 없지 않았지만 태자의 말대로라면 우려했던 것과는 달리 전혀 문제될 것이 없었던 것이다.

"이야기가 길어졌군. 지루한 모양이니 결론부터 말하지. 그 책은 가짜일세."

가짜라면 진본이 아니란 말이다. 무공 서적이 중요한 것은 그 안의 내용이었지, 책 자체의 고고학적 가치는 아니었다. 즉, 태자가 가짜라 말한 것은 심법을 두고 한 말인 것이었다.

가짜 내공심법서가 왕부에 있었다?

"흐음, 심법을 수집한 자의 실수였습니까?"

"그렇게 생각하는가?"

무한은 고개를 저을 수밖에 없었다. 이야기를 듣는 내내 마음에 걸렸던 부분이 있었던 것이다.

"누군가가 의도적으로 가짜 심법을 그곳에 두었군요."

"왜 그런 생각을 했나?"

"이 책 주변으로 비치되어 있던 책들이 이미 익힌 것들이었다는 것은 중간에 누군가 책을 넣어두었다는 증거가 될 것입니다."

"하지만 아까 말한 대로 과인이 실수로 그냥 지나쳤을 수도 있지 않나?"

무한은 고개를 저었다.

"전하께서는 책 제목을 본 순간 자신도 모르게 손이 갔다고 하셨습니다. 그런 책을 그냥 지나치셨을 리가 없습니다."

"그것뿐인가?"

"또 있습니다."

순간 살 속에 파묻혀 있던 태자의 가느다란 눈동자가 강렬한 빛을 뿜었다. 내력이 없고서는 낼 수 없는 빛이었다.

"말해보게."

"전하께서 익히려 했던 다른 책들은 모두 난해하여 익힐 수가 없었다고 하셨습니다."

"그랬지."

"외람된 말씀이오나, 전하께서 익히지 못한 것은 무척이나 당연한 것입니다. 재미 삼아 책장의 칸수나 채우자고 수집하지 않은 이상 상식적으로 왕부서고에 수집될 정도면 어느 정도 강호에서 인정을 받는 고급 심법이어야 정상일 것입니다."

"비인연공비결이 저급한 심법이라는 건가?"

"그런 이야기가 아닙니다. 소관이 보지 않았으니 비인연공비결이라는 책이 고급 심법인지 아닌지는 알 수 없습니다. 하지만……."

"그 책은 강호의 보기 드문 심법이네. 물론 진본에 한해서 말일세."

"그렇다면 말씀드리기 쉽겠군요. 비인연공비결 같은 고급 심법 비결이 태자께서 익히실 수 있도록 만들어졌다는 것 자체가 말이 되지 않습니다. 난해한 중용의 도를 설명하는 책이 첫 장부터 사자소학이나 천자문으로 시작된다면 어찌 그것이 정상이라 하겠습니까."

학문에도 순서가 있듯 무공에도 순서가 있기 마련이다. 학문에 입문하면 먼저 천자문과 사자소학을 익히고, 후에 동몽선습, 격몽요결, 명심보감을 익힌다. 그 과정이 끝나면 소학,

통감절요 등을 익히게 되고, 마지막으로 사서와 삼경이 기다리고 있다.

심법을 익힘에도 순서가 있다. 먼저 혈 자리를 익인 후 토납법을 익혀야 한다. 그 후에 마음가짐과 자세 등 스승의 엄격한 지도하에 심법을 연마하여 혈을 조심스럽게 하나하나 뚫어가게 되는 것이다.

한데 비인연공비결에는 혈 자리부터 토납법, 내공심법에 이르기까지 심법을 익힐 때 필요한 모든 것이 총망라되어 있다고 했다. 그것은 마치 논어나 맹자에 천자문이 들어가 있는 경우라고 할 수 있었다.

태자가 고개를 끄덕였다.

"역시 말이 안 된다는 거였군."

"그렇습니다. 사서삼경이 글을 안다는 전제하에 쓰인 책이듯, 고급 심법서 또한 토납법이나 혈 자리 등을 익혔다는 전제하에 쓰여야 정상일 것입니다."

"다른 이상한 점은 없나?"

"소소한 것들이지만 그것 말고도 꺼림칙한 부분이 몇 가지 있습니다. 하필 책이 꽂힌 위치가 전하께서 평소 심법을 익히던 자리였다는 것과 유독 그 책만 모르고 지나쳤다는 것도 개운치 않습니다. 또한 전하께서 그냥 지나치지 못할 만한 책 제목도 어딘지 석연치 않습니다."

무한의 말을 들은 태자는 땀을 쏟으며 깊이 탄식했다.

"부끄럽군. 그토록 많은 허점들이 있었건만 아무런 의심도

하지 않았다니."

태자는 자신을 탓했지만, 사실 의심을 하기에는 심법을 익히는 모든 과정이 너무도 순조로웠다. 심지어 태자는 자신이 혹시 무공에 대단한 소질이 있는 것이 아닌가 생각했을 정도로 진도가 빨랐다.

물론 문제가 전혀 없는 것은 아니었다. 의도와는 달리 살이 빠지지 않았던 것이다. 빠지기는커녕 더욱 비대해져만 갔다. 그러나 겉으로 보이는 모습만 그러할 뿐, 태자는 하루하루 전혀 다른 사람이 되어가고 있었다.

심법을 익히기 시작한 지 삼 년 정도가 되었을 때, 단전에 뜨겁고 묵직한 기운을 느낄 수 있었다.

그 정도가 되자 겨울에는 한기를 전혀 느끼지 못했고, 여름에도 흘리는 땀의 양이 현저히 줄어들었다. 더없이 육중한 몸이 가볍게 느껴질 정도였다. 작은 소리가 크게 들린다거나 밤이 그리 어둡게 느껴지지 않는다거나 하는 건 아주 소소한 일일 뿐이었다.

애초에 태자가 걱정한 것은 몸이 비대해짐으로 인해 생기는 불편함과 나빠질 건강이었지, 비대한 외모 자체가 아니었기에 살이 빠지지 않는 것은 큰 문제가 아니었다.

"하지만 진짜 큰일은 심법에 대해 맹신할 정도가 되어서야 벌어졌네. 참으로 두려운 일이었지."

비인연공비결은 총 육 단계로 이루어진 심법이었다. 세 번째 단계까지 아무 이상이 없던 연공은 사 단계로 들어서면서부터 문제가 생기기 시작했다.

"어떤 문제였습니까?"

무한의 물음에 태자가 가만히 오른팔을 내밀었다. 그 단순한 동작에도 땀이 비 오듯 흘러 내렸다.

"……?"

"맥을 짚어보게. 그리하면 저절로 문제가 무엇인지 알게 될 것이니."

무한은 무례를 무릅쓰고 곁으로 다가가 맥을 짚었다. 무한의 미간이 좁아졌다. 두터운 살로 덮여 있다는 것을 감안하더라도 맥이 지나치게 미약했다. 마치 임종을 목전에 둔 자의 그것처럼 기력이 없었다.

하지만 그것 외에 다른 이상한 점은 찾을 수가 없었다.

"내력을 넣어보게."

"내력을 말입니까?"

무한은 이토록 맥이 약한 상황에서 진기를 밀어 넣다가는 자칫 근맥이 상할 우려가 있었기에 놀란 얼굴로 되물었다.

"미량의 진기만을 사용한다면 별 탈은 없을 것이네. 명심하게. 반 푼 이상의 힘을 실어서는 안 될 것이야."

무한은 끄덕이며 극히 소량의 진기를 맥을 통해 투입시켰다. 진기가 좁고 구불구불한 경맥을 따라 느리게 단전을 향했다. 이윽고 진기가 단전 부근에 이른 순간이었다.

쿠쿵!

"헉!"

무한은 벼락이라도 맞은 사람처럼 헛바람을 토하며 펄쩍 뛰어 물러섰다. 낯빛 또한 하얗게 질려 있었다.

"이, 이것은……."

태자가 자못 감탄했다는 듯이 말했다.

"원적의 말대로 자네의 무공은 범상치가 않군. 과인에게 진기를 흘려 넣은 사람 중 열에 셋은 그 자리에서 심장이 터져 죽었네. 물론 나머지 일곱도 무사하지는 못했지. 하지만 자네는 아무런 타격을 받지 않은 것 같군. 이번에야말로 사람을 제대로 고른 것 같아 안심일세."

무한은 놀란 가슴을 쓸어내리고는 어느 정도 마음을 가라앉힌 후 말했다.

"무엇이었습니까?"

무한의 물음에 도리어 태자가 질문했다.

"무엇인 것 같나?"

"설마… 내공입니까?"

태자가 무겁게 끄덕였다.

"단전에 있는 것이 공력이 아니라면 또 무엇이겠나?"

무한은 하얗게 질린 안색으로 방금 전 일을 떠올렸다.

순탄하게 진행하던 진기는 단전 앞에 이르러 안으로 들어갈 길을 찾지 못했다. 심법을 연마하지 않은 사람도 단전으로 통하는 통로는 있기 마련이다. 한데 이상하게도 태자는 기해로 이르는 길이 단단히 틀어막혀 있었다.

괴이한 일이라 생각한 무한은 방문객이 문을 두드리듯 진기로 단전 이곳저곳을 두드렸다. 어딘가 반드시 있을 길을 찾기 위함이었다. 그리고 어느 순간 단단한 바위에 실금이 생기듯 거짓말처럼 단전에 미세한 틈이 벌어졌다. 무한은 애써 생긴 틈이 사라질세라 진기를 서둘러 밀어 넣었다. 물론 태자의 충고대로 반 푼의 힘이었다.

그리고 그 즉시 강대한 힘에 의해 진기가 소멸되어 버렸다. 무한이 튕겨지듯 물러선 것은 바로 그 시점이었다. 한 줌의 진기에 지나지 않았지만 진기와 감응으로 연결되어 있던 무한이 그만 충격을 받게 된 것이다.

무한은 진기가 소멸되기 직전 단전 안에서 벌어진 일을 낱낱이 꿰뚫었다.

도선비기로 쌓아올린 진기는 무한의 이목(耳目)이나 진배없었다. 극히 짧은 시간 마치 손바닥 들여다보듯 단전 내부를 상세히 관찰했다. 단전으로 통하는 길이 없는 것을 보고 단전이 쇠하여 유명무실해졌을 거라 생각했다. 한데 그의 예상은 완전히 빗나갔다.

단전은 놀랍도록 광활했다. 도선진기로 가득한 무한 본인의 단전보다 족히 서너 배는 컸다. 가히 사람의 단전인지 의심스러울 성노였다.

그러나 정작 놀라운 일은 단전의 크기가 아니었다. 무한은 단전의 정중앙에 위치한 구슬 모양의 그것을 보고야 말았다.

웬만한 절정고수의 단전 크기의 그것은 이글거리는 새파란 뇌기를 머금고 있었다. 둥근 표면 전체로 타닥타닥 하는 괴이

한 소리를 내며 뇌전이 너울치고 있었다.

한데 무한의 진기가 녀석을 인지하기 무섭게 구슬에서 뇌전한 가닥이 빛살같이 풀려 나와 무한의 진기를 공격했다. 그야말로 벼락같은 공격이라 도저히 진기를 회수하거나 방어할 틈이 없었다.

태자가 마른 손수건을 꺼내 땀을 훔치며 말했다.

"책에서는 그것을 뇌정(雷霆)이라 일컫더군. 그놈이 바로 비인연공비결의 실체이자 저주일세."

뇌정, 벽력이란 뜻이니 그야말로 어울리는 이름이었다.

만약 그 힘을 자유자재로 쓸 수 있다면 파괴력에 있어서만큼은 결코 정마쌍선이나 기련존자의 아래가 아닐 것이다. 그야말로 무적이 되는 것이다. 한데 태자는 축복이라 불러도 시원치 않을 그것을 저주라 말했다.

무한은 태자를 이해했다. 태자가 품고 있는 뇌정이란 놈은 태자가 감당할 수 있는 범주를 한참이나 벗어나 있었다. 더군다나 태자의 괴로움의 근원은 단지 힘이 있어도 쓰지 못하는 것이 아닌 듯했다.

무한은 태자의 단전 입구가 단단히 막혀 있었던 것을 상기했다. 아무리 생각해도 태자가 인위적으로 단전을 봉쇄했다고밖에 볼 수 없었다.

"뇌정을 언제부터 억제하고 계셨습니까?"

"이리 살아온 지 벌써 십 년이 넘었네."

태자의 음성에서 오랜 세월 찌들었던 고단함이 짙게 배어

나왔다.

태자는 막대한 힘을 쓰지 못했을 뿐만 아니라, 뇌정의 기운을 억제하느라 전력을 다하고 있었다. 그 같은 세월이 자그마치 십 년이라 했다.

"처음 뇌정을 느꼈을 때는 티끌에 지나지 않았네. 그 정도만으로도 운신에 아무런 문제가 없었고 몸이 마치 깃털과 같았네. 과인은 그 정도로 만족하였네. 하지만 의지와는 상관없이 놈은 스스로 자라났네. 티끌이 깨알만 하게 자라고, 점점 급속도로 자라나더니 오늘날에 이른 것일세."

놀라운 이야기였다.

"수련을 하지 않았는데도 말입니까?"

"믿을 수 없겠지. 하지만 믿어야 하네, 사실이 그러하니. 녀석은 두려움을 느낄 만한 속도로 성장을 거듭했네. 반면 녀석이 활개치고 다녀야 할 전신 경맥은 전혀 그렇지가 못했지."

태자는 감당하기 벅찬 힘이 깃들기 시작하자 덜컥 겁이 났다. 더욱 큰 문제는 철근과 같아도 시원찮을 경맥이 점차 퇴화되어 간다는 것이었다. 고삐 풀린 망아지처럼 기운이 경맥을 한바탕 휘저을 때면 거의 정신을 잃을 정도로 고통에 시달렸다.

시간이 더 흐르자 내력을 운기한다는 것 자체가 불가능하게 되었다. 기운이 기해를 벗어나면 고통을 받는 정도가 아니라 온몸의 경맥이 갈기갈기 찢어져 버릴 수준에 다다른 것이다.

결국 태자는 뇌정에서 뿜어지는 힘을 이용해 단전을 단단히 틀어막는 것 이외에는 아무것도 할 수 없게 되어버렸다.

"과인은 어리석게도 그제야 뭔가 이상하다는 생각을 하게 되었네. 은밀히 서고출납부를 확인했지. 하지만 비인연공비결이라는 책은 어디에도 없었네."

서고출납부는 왕부서고에 비치된 모든 책에 대해 입고 날짜와 입고 후 출납 상황을 기록한 책이었다. 그곳에 비인연공비결이 없다는 것은 정상적인 경로로 서고에 들어온 것이 아니라는 뜻이었다.

"전문가에게 감정을 의뢰했네. 오래되어 보이도록 책에 교묘히 약품 처리가 되었다는 것이 밝혀졌고, 책이 만들어진 시기도 과인이 서고에서 책을 발견한 시점과 거의 일치했네."

누군가 태자를 음해하려는 목적으로 책을 몰래 들어놓은 것이 명백했다.

"대체 누가 그런 짓을 한 것일까요?"

"처음에는 아우를 의심했네. 내가 사라지면 가장 큰 이익을 얻는 자가 바로 아우니 말일세."

"의심했다 하심은… 지금은 아니란 말씀이십니까?"

"일단은 아우가 맞네. 하지만 그 혼자만은 아니지. 아우가 어디서 그런 신공을 얻었겠나?"

태자는 비인연공비결을 신공이라 했다. 틀리지 않는 말이다. 비인연공비결은 신공임에 틀림없었다. 진품은 경맥이 쇠약해지는 치명적인 약점이 없을 테니 말이다.

"정화, 결국 그자입니까?"

"아직까지도 그가 아닌 다른 자는 떠올릴 수가 없었네."

"하온데 그런 기밀 사항을 어찌 소관에게 거리낌없이 말씀하시는 겁니까?"

"돌려 말하지 않음세. 과인을 도와주게."

한숨이 절로 나온다. 제 식구조차 제대로 챙기지 못해 두 사질이 사경을 헤매고 있는데 또 누구를 도와준단 말인가.

태자의 한 서린 과거를 들은 마당에 매몰차게 거절할 수가 없었다. 하지만 그렇다고 무엇인지도 모르고 덥석 수락하기도 힘들었다.

그야말로 좌불안석이었다.

"거절하지 말아주게. 시간이 별로 없네. 지금까지는 견뎌왔지만 이제는 과인도 지쳤어. 아니, 사실 지치고 말고의 문제가 아닐세. 이제는 한계에 임박했네. 뇌정을 단전에 가둬놓는 것도 힘든 단계에 이르렀단 말일세."

태자는 자신의 목숨이 얼마 남지 않았다고 말하고 있었다. 상대가 태자인 것은 그만두더라도 죽음을 목전에 둔 사람의 절박한 부탁을 차마 거절할 수가 없었다.

"휴, 제가 어찌하면 되겠습니까?"

"두 가지 부탁이 있네. 그중 하나는 심법의 문제점을 찾아주는 것일세."

"어렵겠지만 한번 해보겠습니다. 하지만 설령 문제점을 찾는다고 해도……."

무한의 손에 들린 붓끝이 중도에 멈춰 섰다. 하지만 무한이

하려는 말이 무엇인지 모를 태자가 아니었다.

"알고 있네, 이미 늦었다는 것을. 하나 과인은 큰 욕심을 부리는 것이 아닐세. 이 년, 아니, 일 년 정도만이라도 더 살기를 바라는 것이네. 살아서 반드시 해야 할 일이 있어. 그 일을 마무리 짓지 않고서는 차마 눈을 감지 못할 걸세."

"길을 찾아보겠습니다. 한데 다른 하나는 무엇입니까?"

"아직은 아닐세. 후일, 자네의 힘이 절실할 날이 올 것이네. 그리고 이건 그에 대한 응분의 대가이니 받아주었으면 하네."

태자가 내민 것은 폭이 반 자쯤 되는 작은 함이었다.

무한은 선뜻 손을 내밀지 못했다. 내용물은 그만두고 겉모습부터가 실로 범상치 않았다.

함의 표면은 용이 승천하는 형상을 담아내고 있었는데, 보는 방향에 따라 형형색색의 빛깔을 내고 있어 마치 살아서 꿈틀대는 것처럼 보였다.

"낯설지 않겠지. 자네의 나라, 조선의 나전칠기일세. 함의 주요 재질인 한옥이야 명국의 것이네만, 세공은 조선제일장인의 솜씨라고 들었네."

무한은 재질이 한옥이라는 말을 듣고 자세히 살폈다. 한옥은 서늘한 기운을 뿜어낸다고 들었는데, 기감이 누구보다 발달한 무한이었음에도 전혀 그런 점은 느낄 수 없었다.

"자네가 이상히 여기는 것도 무리는 아니지."

태자가 말과 함께 함의 한쪽을 매만지자 딸깍, 하는 소리와 함께 금세 서늘하면서도 청량한 기운이 흘러나왔다. 한데 그 기운이 은은함을 넘어 사뭇 강렬했다.

태자가 함에서 손을 떼자 용의 아가리 부분에 붙어 있던 나전이 벗겨져 있는 것이 보였다. 그곳만은 쉽게 탈부착이 가능하도록 제작되어 있었던 것이다.

"한옥은 아무런 장식이 없어도 그 자체로 아름다운 물건이네. 그럼에도 굳이 나전칠기로 감싼 것은 옥에서 뿜어지는 한기를 한곳으로 모으기 위해서였던 것 같네. 도무지 흉내 낼 수 없는 기술이지."

"굉장한 기운이군요. 머리가 맑아지는 것 같습니다."

무한이 함을 곁에 두고 있으면 좋을 것 같다는 생각을 하고 있을 때, 태자가 말했다.

"대단한 놈이지. 하지만 이 녀석의 진짜 쓰임을 안다면 단지 대단하다는 표현만으로는 부족하다는 걸 실감하게 될 걸세."

"옥함의 쓰임이 따로 있다는 말씀이십니까?"

태자가 끄덕이며 말했다.

옥함은 태자가 열 살 되던 해에 그의 조부인 명 태조로부터 받은 생일 선물이었다. 한눈에 보기에도 귀한 물건이었지만 딱히 쓸모가 없었기에 수년이 지나도록 내실의 한 부분을 장식하고 있을 뿐이었다.

그러던 어느 날이었다. 내실을 청소하던 시비가 함을 닦다가 그만 나전장식 한쪽을 떨어뜨리는 실수를 범하고 말았다. 시비는 황제로부터 받은 선물을 망가뜨리자 그야말로 혼비백산하여 그 길로 왕부에서 도망쳤다.

나중에 그 사실을 알게 된 태자는 불같이 노했다. 하지만 분노는 오래가지 않아 눈 녹듯 사그라졌다.

당시 비인연공비결 일 단계를 연성하던 중이었던 태자는 옥함에서 뿜어지는 범상치 않은 기운을 단박에 알아차린 것이었다.

분을 가라앉힌 태자는 새삼스레 옥함을 꼼꼼히 살폈다. 그리고 곧 시비가 실수로 망가뜨린 것이 아니라 원래부터 탈부착이 되도록 만들어졌다는 걸 알 수 있었다.

한기가 흘러나오는 용 머리 부분을 얼굴 쪽으로 향하고 있노라면 머리가 맑아졌다. 밤을 낮 삼아 글을 읽는 선비로서는 그야말로 보물이나 진배없는 물건이었다.

선물을 준 황제조차도 알지 못했던 옥함의 신비를 알아냈으니, 시비가 도망치지 않았다면 혼내기는커녕 큰 상이라도 내리고 싶은 기분이었다.

서책을 읽을 때면 잊지 않고 옥함을 곁에 두었다. 효과는 기대 이상이었다. 놀랍게도 성취가 전에 비해 배가 되었다. 내력을 연마하느라 글공부하는 시간이 부족했음에도 전에 비해 진도가 더욱 빠를 정도였다.

밤낮으로 글공부와 내력 연마를 병행하기를 이 년. 학문은 옥함의 도움으로 장족의 성취를 이루었다. 그에 비해 비인연공비결은 이 단계에 가로막혀 별다른 성과가 없었다.

"일 단계만으로도 충분했거늘, 뭔가에 가로막히자 괜한 호승심이 치솟았네. 고민했지. 그러다 생각해 낸 것이 바로 이 옥함이었네."

태자는 내력을 연마할 때도 혹시 옥함의 한기를 쏘이면 도움이 되지 않을까 하는 생각을 하게 되었고, 곧 실행해 옮겼다. 결과는 대성공이었다.

"뛸 듯이 기뻤지. 후에 그 일이 대재앙의 시초가 될 줄은 꿈에도 모른 채 말일세. 옥함이 아니었더라면 사 단계에 진입하는 시간이 못해도 십 년은 늦춰졌을 것이네."

옥함을 바라보는 태자의 눈에 복잡한 심정이 깃들었다. 보물로 여겼던 옥함 때문에 뇌정이 급속도로 자라 생명을 위협하고 있으니 그럴 법도 했다.

"태자 전하께는 재앙이 되었다지만 그래도 가치를 헤아릴 수 없는 물건이 아닙니까. 제가 어찌……."

"과인 또한 모르는 바 아니네. 이 옥함은 학문을 좇는 선비에게는 백 명의 훌륭한 스승보다 나을 것이고, 무예를 좇는 무사에게는 천하의 어떤 명검과도 바꿀 수 없는 것일세. 그야말로 무가지보인 셈이지. 그럼에도 과인이 이 물건을 자식에게 물려주지 않은 이유를 아는가?"

그러고 보니 이해가 되지 않았다. 태자가 말한 대로라면 옥함은 신기(神器)라 불리기에 손색이 없었다. 자식에게 가장 좋은 것을 주고 싶은 것이 응당 부모의 마음인데 어찌 이것을 세자가 아닌 자신에게 주는 것일까.

"과인은 이 꼴이 되어서야 이만한 물건이 세상에 나왔다면 그만한 이유가 있지 않을까 하는 생각을 하게 되었다네. 과인은 주인이 아니었기에 해를 입게 된 것이 아니겠는가?"

"세자께서 주인일 수도 있지 않겠습니까?"

"물론 세자의 총기야 폐하께서 총애하실 정도니 어쩌면 이 물건을 능히 감당할 수 있을지도 모르지. 하지만 과인은 세자가 이 물건의 주인이라고는 생각하지 않네."

태자는 한기가 새어 나오는 용의 아가리를 나전 조각으로 막고는 무한 쪽으로 내밀었다. 머리를 맑게 해주던 청명한 기운은 씻은 듯 자취를 감춘 뒤였다.

"열어보지 않을 텐가?"

무한은 오랜 망설임 끝에 조심스럽게 함을 열었다. 함을 열자마자 생전 처음 맡아보는 신비로운 향기가 온 내실을 가득 채웠다. 향의 근원은 엄지손톱만 한 크기의 단환이었다.

황금빛이 도는 네 개의 단환과 세 개의 진청색 단환, 총 일곱 개였다.

"이것은 무엇입니까?"

"소림승들과 무당의 도사들이 제법 공들여 조재한 단약이라고 들었네. 지금의 자네야 별 도움이 못 되겠지만 자네 사질들에게는 적게나마 효과가 있을 걸세."

태자가 대수롭지 않은 듯 말한 단약은 누만금을 주고도 얻기 힘든 소림의 대환단과 무당의 비전 단약인 태청단이었다.

두 문파에서 태자의 환심을 사고자 눈물을 머금고 진상한 것인데, 그렇지 않아도 감당키 힘든 놈을 품고 있는 태자였기에 독약이나 진배없는 것들이었다.

"사양하지 않겠습니다."

무한은 태자에게 연이어 귀한 물건을 받게 되니 태자의 부탁을 들어준 것이 마치 거래를 한 것만 같아 마음이 무거웠다. 하지만 만평과 중평의 일로 의기소침해진 사질들을 생각하니 쉽게 거절할 수도 없었다.

第四章
뇌정(雷霆)

기검
신협 棋劍神俠

뇌정(雷霆) 1

　무한이 들어서자 만평과 중평의 침대 맡에 서 있던 오평과 청평이 일어나 허리를 숙였다.

　무한은 어깨가 축 처진 오평과 청평을 보노라니 가슴이 답답했다.

　"좀 어떠냐?"

　오평이 무거운 음성으로 말했다.

　"두 분 모두 별 차도가 없습니다. 왜 만평 사형마저 깨어나지 않으시는 건지……."

　희한한 일이었다. 만평은 양질의 치료와 도선비기의 도움으로 하루가 다르게 치유되어 지금은 대부분의 상처가 아문 상태였다. 맥 또한 정상이었다.

한데 만평은 정작 혼수상태에서 깨어나지 못하고 있었다. 기이한 일이라며 어의조차도 고개를 내흔들었다. 아무리 살펴봐도 몸에는 아무런 이상이 없다고 했다.

무한은 어두운 안색의 오평과 청평에게 태자에게서 받은 대환단을 각각 한 알씩 주었다.

오평과 청평은 코끝을 파고드는 기이한 향에 놀란 얼굴로 말했다.

"사숙, 이것이 무엇입니까?"

"자연 그대로의 진기를 축적하는 것이 최상의 방법이겠으나, 너희의 경우 비기의 습득이 늦었으니 이것의 도움을 받아도 큰 무리는 없을 것이다. 각자 처소에 들어 복용한 후 전심전력으로 비기를 운용하여 약 기운을 녹여라."

오평 등은 생전 처음 영약이라는 것을 손에 쥐자 당황하여 어찌할 바를 몰라 했다. 무한이 자신들을 위해 영약을 구하려 어떤 대가를 치렀을지 알 수 없어 선뜻 무한의 말을 이행할 수가 없었다.

"향만으로도 귀한 것임을 알겠습니다. 하지만 어찌 이런 것을……."

"태자가 자신을 무사히 호위한 데 대한 고마움의 표시를 한 것이다. 만평과 중평의 몫도 있으니 부담을 가질 필요 없다."

"그렇다면 더더욱 받을 수가 없습니다. 저희는 아무것도 한 것이 없습니다. 이런 것이라면 사숙께서……."

"그렇지 않다. 만평과 중평이 살아 있는 것은 모두 너희들의 노고가 있었기에 가능한 일이다. 무엇보다 나는 영약에 의지해 무력을 키울 단계를 벗어났으니, 더는 사양할 것 없다."

오평과 청평을 떠밀다시피 하여 내보낸 무한은 만평의 머리맡에 섰다.

아무런 이상이 없는데 깨어나지 못한다? 무한은 깨어나지 못하는 것이 아니라 깨어나지 않는 것이라 생각했다. 즉, 만평 스스로 깨어나고자 하는 의지가 없기 때문이라고 생각했다.

"그만 일어나라. 중평의 일은 너의 잘못이 아니다."

만평은 듣는지 마는지 여전히 눈을 굳게 내리감은 채 미동도 없었다.

"이제 중평에게 남은 시간은 길어야 열흘이다. 반드시 중평을 살려내겠다. 내가, 아니, 너와 나, 오평과 청평. 우리가 중평을 살려야 한다."

꿈틀, 거짓말처럼 만평의 손가락 끝이 움직임을 보였다. 그리고 굳게 닫혔던 눈꺼풀이 바르르 떨리고 만 근 거석을 밀어 올리듯 천천히 뜨이기 시작했다.

"고맙다, 깨어나 주어서."

망막이 흐릿한지 몇 번이나 눈을 깜빡이던 만평이 누운 채로 입을 열었다.

"사숙… 이십니까."

"그래, 나다."

"흐흐, 악몽, 지독한 악몽을 꾸었습니다."

"……."

"꿈에서 중평이… 중평, 중평은 어디에 있습니까?"

"중평은 이 방에 있다."

그 말에 만평이 힘겹게 상체를 일으켰다. 방 안은 어둠에 잠겨 있었다. 평소의 그였다면 문제가 없었겠지만 기력이 돌아오지 않은 지금, 어둠은 시야를 가로막는 장애였다.

"불을……."

"아니, 불빛이 아닌 네 힘으로 보아라."

"하지만 지금은 아무것도 볼 수가 없습니다."

무한은 만평의 손에 영단을 쥐어주었다.

"이것으로 네 몸을 살리느라 기진한 도선비기를 깨워라."

만평은 무한의 음성에 깃든 강한 의지를 꺾을 수 없음을 깨닫고 즉각 단약을 입안에 털어 넣었다.

무한은 운기에 들어간 만평을 잠시 바라보고는 중평에게 다가갔다. 파리하다 못해 검게 죽은 얼굴을 보려니 가슴이 먹먹해온다.

무한은 감각을 극대화시켜 앞서 나간 오평과 청평의 상태를 살폈다. 곧 길고 가느다란 두 가닥의 숨소리가 느껴졌다. 두 사질이 순조롭게 운기삼매경에 빠진 것을 확인한 무한은 중평을 진맥했다.

숨까지 멈춰 중평의 생을 유지시키고 있는 한 가닥 기운에 집중했다. 벌써 몇 번째 확인한 대로 모든 진기의 통로가 단단히 막혀 버려 신체의 전 기관이 정지해 있었다.

어떻게든 진기를 흘려 넣어 끊어진 경맥을 이어보려 했지만 허사였다. 일전 확인한 바대로 중평은 체질적으로 도선비기와 맞지가 않았다. 비기가 물이라면 중평의 몸은 기름이었다.

무한은 철저하게 무기력한 자신에 한숨이 절로 터졌다. 다른 사질들에게는 비기를 전수해 줄 수도 있었고, 영약을 줄 수도 있었지만, 중평에게만은 아무것도 줄 수가 없었다.

'아, 정녕 방법이 없단 말인가!'

무한이 탄식하고 있을 때, 만평이 어느새 운기를 마쳤는지 곁에 서 있었다.

"사숙, 중평이 어째서 이런 얼굴을 하고 있는 것입니까? 어째서 중평이……."

무한은 아무런 대답도 하지 않았다. 사실 만평도 알고 있을 터였다, 자신이 꾼 것이 꿈이 아니었음을.

2

무한은 만평의 숨죽인 오열을 뒤로하고 처소로 들었다.

가슴이 답답하고 마음이 심란해 어둠 속에서 한동안 멍하니 앉아 있었다. 좀처럼 무력감을 떨치기 힘들었다. 이토록 자신이 하찮게 느껴진 적은 처음이었다.

하지만 무한은 이내 마음을 다잡았다.

죽을 날을 정해놓은 채 누워 있는 중평을 생각하면 슬퍼하는 것마저 사치였다. 넋을 놓고 슬퍼하는 것은 중평이 죽은 후에 해도 늦지 않았다. 지금은 좌절하거나 슬퍼하기보다 중평을 살리기 위해 무엇이라도 해야 할 때였다.

강호 최고의 의술을 가진 사람도 고개를 저었고, 어쩌면 명나라제일의 의원일지도 모를 어의조차 손쓸 방법이 없다고 했다. 한가닥 기대를 걸고 약노를 수소문해 달라고 원적에게 이미 부탁을 해놓기는 했지만, 그 신출귀몰한 분을 찾을 수 있을지 의문이었다.

일단 의술로는 힘들다고 봐야 했다. 의술이 아니라면 심공밖에 의지할 것이 없다.

도선비기로는 불가능하다는 것을 몸소 체험한 터, 다른 어떤 것을 찾아야 했다. 흔하디흔한 것은 안 된다. 가장 가능성이 있는 것이 바로 이것, 비인연공비결이었다.

무한은 태자에게서 받은 옥함을 꺼내 청량한 기운이 머리를 비추도록 맞춰놓고는 푸른 달빛에 의지해 비인연공비결을 읽어 내려가기 시작했다.

태자에게 들은 대로 책은 간단한 진기토납부터 설명되어 있었다. 간단한 내용이었지만 무한은 처음부터 정독하기 시작했다. 정상적인 방법이든 아니든 어마어마한 기운을 생성시킨 심법이다. 한 자라도 허투루 넘어갈 수 없었다. 짐작대로 진기토납 부분은 특이점이 없었다.

하지만 정작 본격적으로 비인연공비결이 시작되는 부분부터 막히고 말았다. 책 내용을 이해할 수가 없어서가 아니었다. 오히려 심법은 진기 이동 경로를 쉽게 풀어놓고 있었다.

하지만 단순히 구결을 보는 것만으로 심법의 장단점을 파악하기란 쉽지 않은 일이었다. 더군다나 무한은 장단점을 넘어 심법의 문제점을 찾아야 했다. 사실상 불가능한 일이었다.

문제점을 찾는답시고 시험 삼아 익혀볼 수도 없는 노릇이었다. 한 그릇에 두 개의 기운을 담았다가 무슨 일이 일어날지 장담할 수 없었다.

무한은 아무 이상이 없다가 네 번째 단계에 들어서면서부터 문제가 생겼다는 점에 주목했다. 즉, 네 번째 단계에 들어서면서부터 경맥이 쇠약해졌다는 이야기다.

삼 단계까지는 경맥과 기운을 함께 키우는 제대로 된 심공일 가능성이 컸다. 반면 사 단계부터는 경맥을 강화하는 심결을 빼고 뇌정만 극대화시키는 쪽으로 구결을 변형시켰다는 추측이 가능했다. 잘못된 비결을 익히는 와중에 옥갑의 도움까지 받아 뇌정이 비정상적으로 커진 것이다.

하지만 거기까지가 다였다. 네 번째 구결을 아무리 살펴봐도 무엇이 어떻게 잘못된 건지 알 수가 없었다.

무한은 비인연공비결을 거의 외우다시피 읽고 또 읽은 후에야 자리에서 일어섰다. 어느새 찾아든 미명이 수줍게 창가로 스며들고 있었다.

뜬눈으로 밤을 지샌 무한은 일찍부터 태자의 처소로 들었다. 태자가 어두운 안색의 무한을 보며 말했다.

"역시 쉽지 않던가?"

"아직은 뭐라 말씀드리기가 힘들 것 같습니다."

"벌써 포기하는 건 아닐 테고, 이리 이른 시간에 과인을 찾은 이유가 뭔가?"

"괜찮으시다면 다시 한 번 그 기운을 느끼고 싶습니다."

무한이 태자를 찾은 것은 다시금 뇌정의 기운을 관찰하고 싶어서였다. 스스로 익힐 수 없으니 기운의 성질을 알아내 역으로 구결의 문제점을 찾아보자는 생각이었다.

태자가 맥을 내어주기 전에 다짐을 받았다.

"자네라면 한 푼 정도의 힘까지는 감당할 수 있을지도 모르겠네. 하지만 그 이상은 절대 무리일세."

무한이 고개를 끄덕이자 태자는 그제야 팔목을 내주었다. 사실 단전을 여는 일은 무한뿐만 아니라 태자 본인에게도 상당히 위험한 일이었다.

태자는 거의 일체의 움직임을 배제한 채 모든 힘을 기울여 단전을 봉쇄하고 있었다. 단전을 개방하는 것은 찰나의 순간에 지나지 않았지만 자칫 큰일이 일어날 수도 있었다. 미세한 균열이 발단이 되어 거대한 둑이 무너지는 것과 같은 이치였다.

긴장된 분위기 속에 무한은 전날보다 많은 한 푼의 진기를 경맥을 통해 밀어 넣었다. 이미 한 번 지났던 길이었기에 진기는 지체없이 단전 앞까지 도달했다.

태자는 무한이 흘려보낸 진기가 단전 문을 열라는 신호를 보내자 찰나지간 틈을 주었고, 무한은 늦을세라 재빨리 단전 안으로 진기를 들여보냈다.

광활한 대지, 그리고 중앙에 자리 잡은 엄청난 기운!

고오오오!

뇌정은 무한의 진기가 자신을 인식하자마자 광포한 공격을 가해왔다. 전날 실처럼 가느다란 뇌전을 뿜었다면 이번에 덮쳐 온 뇌전은 동아줄만큼이나 굵었다.

무한은 한 가지 생각이 번쩍 떠올라 공격해 오는 뇌전의 일부를 몸속으로 허용했다.

파팟! 꽈아앙!

순간 무한은 삼 장여를 날아가 내실 문에 세차게 부딪쳤다.

"컥!"

무한은 간신히 중심을 잡으며 손등으로 입가를 닦았다. 피가 묻어나왔다.

충격이 적지 않았으나 무한은 자신을 공격해 온 뇌정의 기운 중 미세한 양을 취하는 데 성공했다. 무한의 몸속으로 들어온 뇌정의 기운은 지남철이 같은 극을 밀어내는 것처럼 도선비기로 축적된 진기를 밀어내려 발버둥을 치고 있었다.

무한이 날뛰는 뇌정의 기운을 도선비기로 겹겹이 감싸 옴짝달싹하지 못하도록 만들었을 때, 태자가 얼굴에 흥건한 땀을 손수건으로 닦아내며 물었다.

"어떤가?"

한 가지는 확실히 알았다, 비인연공비결을 익히는 것은 자살행위라는 것을.

등에서 식은땀이 솟았다. 간밤 비인연공비결을 몇 번이나 익히려다가 포기했던 것이 얼마나 현명한 선택이었는가.

"예상대로 쉽지 않을 듯합니다."

놈은 자신이 아닌 다른 기운은 절대로 용납지 않는다. 포용력이라고는 눈을 씻고 봐도 없다. 지독히 이기적이다. 또한 사납고 광포하며 호전적인 녀석이었다. 포용력이 강한 도선비기와는 정반대의 성격을 가졌다. 저런 녀석이 몸에 들어온다면 그야말로 끔찍한 일이 벌어질 터였다.

무한은 태자전을 떠나 영빈관으로 돌아왔다. 중평은 여전히 간신히 숨만 쉬는 처지였고, 다른 사형제들은 그런 중평의 주위를 어둡다 못해 칙칙한 얼굴로 지키고 있었다.

무한이 답답한 마음을 담아 말했다.

"어찌 영약을 섭취한 사람 얼굴이 그토록 어두운 것이냐? 설마 영약을 감당할 수 없었던 것은 아니겠지?"

"아닙니다. 이미 반 정도 녹였습니다. 사형이 걱정되어 도무지 집중이 되지 않아 나와본 것입니다."

"여기는 내가 있을 테니 걱정 말고 다들 돌아가 남은 기운을 거두어라. 기운이 한곳에 정체되어 있으면 좋을 것이 없다."

오평과 청평, 만평까지 설득하여 보낸 무한은 태자에게서 취한 미량의 뇌정 기운 중 다시 극히 일부를 중평의 맥에 조심스럽게 불어넣었다.

무한이 위험을 무릅써 가면서까지 뇌정진기를 취한 것은 뇌정의 기운이 혹시 중평과 맞지 않을까 하는 생각이 들어서였다. 뇌정의 기운은 도선비기를 극도로 꺼려했다. 중평 또한 도선비기를 전혀 받아들이지 않았다. 그러니 혹시 둘 사이에 예상치 못한 친화력이 있을지도 모를 일이었다.

실보다도 가늘게 풀려나온 뇌정의 기운이 중평의 경맥으로 흘러들어 갔다.

움찔!

기운이 흘러들어 가자마자 중평의 팔이 경련을 일으켰다.

무한은 그야말로 대경실색하여 급히 뇌정의 기운을 차단하는 한편, 흘러들어 간 기운을 회수하려 했다. 하지만 뜻대로 되지 않았다. 마치 제 굴로 들어가려는 뱀을 꼬리를 잡고 당기는 것처럼 도무지 딸려오지 않았다.

결국 뇌정의 기운을 급히 차단하여 더 이상 유입되는 것은 막았지만, 이미 흘러들어 간 기운은 회수할 수 없었다. 무한은 땀이 송골송골 맺힌 이마를 닦을 사이도 없이 급히 중평의 상태를 살폈다.

가슴을 쓸어내렸다. 중평의 상태는 악화되어 있지 않았다. 무한은 다소 안심하며 나머지 기운도 천천히 밀어 넣으며 상태를 살폈다.

고삐 풀린 망아지처럼 휘젓고 다녀야 할 그것이 중평의 몸에 들어간 후에는 거짓말처럼 잠잠했다. 중평의 몸이 마음에 든 것이 틀림없다.

무한은 순간 눈물이 쏟아지려는 것을 간신히 참았다. 중평을 살릴 수 있는 일말의 희망을 이 순간 본 것이었다.

이것은 그야말로 획기적인 일이었다. 그저 그런 내력이 아니라 벽력의 기운을 품은 광포한 녀석이다. 그런 녀석이 얌전하다는 건 그냥 그런 정도가 아니라 중평의 몸이 매우 마음에 들었다는 뜻이다.

태자는 삼 단계까지는 비인연공비결을 익히는 데 문제가 없었다고 했다. 사 단계에 진입하기 전까지는 부작용이 없으니, 뇌정을 심어놓으면 그때까지는 경맥을 강화시킬 것이다.

물론 그 후로는 태자의 경우처럼 멋대로 뇌정이 자라나 경맥을 다시 쇠하게 만들 가능성이 컸지만, 그건 몇 년 후 사 단계로 접어들었을 때의 이야기였다. 일단 중평이 살아나기만 한다면 그 안에 무슨 수를 써서라도 심법의 문제를 찾아 고치면 된다.

하지만 아직 문제가 끝난 것은 아니었다. 문제는 뇌정의 기운을 어떻게 중평의 몸에 넣어주는가 하는 것이었다. 매번 이런 식으로 한다는 건 불가능하다. 중평이 살아나기 전에 무한의 몸이 남아나지 않을 터였다.

무한이 작은 희망을 발견하고 다시 벽에 직면한 그때, 원적이 접견실에서 기다린다는 전갈이 왔다.

접견실에 드니 원적뿐 아니라 반가운 얼굴들이 보였다. 적운과 청운, 장량, 명조후, 조의량이 모두 모여 있었다.

무한이 명조후의 어깨를 두드리며 말했다.

"무사히 돌아올 줄 알았다."

"금정 군영에서 기다리신다기에 갔더니 계시지 않기에 저희가 왔습니다."

"생각보다 얼굴이 좋아서 다행이다."

"좋지 않을 까닭이 없지요. 진관 아우는 끝까지 의를 행하다 죽었으니 어떤 여한도 없을 겁니다. 우리 두 형제 또한 그리하다 죽을 테니 아우가 잠시 앞서 간 것뿐이지요."

형제를 잃은 슬픔을 협의를 행하겠다는 의지로 승화시킨 두 형제의 몸에서 마치 빛이라도 나오는 듯했다.

중평에게 만약 일이 생기면 만평 등도 저들처럼 꿋꿋이 이겨낼 수 있을까를 생각하니 마음이 무거워졌다. 우선 무한 자신부터가 밀려드는 자괴감과 비감을 떨치기 힘들 것 같았다.

모두 자리에 앉은 후, 원적이 비장한 음성으로 말했다.

"안팎에서 모두 자네를 마선의 제자라 하고 있네. 마선이 자네를 조종해 천하를 얻으려 한다는 게야."

무한이 말했다.

"대인은 어떻게 생각하십니까?"

"솔직히 모르겠네."

원적은 혼란을 떨치기 힘들었다. 다들 무한의 무공이 마선의 무공이라는데 귀를 닫고 있을 수만도 없고, 그렇다고 누구보다 믿었던 사람을 다른 자의 말만 듣고 의심할 수도 없었다.

"정말 은혜를 모르는 사람들이군."

냉랭한 음성에 사람들의 시선이 일제히 문 앞으로 쏠렸다. 만평이 전에 없이 딱딱한 안색으로 안으로 들어서고 있었다.

"대체 여기서 우리 사숙이 아니었다면 살아 있을 사람이 몇이나 있습니까?"

원적은 물론이고, 누구도 입을 열지 못했다. 이곳에 있는 모두가 무한에게 한 번 이상씩은 목숨 빚이 있는 사람들이었다.

"다시 묻겠습니다. 사숙께서 먼저 대인께 접근을 했습니까? 우리가 대인께 배를 태워 달라고 했습니까? 그도 아니면 사숙께서 금의위 북진무사를 하겠다고 하셨습니까?"

원적은 입이 있으되 할 말을 찾지 못했다. 얼굴이 붉게 달아올랐다.

만평의 말이 옳다. 생각해 보면 모든 게 자신의 결정이었다. 먼저 군선에 타라 한 것도, 북진무사라는 직책을 맡아달라고 한 것도, 태자 호위라는 무리한 임무까지 맡긴 것도 모두 자신이었다. 그래놓고서는 자신에게 의도적으로 접근하지 않았을까 의심하다니.

자신이 무한과 만평 사형제 입장에서 생각해 보아도 적반하장이요, 배은망덕이었다.

"사숙, 떠나십시다. 어찌 이런 자들을 아군이라고 믿고 지낸단 말입니까?"

"내가 경솔하였네. 모두 자네를 의심해도 나만은 자네들을 믿었어야 했어."

원적의 진심을 담은 사과에 무한이 고개를 저었다.

"아닙니다. 아무리 믿음이 단단해도 주위에서 흔들면 의심하지 않을 수가 없지요."

"자네가 그리 말해주니 한결 마음이 편하군."

명조후가 불쑥 끼어들어 말했다.

"앞으로 저희 두 형제는 두 눈으로 본 것만 믿겠습니다. 지금까지 보아온 진무사님은 일개 병사들의 목숨마저 지키려 했던 분이셨지, 수백 명의 무고한 목숨을 앗아가는 분이 아니었습니다."

조의량이 고개를 끄덕이며 말했다.

"만에 하나 정말 진무사님이 마선의 제자라면 우리 형제는 스스로 목숨을 끊어 구명지은을 입은 은혜를 도로 토해내겠습니다."

과격한 언사였지만 음성에서 무한을 향한 강한 믿음이 느껴졌다. 하북이협에 이어 적운이 일말의 의심조차 깃들지 않은 음성으로 말했다.

"우리 형제는 애초에 진무사님을 의심한 적이 없었습니다."

이제 남은 자는 장량뿐이었다. 사람들의 시선을 받은 장량이 굳은 얼굴로 입을 열었다.

"솔직히 난 잘 모르겠소. 내가 지금 할 수 있는 말은 만약 진무사가 마선의 제자라면 가차없이 검을 들 거라는 거요."

"놀고 있군. 검을 뽑기도 전에 목이 달아날 거다."

만평의 냉소 섞인 말이었다.

만평은 스스로 생각해도 이상하리 만치 장량이 마음에 들지 않았다. 누군가를 이토록 꺼렸던 적이 없던 그였다.

그러나 다들 그런 점을 이해하는 눈치였다. 만평은 장량의 검에 당해 사경을 헤맨 적이 있었고, 무공 수위도 엇비슷해 경쟁심이 유발될 수밖에 없다고 여긴 모양이었다.

무한이 원적에게 시선을 돌렸다.

"그보다 금의위 간부 소집일은 정하셨습니까?"

"당분간은 힘들 것 같네. 남진무사 장윤이 외성을 지키던 자신의 수하들을 이끌고 북경을 빠져나갔네. 은밀히 사람을 풀어 알아보니 누군가를 찾고 있는 것 같더군."

무한이 끄덕이며 말했다.

"마선의 행방을 추적하고 있을 겁니다. 그가 돌아오면 즉시 천호 이하 전 간부들을 소집해 주십시오. 그것 말고 다른 것은 없습니까?"

명조후가 뭔가 생각난 듯 말하려 할 때였다. 문 앞 복도에서 뭔가가 우당탕 넘어지는 소리가 들렸다. 입구 근처에 있던 만평이 놀라 뛰어나간 직후,

"오평, 이, 이게 어찌 된 일이냐!"

무한은 만평의 비명과도 같은 음성이 들리자마자 튕겨지듯 뛰어나갔다. 만평이 정신을 잃고 쓰러진 오평의 상체를 안고 있었다. 무한은 대경실색하여 오평의 상태를 살폈다.

한눈에 보기에도 낯빛이 지나치게 검었다. 한 시진 전에 보았을 때도 얼굴색이 어둡다는 생각은 했지만 이 정도까지는 아니었다.

맥이 불규칙하고 탁했다. 문외한인 그가 보기에도 이건 중독 현상이었다.

"원 대인, 어의를 불러주십시오."

무한은 원적에게 부탁하고는 급히 청평의 처소로 달려갔다. 예상대로 청평 또한 침대에 쓰러져 있었다. 증상은 오평과 동

일했다.

이게 대체 어찌 된 일이란 말인가. 하지만 놀람은 그것이 끝이 아니었다.

"만평 스님!"

이번에는 경악에 찬 적운 등의 외침이 들렸다. 달려가 보니 아직 쓰러지지는 않았지만 만평의 얼굴도 시커멓게 변해 있었다.

"사, 사숙… 그, 그 단약에……."

그 말을 끝으로 만평 또한 정신을 놓아버렸다.

사질들이 연이어 쓰러지다니.

무한은 일평생 이토록 당황한 적이 없었다. 낯빛이 하얗게 질려서 어찌할 바를 모르고 있을 때, 마침 원적이 어의와 함께 뛰어들어 오고 있었다. 마침 어의가 중평의 상세를 확인하러 영빈관으로 향하던 차라 빠르게 도착한 것이었다.

오평을 진맥하고 미간을 잔뜩 찌푸리던 어의가 이번에는 만평을 진맥했다.

"어의영감, 어떻소이까?"

원적이 보다 못해 묻자 어의가 고개를 저었다.

"독입니다."

"독이라! 한데 왜 고개는 흔드는 것이오."

"독은 독인데, 도통 모르겠다는 말씀입니다."

"어의께서도 모르는 독이라 이 말이오?"

"모르는 독입니다. 노부가 모르는 독이야 흔하고도 흔하니 이상할 것은 없습니다. 다만 독의 종류를 알고 모르고를 떠나서 이상한 독이라는 말씀입니다."

"이상한 독이라니? 알기 쉽게 설명해 보시오."

"신체의 거의 모든 기관이 독에 침습당했습니다. 짐작컨대 꽤 짧은 시간 안에 급속도로 퍼진 것 같은데, 이상하게 심장과 폐만 멀쩡합니다. 독이 심장으로 통하는 경맥과 폐장으로 통하는 경맥 앞에서 딱 멈춰 서서 도사리고만 있단 얘기입니다."

"그게 무슨 말이오? 산다는 말이오, 아니면 죽는다는 말이오?"

"심장과 폐가 살았으니 당분간은 죽을 이유가 없지요."

"하면 어서 치료하지 않고 뭐 하고 계시는 게요!"

"난생처음 보는 독인데 어찌 치료하라는 말씀입니까. 이건 기독(奇毒)입니다, 기독."

청운에게서 원적과 어의의 대화를 전해 들은 무한은 얼굴이 사색이 되어서 물었다.

"당분간이라면 얼마 정도 버틸 수 있다는 말씀이십니까?"

어의가 고개를 절레절레 저으며 말했다.

"노부로서도 섣불리 장담할 수 없소이다. 심장과 폐 근처에서 도사리는 독이 지금이라도 침범하면 당장 죽을 것이고, 이대로 이상한 현상이 계속된다면 사나흘은 버틸 수 있을 겁니다."

길어야 사나흘, 아니면 당장이라도 죽을 수 있단다. 무한은 그야말로 폭발하고 말았다.

와장창!

무한의 신영이 창문을 부수고 어딘가로 쏘아졌다.

무한이 전에 없이 흥분한 모습으로 나가자 원적이 놀라서 소리쳤다.

"적운과 청운은 속히 진무사를 찾아라!"

한편 과격한 방식으로 영빈관을 빠져나온 무한은 단걸음에 태자전에 이르렀다. 아무리 북진무사라지만 사전에 약속이 없었기에 호위들이 앞을 막아섰다.

말도 통하지 않았지만, 설령 말이 통한다 해도 무한은 그들에게 조곤조곤 이곳에 온 이유를 설명하고픈 심정이 아니었다.

무한은 가로막은 태자 호위를 단숨에 때려눕히고 안으로 들어섰다.

"자네가 또 무슨 일인가? 한데 그 태도는……?"

역시 태자라는 건가. 태자는 무한이 호위를 때려눕힌데다 상기된 얼굴로 들어섰지만 다소 의외라는 기색을 보일 뿐, 크게 놀란 얼굴은 아니었다.

무한은 문득 그 얼굴이 역겹게 느껴졌다. 이미 자신이 오리라는 걸 알고 있었다는 것이 아닌가.

촤라락!

만화가 검집을 벗어나 세차게 바닥을 휘저었다.

"왜 제게 독이 든 영단을 주신 겁니까?"

태자는 단단한 청석에 새겨진 글씨를 보았다.

"내가 사람을 잘못 보았나 보군."

태자는 그 말을 끝으로 눈을 감아버렸다. 상대하지 않겠다는 뜻이었다. 무한이 분노를 참기 힘들 때쯤,

"진무사님!"

청운이 무한을 부르며 뛰어들어 왔다. 청운은 무한이 무슨 짓을 벌일지 몰라 한쪽 팔을 붙들고 늘어졌다.

"이게 무슨 일입니까? 왜 여기서 이러고 계시는 겁니까?"

청운은 사색이 되어 있었다. 이 무슨 일인가. 만약 무한의 이런 행위가 알려지는 날이면 참형을 면치 못한다. 북진무사가 아니라 금의위의 수장이 이런 짓을 해도 살아남기는 힘들 터였다.

청운 덕에 다소 흥분을 가라앉힌 그때, 태자가 불호령을 내렸다.

"그토록 어리석은 자였던가!"

무한은 태자의 외침에 정신이 번쩍 들었다. 그리고 뇌리를 스치는 음성이 있었다.

"북경 남쪽 끄트머리의 고안(固安)이라는 현에 행화촌이라는 작은 고을이 있다. 그곳 죽엽청주가 천하진미지."

산동세가를 떠나기 전 독개가 뜬금없이 했던 말이었다. 난데없는 술타령이 의아하기는 했지만 대수롭지 않게 넘어갔다. 한데 이제 보니 그것이 아니었다. 무언가를 암시하는 말이 분

명했다.

"아무 일도 아니니 각자 자리를 지켜라!"

밖에서 적운의 고함 소리가 들려왔다. 원적과 적운 등이 주변을 봉쇄하느라 진땀을 흘리는 모습이 눈에 선했다. 이 일이 외부에 알려지면 여러 사람이 치도곤이 나게 되어 있었다.

한 번의 그릇된 판단으로 여러 사람을 곤란하게 했다. 무한은 자책하며 고개를 숙였다.

"죄를 범했습니다. 그에 대한 처분은 후일 받겠습니다."

무한이 정상을 되찾자 태자가 그제야 눈을 뜨며 말했다.

"무슨 일인지는 모르나 흥분해서 될 일은 아무것도 없네. 뭔가 급한 일인 모양인데 속히 가보게. 이 일에 대한 이야기는 후일 듣도록 하지."

태자의 말에 청운은 죽었다 살아난 얼굴이 되었고, 무한은 다시 깊이 읍하고 태자전을 나섰다.

3

네 명의 도사 무리가 산길을 벗어나 소로로 접어들었다. 삼시십대의 비교적 젊은 연령층으로 이루어진 도사 일행이었다.

한줄기 시원한 바람이 일행을 스치며 파란 바탕에 선홍색 매화가 군데군데 수놓인 도복이 팔랑 춤을 췄다.

매화와 도복. 일행은 화산파의 도사가 분명했다.

하나같이 기체가 헌앙했다. 그중 무리의 선두에 선 도사가 유독 눈에 띄었다.

적당히 각진 얼굴에 시원스럽게 뻗은 높은 콧날, 단단히 다물린 두툼한 입술. 눈썹은 검을 닮았고, 눈동자는 수천 장 아래를 관조하는 매를 닮았다. 일견 차갑게 보일 수 있는 인상이었으나 다소 큰 귀와 입가에 걸린 옅은 미소가 인상을 부드럽게 바꾸어주고 있었다.

차가운 인상과 부드러운 인상이 혼재된 얼굴, 절세적인 용모는 아니었지만 보는 자로 하여금 한 번 더 눈길이 머물게 만드는 청량함이 있었다.

그가 가진 신비로움은 또 있었다. 좀처럼 연령대가 짐작이 되지 않는다. 외관은 서른 초중반으로 보이는데 풍기는 분위기는 적어도 사오십대의 중년이다.

선두에 선 도사가 잠시 걸음을 멈추자 나머지 일행도 덩달아 멈춰 섰다. 한 걸음쯤 뒤에 서서 공손히 손을 모으고 있는 모습에서 무척이나 공경하는 태도가 엿보였다. 나이대가 선두에 선 도사와 비슷하거나 오히려 많아 보임에도 그러한 자세를 취하니 마치 만평 사형제와 무한의 사이를 보는 듯했다.

어쨌든 나이를 떠나 선두에 선 자가 우두머리임에는 틀림없어 보였다.

선두에 선 도사가 서글서글한 눈을 들어 하늘을 올려다보았다. 그가 입은 도복만큼이나 파란 하늘에 바람에 떠밀린 뭉게구름이 점점이 떠가고 있었다.

곧 마음을 정했는지 힘찬 걸음을 내딛기 시작했다. 그의 걸음은 기계처럼 일정한 보폭을 유지하고 있었다. 그 길이 내리막길이든 오르막길이든 마찬가지였다. 심지어 사람들로 붐비는 길을 걸으며 방향을 틀 때도 보폭이 일정했다. 간단해 보이지만 결코 간단치 않은 장면이었다.

저녁 무렵 일정하게 유지되던 도사의 걸음이 작지도, 크지도 않은 한 객잔에 이르렀다. 도사 일행이 의식이라도 치르듯 느릿하게 소면과 절인 야채를 먹는 동안 객잔에 있던 손님들과 사환들은 좀처럼 보기 힘든 화산파 도사들에게서 눈을 떼지 못했다.

이윽고 도사 일행이 식사를 마쳤을 때였다. 허름한 옷을 입은 작은 거지 아이가 객잔 입구로 고개를 쑥 내밀더니 객잔 내부를 살폈다. 그러다 도사 일행을 발견하고는 몇 차례 망설임 끝에 쭈뼛거리며 다가왔다.

"이놈! 저분들이 뉘신 줄 알고 함부로 다가가는 게야! 썩 꺼지지 못할까!"

덩치 큰 사환 하나가 그 모습을 보고는 화들짝 놀라 달려왔다. 사환은 거지소년의 덜미를 달랑 잡아채 쫓아내려 했다.

"안 돼요! 저는 저 도사님들을 꼭 만나야 한다고요!"

거지소닌이 발버둥지는 모습을 지켜보던 우두머리 도사가 소년의 손에 뭔가가 들렸음을 발견하고 사환을 제지했다.

"그냥 두게. 아무래도 내게 볼일이 있는 모양이니."

사환은 도사의 말을 듣고 즉시 소년의 덜미를 놓아주었다. 한데 정작 도사에게 볼일이 있다던 소년은 좀처럼 다가오지 못했다.

"내게 볼일이 있는 것이 아니었느냐?"

도사의 입에서 나온 음성은 더없이 부드러웠다. 덕분에 도사의 허리에 매달린 검을 보고 잔뜩 굳어 있던 소년의 얼굴이 활짝 펴졌다.

소년은 그제야 쪼르르 달려와 손에 꼭 쥐고 있던 것을 도사에게 내밀며 말했다.

"어떤 아저씨가 이걸 도사님께 드리라고 했어요."

소년이 건넨 것은 여러 번 접힌 종이와 검파에 매다는 적색 수술이었다. 도사는 웃으며 소년이 건넨 물건을 받고는 품속에서 철전을 하나 꺼내 빈손을 채워주었다.

소년이 함박웃음을 짓고 물러간 후, 도사가 건네받은 종이를 펼쳤다. 순간 객잔 분위기가 차갑게 식었다.

종이는 다 펼쳐 봐야 손바닥만 했고, 그 안에 적힌 글씨라야 달랑 몇 글자뿐이었다. 하지만 그 몇 글자는 도사의 얼굴에서 단번에 미소를 씻어갔다.

수술의 주인을 산 채로 보려거든 해시(亥時)까지 삼지산(三指山) 중봉(中峰)으로 오라.

도사는 무심코 보아넘겼던 적색 수술을 자세히 살폈다. '화검룡(火劍龍)'이라는 세 글자가 수술 테두리에 선명하게 쓰여 있었다.

"대사형, 이건 진운의 수검표가 아닙니까!"

수술은 화검룡 진운이 오행검 중 화검을 전수받았다는 징표로 받은 물건이었다.

화검룡 진운은 화산의 오검룡 중 하나로, 매화출행패를 사용해 다른 네 명의 검룡과 함께 강호에 나와 있는 상태였다. 한데 화산의 검사라면 마땅히 목숨보다 귀히 여겨야할 수검표가 남에 의해, 그것도 협박성 글귀와 함께 전달되었으니 어찌 놀랍지 않으랴.

필시 신변에 이상이 생겼다는 뜻이었다.

어느새 밖은 짙은 어둠이 깔려 있었다. 해시까지는 고작 반 시진밖에 남지 않았다.

"삼지산이 어디에 있나?"

거지소년에게 말하던 따뜻하고 부드러운 도사의 음성을 기억하고 있던 사환은 싸늘한 음성에 부르르 떨었다.

다른 때라면 응당 시간을 끌면서 넌지시 돈을 요구했겠지만 지금은 그럴 때가 아니었다. 조금이라도 대답이 늦었다가는 목이 냉큼 달아날 것 같았다.

"북경이 있는 북동쪽으로 백 리 정도 가면… 어어?"

잠시 후 객잔에 한바탕 소요가 일었다. 분명히 눈앞에 있던 도사들이 순식간에 씻은 듯이 사라져 버린 때문이었다. 그 순간에도 영악한 사환은 탁자 위에 놓인 철전을 품속에 챙기고 있었다. 모두가 두 눈으로 도사가 도술을 부려 사라지는 것을 봤으니 밥값도 내지 않고 사라졌다고 하면 그만이었다.

객잔을 연기처럼 **빠져나온** 도사 일행은 북동쪽을 향해 신법을 펼쳤다. 그중 우두머리의 경공은 가히 초절하다는 말을 가져다 붙여야 어울릴 정도로 뛰어났다. 금세 나머지 세 도사와 거리가 벌어졌다.

"너희는 약속 장소인 행화촌으로 곧장 가거라. 이 일을 처리하고 뒤따르마."

한마디 말을 남긴 우두머리 도사는 더욱 속도를 높였다. 단 걸음에 사오 장씩 쭉쭉 미끄러지는 모습은 마치 부유하는 유령을 보는 듯했다. 더욱 경이로운 점은 이각이 지나고, 반 시진이 가까워가도록 같은 속도를 유지한다는 것이었다.

도사가 믿을 수 없는 속도로 달리기를 반 시진.

전면에 독특한 모양의 산이 나타났다. 도사는 보자마자 종이에 적혀 있던 삼지산임을 알아채고 지체없이 가운데 봉우리로 몸을 날렸다.

촤라락!

도포 자락을 휘날리며 도사가 산 정상에 서자마자 맞은편에서 흑의를 입은 육십대 노인 둘이 달빛을 안고 모습을 드러냈다. 그들은 산동악가의 가주 악대명의 사촌, 천룡창 악소교와 수호창 악후륜 형제였다.

산동악가의 두 고수는 꽤나 이름이 나 있었지만 도사는 강호 활동이 적었는지 두 형제를 알아보지 못했다. 서늘한 시선으로 두 노인을 쓸어보던 도사가 소년에게 전해 받았던 수술을 내보이며 입을 열었다.

"이 물건을 빈도에게 보낸 사람이 귀하들이오?"

"아마 맞을 걸세."

도사의 눈동자에 칼날이 깃들고 음성은 더없이 냉랭해졌다.

"진운은 어디 있소?"

"진운이라? 대체 무슨 말을 하는지 모르겠군. 이보시게, 아우."

"예, 형님."

"아우는 혹시 아는 바가 있나? 검명이 자자한 일검진혼 대협께서 무슨 말을 하는지 알고 있느냔 말일세."

"소제는 모르겠소이다. 화검룡이라면 화산파 도사일 텐데 어찌 소식을 우리에게 묻는지, 이 아우 또한 알 수가 없군요."

두 노인의 능청에 도사의 눈동자가 칼날처럼 번뜩였다. 맹수와도 같은 안광이 뼛속까지 헤집을 것만 같았다.

도사는 악소교가 말한 대로 화산파의 절대검객 일검진혼 도천상이었다. 그는 구벽검 장량의 사형으로, 사십을 넘어 곧 오십을 바라보는 나이였다. 그러나 겉으로 보이는 모습은 고작 삼십대를 웃도는 정도라 강호에 나서면 그가 도천상이라 짐작하는 이가 드물었다.

"빈도가 누군지 알고서도 이 같은 거짓을 꾸몄다?"

검을 뽑지도 않았는데 마치 추상과 같은 검세가 사방에 흩뿌려지는 것만 같았다. 일검진혼, 일검으로 영혼을 달랜다는 별호와 어울리게 도천상의 기세는 살벌하기 그지없었다. 이 순간 소년에게 미소를 지으며 철전을 쥐어주던 다정한 모습은 어디에도 없었다.

도천상이 뿜어대는 강력한 기세에 두 악가 형제가 주춤 물러섰다. 일찍이 본 적이 없던 일대 종사의 기상이었다.

"허허! 과연 명불허전이로다! 하나, 거짓을 꾸몄다는 말은 심히 듣기 거북하군."

"하면 거짓이 아니라는 것이오?"

"물론 거짓이 아니지. 그 수술의 주인은 바로 노부일세. 그러니 그 수술의 주인이 살아 있는 모습을 보고자 한다면 이곳으로 오라 한 것은 거짓이 아니지 않은가? 자네는 지금 멀쩡하게 살아 있는 노부의 모습을 보고 있으니 말이야."

악소교의 말에 도천상의 안색이 납덩이처럼 굳어졌다. 결국은 말장난에 불과한 말을 진지하게 듣고 있었으니 자신이 바보처럼 느껴졌다.

악후륜이 도천상의 분노에 불을 질렀다.

"역시 쉬워. 엉성하게 만들어진 수술 하나에 앞뒤 안 가리고 예까지 달려오다니 말이야. 무공만 믿고 머리를 쓰지 않는 대가를 오늘 톡톡히 치르게 될 게야."

도천상이 검파에 손을 얹으며 말했다.

"그대들은 누구인가? 무슨 목적으로 빈도를 이곳으로 유인했나?"

"누구인지는 알 필요가 없고, 목적은 말 대신 보여주는 것이 낫겠군."

악후륜이 작은 대롱을 입에 물자 도천상은 암기를 발사하려는 줄 알고 당장에라도 검을 뽑을 태세를 취했다.

삐이익!

도천상의 예상과는 달리 대롱은 암기 대신 거의 귀에 들리지 않을 정도로 가느다란 고음을 토해냈다. 그렇게 고음이 퍼져 나간 직후였다.

도천상은 솜털까지 곤두설 만큼 섬뜩한 살기를 느꼈다. 그 살기는 어마어마한 속도로 다가오고 있었다. 엄청난 존재감이었다.

차자장!

도천상은 검파를 으스러져라 쥐다 못해 자신도 모르게 검을 세차게 뽑아 들었다. 검갑에서 장검이 튀어나온 바로 그 순간,

휘이익! 처척!

칠흑 같은 흑의를 입은 한 인영이 정상으로 솟구쳐 올라와 두 발을 디뎠다.

"크르르!"

도천상은 나타난 자를 칼날처럼 예리하게 눈으로 훑어갔다.

광포한 살기를 줄기줄기 뿌리며 모습을 드러낸 자는 산발한 흑발로 마치 주렴처럼 얼굴을 가리고 있었다. 때문에 얼굴은 자세히 확인되지 않았지만 머리카락의 갈라진 틈으로 언뜻언뜻 보이는 흉험한 눈빛은 사람의 그것이라고 보기 힘들었다.

당장에라도 달려들 것 같은 자세로 끊임없이 입 밖으로 토해내는 으르렁거림도 사람이라기보다는 차라리 짐승에 가까웠다.

"이지를 상실한 자!"

도천상의 중얼거림대로 피리 소리와 함께 출현한 자는 제정신이 아니었다.

악소교가 입가에 흐뭇한 미소를 머금으며 말했다.

"지금껏 제대로 된 상대를 만나지 못했다지?"

"대체 저자는 누구냐!"

"혈아라는 녀석일세. 허허, 어떤가. 이 정도면 일검진혼의 상대로 부족함이 없을 것 같은데."

부족하기는커녕 터무니없이 강한 놈이다. 천하의 도천상조차도 오로지 죽이겠다는 의지로 점철된 녀석의 살기를 감당하기가 벅찰 정도였다.

도천상은 세상에 이런 자가 있으리라고는 생각조차 해본 적이 없었다.

대체 어디서 저런 자가 나타났단 말인가. 그때 한 가지 생각이 도천상의 뇌리를 번개처럼 스치고 지나갔다.

근래 마선의 제자가 출몰하여 혈사를 저지른다고 했다. 그때문에 산문을 나서지 않았던가.

'혹시 저자가 아닐까?'

도천상의 표정이 달라진 것을 본 악후륜이 득의한 웃음을 흘리며 말했다.

"뭔가 깨달은 모양이군. 아마 그 생각이 맞을 게야. 바로 이 녀석이 혼천등마부를 박살 낸 녀석일세."

도천상은 이를 악물었다. 화산에서 그 같은 소식을 접했던 그렸지만 이 정도일 줄은 몰랐다. 폐관수련에서 적지 않은 성과를 보고 나온 뒤라 강호에 혈란(血亂)이 일었다는 소식이 안타깝기도 했지만 일면 반갑기도 했다.

하산을 결심하고 허락을 구하러 나선 자리에서 문주는 마선의 일화를 재차 강조하며 신신당부했다.

검도의 끝을 보기 전에는 결코 방심하여서는 안 된다고.

확실히 방심했다. 흥분을 가라앉히고 좀 더 자세히 수검표를 확인했다면 가짜였음을 알아볼 수도 있었을 터였다.

하지만 후회는 아무리 빨라도 늦는 법.

"아우, 시간을 끌어서 좋을 것이 없네. 속히 일을 마무리함세."

악소교의 말에 악후륜이 한 소리 명령과 함께 피리를 불었다.

"녀석을 죽여라!"

삐이익!

"크허헝!"

피리 소리가 귓전에 다다름과 동시에 혈아라 불린 괴인이 포효와 함께 날아들었다. 도천상은 생각보다 배는 빠른 혈아의 공격에 이를 악물며 검을 뿌렸다.

스스슷!

파공음조차 없는 검은 섬전처럼 혈아를 양단할 기세로 파고들었다. 도천상의 목을 노리고 팔을 뻗어오던 혈아가 재빨리 팔을 거두어들이며 펄쩍 뛰어 물러섰다. 검에 반응하는 속도가 엄청나다. 뿐만 아니라 뒤로 물러서는 속도는 환영이 보일 정도로 빨랐다.

도천상은 양손으로 검파를 움켜쥐며 마른 침을 삼켰다. 지금껏 이토록 긴장된 대결은 처음이었다.

"크르르!"

예의 으르렁거림과 함께 혈아의 눈이 붉게 물들어갔다. 물러섰던 것이 분했던 모양이다.

"오거라!"

도천상의 호기로운 외침에 혈아가 즉각 응수했다.

터어엉!

시신경이 혈아의 신장이 한 자쯤 줄어들었다는 신호를 보내온 순간 엄청난 파공음과 함께 녀석이 코앞에서 불쑥 솟아올랐다. 앞선 공격보다 족히 배는 빠른 속도였다. 거의 완벽에 가까운 현마진린보의 발현이었다.

스아악!

도천상은 거의 본능적으로 검을 휘두르며 몸을 틀었다.

"큭!"

옆구리가 쓰렸다. 그리고 허전했다. 도포 자락이 손톱에 긁혀 너덜거리고 있었다. 다행히 중상은 아니었지만 손톱이 제법 깊이 훑고 지났는지 선홍색 피가 점점이 떨어지고 있었다.

터어엉!

'온다!'

스아앙! 파팟!

이번에도 간발의 차이로 검이 늦었다.

치지직!

또다시 놈의 손톱이 같은 자리를 훑고 지나갔다. 참기 힘든 고통이 밀려들었다. 더군다나 이번은 단발성 공격이 아니었다.

파파팟!

몸을 미처 돌리기도 전에 등 뒤에서 살기가 해일처럼 들이닥쳤다.

쉬익, 쐐애액!

돌아서며 거칠게 검격을 뿌렸다.

우우웅!

얼굴이 칼에 에듯 따끔거린다. 이번에는 장력이다. 상식을 벗어난 속도로 쇄도하며 밀어낸 장력은 도천상이 일찍이 경험해 본 적이 없는 위력을 품고 있었다.

꽈과과광!

검으로 막았지만 헛수고였다. 도천상은 미증유의 힘에 떠밀려 거의 삼 장여를 날아갔다. 혼이 육체를 이탈할 것 같은 충격이 밀려들었다.

도천상은 추락하기 전 가까스로 정신을 수습했다. 허공에서 두 번이나 제비를 돌아 자세를 바로잡았다. 그리고 땅을 딛으려는 바로 그때!

티어엉!

혈아의 피 묻은 손톱이 도천상의 왼쪽 가슴에서 불과 두 자

거리에 이르러 있었다. 눈 깜짝할 순간이면 저 강철보다도 억센 손에 펄떡이는 심장이 생으로 뜯겨 나갈 판이었다.

도천상은 깨달았다, 이번에야말로 그것이 아니면 살아날 수 없다는 것을.

이번 폐관수련으로 깨달은 무리(武理). 육을 벗어난 정신의 무예.

아직 검도에 적용시키기에는 미흡했으나, 지금은 이것저것 따질 처지가 아니었다.

"흡!"

한가닥 장대한 진기가 기해를 빠져나와 척추를 관통하고 백회로 치달았다. 단숨에 백회에 다다른 진기는 속도를 더욱 가속시켜 뇌 전체로 퍼져 나갔다.

쿠쿵!

머릿속 깊은 곳에서 강력한 충격파가 발생했다. 충격파가 해일처럼 뇌 전체로 퍼져 나갔지만 도천상은 한가닥 의식의 끈을 붙들고 변화를 조용히 관조했다.

웅!

귀가 먹먹해지고 곧 소리가 완벽히 차단되었다. 이어 눈을 떴으되 시야가 암흑으로 물들었다. 세상과의 교감이 완벽히 차단된 암흑의 영역.

신세계에 들어선 그 순간, 사람 얼굴 하나가 두둥실 떠올랐다. 살의로 똘똘 뭉친 자, 혈아라는 괴물이었다.

츠츠츳!

검에 불이라도 붙은 것인가. 도천상의 우윳빛 검신이 휘황한 빛무리를 머금었다. 검으로부터 뿜어진 빛은 곧장 한 자 거리까지 접근해 있던 혈아를 덮쳐 갔다.

빛의 검, 광검(光劍)이라 이름 붙인 육체의 영역을 벗어난 비예였다.

"끼아악!"

빛무리에 노출된 혈아는 쇠를 긁는 듯한 처절한 비명과 함께 훨훨 날아갔다. 하지만 도천상이 희열을 느낄 사이도 없이 사정없이 바닥에 패대기쳐졌던 혈아가 눕기 무섭게 튕겨져 일어났다.

도천상의 시선이 혈아의 가슴에 꽂혀들었다. 빛무리에 노출된 혈아의 가슴 부위가 환히 드러나 보였다. 한 자에 이르는 긴 검상에서 피가 꾸역꾸역 흘러나오고 있었다.

하얗게 탈색되었던 도천상의 얼굴에 핏기가 비치던 그때, 출혈양이 급격히 줄어들더니 이내 피가 뚝 멈춰 버리는 것이 아닌가. 너무도 비현실적인 일이었다.

"끼악!"

혈아의 살기가 더욱 짙어졌다.

'또 온다!'

도천상은 전신의 감각이 보내는 다급한 경종 소리를 듣는 즉시, 검을 들어 가슴을 가로막았다.

터어엉!

꽈아앙!

혈아와 정면으로 부딪친 도천상은 실 끊어진 연처럼 튕겨져 날아갔다.

쿠쿵! 우지직!

도천상은 거의 어른 허리둘레만큼 굵은 나무를 부러뜨리고 서야 간신히 멈춰 설 수 있었다.

"컥!"

기어이 내상을 입고 말았는가. 입술을 비집고 흘러내리는 뜨끈한 피가 느껴졌다.

녀석을 재빨리 시야에 담았다. 최악이었다. 녀석의 손에 어느새 묵빛 단창이 들려 있었다. 정교하다거나 날카로운 면모라고는 전혀 없는 조잡한 형식의 무기였지만 칙칙한 묵빛이 도천상의 가슴을 답답하게 짓눌렀다.

적수공권이었어도 막기 버겁던 녀석이 무기를 들었다. 더군다나 언뜻 보기에도 창의 재질은 묵철이었다.

슈아앙!

울렁거리는 속을 다독거릴 틈도 없었다. 혈안이 되어서 재차 들이닥치는 놈에게 혼신의 힘을 기울여 검격을 뿌렸다.

까아앙!

굉음에 가까운 금속성이 터졌다. 동시에 도천상은 엄청난 힘에 떠밀려 날아갔다. 산정을 벗어나 산비탈 아래로 곤두박질쳤다.

쿵, 쿵! 우지끈!

우아한 자태를 뽐내고 있던 소나무가 도천상과 부딪쳐 중간

부분이 우지끈 부러져 나갔다. 나무가 그 정도니 피와 살로 이루어진 도천상이 입는 충격은 말할 필요도 없었다.

이는 일반적인 고수들 간의 싸움 방식과는 거리가 멀었다. 혈아는 압도적인 속도와 힘을 앞세워 화산파의 최강 검사 도천상을 일방적으로 몰아붙였다.

지고한 창술? 그런 건 애초에 없었다. 녀석의 공격 방식은 오로지 하나였다. 그저 창을 높이 치켜들고 태산압정의 초식으로 내리찍는 것.

한데도 도천상은 단순하다 못해 무식하기까지 한 그 공격에 쩔쩔매고 있었다. 막지 못해서가 아니었다. 막아도 충격이 고스란히 전해지니 다른 방법이 없었다.

꽈아아앙!

"컥!"

검붉은 피가 입술을 비집고 흐르다 못해 길게 뿜어져 나왔다. 정신이 아득해졌다. 등에서 느껴지는 단단하고 차가운 감촉. 이번에 부딪친 것은 나무가 아니라 탄탄한 석벽이었다.

온몸이 바스러지는 느낌이었다. 강력한 진기로 온몸을 보호했으니 망정이지, 그렇지 않았다면 육신이 산산조각 났을 법한 충격이었다.

흐릿한 망막에 지독한 살기를 풍기는 녀석이 잡혔다.

"크르르!"

이제는 막을 수 없다. 아니, 막아도 죽음은 피할 수 없다. 뒤는 석벽. 검으로 녀석의 창을 막는다 해도 모든 충격이 온몸으로 고스란히 전해질 터였다.

처척!

도천상은 잡념을 떨치고 마지막 공격을 준비했다. 손아귀가 너덜너덜해 검이 손에 들렸는지 아닌지조차 감각이 없었다. 손에 찰싹 감겨오는 검을 느낄 수 없다는 것이 서운했다.

하지만 분명 자신은 검을 들고 있었고, 그것이면 충분했다.

성공하면 살 것이고, 아니면 죽을 것이다.

터어엉!

혈아가 현마진린보를 발동시킨 순간, 도천상의 단전에서 발원한 진기가 척추를 거슬러 정수리에 위치한 백회혈에 다다랐다. 그리고 다시 한 번 찬란한 폭발을 일으켰다.

광검의 두 번째 발현이었다.

츠츠츳!

도천상의 검이 예의 휘황한 빛을 품고 목전에 이른 혈아를 향해 폭사되었다. 공간을 압축해 단번에 도천상의 지척에 이르렀던 혈아는 본능적으로 치켜들었던 창을 내려 목을 보호했다.

쩌엉!

도천상의 검에 부딪친 묵색 창이 불꽃을 튀기며 뭉텅 이가 빠져나갔다. 단단하기로 세상에 둘째가라면 서러워할 묵철이 이가 빠졌다?

놀라운 일이었다. 한데 그것으로 끝이 아니었다. 한차례 충돌이 있은 후 마치 한 번의 공격으로 생각될 만큼 빠르게 연격이 터졌다.

쩌엉! 쩌엉! 쩌엉!

총 네 차례의 광검이 묵창의 똑같은 부위에 연이어 작렬했고, 묵창은 이가 빠지다 못해 급기야 두 동강이 나고 말았다.

도천상의 시야에 혈아의 목덜미가 환하게 드러났다.

'가라!'

스가가강!

가히 일검진혼이라 할 법한 검격이 비로소 혈아의 목덜미로 달려들었다.

그그긍!

이건 뼈와 살을 가르는 소리라기보다는 차라리 쇳소리에 가까웠다.

"꺄아악!"

혈아가 음공과 다름없는 처절한 비명과 함께 새빨간 피를 뿌리며 날아갔다.

비명을 질렀다?

목이 잘린 자는 비명을 지를 수가 없다. 폐부에 찬 공기가 목청을 거쳐야 비로고 나오는 것이 비명이니 제아무리 괴물이라도 목이 잘리면 비명 따위는 지를 수 없었다.

그랬다. 녀석은 목이 잘리지 않았다. 대신 왼팔이 팔꿈치부터 잘렸을 뿐이었다. 녀석은 마지막 순간 목 대신 팔을 내주고 몸을 뺐다.

도천상은 절망 가득한 시선으로 녀석의 잘린 팔을 바라보았다. 예상대로 상처 부위가 믿을 수 없는 속도로 지혈되고 있었다.

도천상은 서 있는 것조차 버거웠다. 한 팔로 석벽을 짚고 검을 지팡이 삼아 땅을 짚고서야 간신히 설 수 있었다. 체력, 심력, 내력 등 모든 것이 고갈되었다. 무리한 광검의 시전이 불러온 결과였다.

팔이 잘려 나간 고통으로 날뛰던 혈아가 도천상을 향해 피가 뚝뚝 떨어질 것 같은 안광을 내쏘았다. 녀석은 한 팔을 잃은 것 말고는 아직도 건재했다.

"크윽, 결국 이렇게 끝이군."

절망 어린 음성과 함께 검붉은 핏덩이가 울컥 쏟아져 나왔다.

화산제일봉을 넘어 세상에 우뚝 솟은 천하제일봉이 되려 했다. 무당파의 하늘이자 정파무림의 하늘인 정선의 반열도 머지않았다고 여겼다. 실제로도 반선의 반열을 바라보고 나아가고 있었다. 하지만 그에게 닥친 현실은 더없이 냉엄한 것이었다.

第五章
화산제일검

기검
신협 棋劍神俠

화산제일검 1

무한은 독개가 언급한 행화촌을 향해 바람처럼 달렸다. 기예를 익힌 습관이 몸에 배어 스스로를 다스리는 방법을 잘 알고 있는 무한이었다. 때문에 감정의 절제가 능해 좀처럼 흥분하는 일이 드물었다.

하지만 이번만은 달랐다. 분노를 넘어 살의가 끓어올랐다. 참으로 비겁한 자들이 아닌가.

이번만은 참지 않겠다. 순순히 해독약을 내놓지 않으면 반드시 피를 보리라. 앞을 가로막는 자, 사질들에게 위해를 가하는 자는 그게 누구든 멸하리라!

살기 짙은 굳은 다짐을 하며 전력으로 달릴 때였다.

삐이익!

뒤쪽 어딘가에서 굉장히 귀에 익은 소리가 들려왔다. 들릴 듯 말 듯 가늘면서도 높은 소리.

무한은 달리는 것을 멈추지 않으며 어디서 들었던 소리인지 떠올리려 애썼다. 그리고 어느 순간,

무한은 누가 잡아 끌어당긴 것처럼 멈춰 섰다. 단순히 멈춘 것뿐만이 아니라 돌아서서 왔던 길을 되짚었다. 한시가 급한 순간이었지만 결코 그냥 지나칠 수 없었다.

떠올랐다. 어찌 잊으랴, 혼천등마부에서 들었던 소리. 분명 피에 미친 자, 광마를 부르던 피리 소리였다.

관도 옆으로 기묘한 형태의 산이 나타났다. 마치 거인의 거대한 손가락 세 개를 세워놓은 듯한 모습이었다. 불과 얼마 전 지나친 산임에도 낯설게 느껴지는 것은 급한 마음에 앞만 보고 달렸기 때문이리라.

무한은 걸음을 멈추고 산세를 살폈다. 수천 장 상공에서 먹이를 노리는 독수리 같은 시선이 좌에서 우로, 다시 우에서 좌로 이동했다.

무한의 시선이 가운데 봉우리, 중봉에서 멈췄다. 산정 부근에서 말로 형언할 수 없는 기운이 너울치고 있었다. 간간이 들리는 낮은 천둥소리도 그곳에서 들려왔다.

가파른 산등성이를 타고 산정으로 향할수록 온몸의 감각이 좀 더 자세한 정보를 전해왔다. 무시무시한 기운이 피부에 와

닿았다. 이 또한 낯익은 느낌이었다. 오로지 죽이겠다는 의지
로 똘똘 뭉친 끈적끈적한 살기.

'이건… 일대일 대결인가?'

산 전체를 떨쳐 울리는 기운은 놀랍게도 단 두 개였다. 예의
머리가 지끈거릴 정도로 살의로 충만한 광마의 기운과 그에
맞서는 정순한 기운.

대체 누가 광마를 상대로 이 같은 대결을 펼치는 것일까.

무한이 광마, 즉 혈아의 찢어지는 두 번의 비명을 들으며 전
장에 도착했을 때, 혼천등마부에서 보았던 그 광마와 검을 짚
은 채 절벽에 붙어 선 도사가 대치하고 있었다.

입이 떡 벌어질 만큼 경악스러운 일이었다. 뭔가 부자연스
럽기에 자세히 살펴보니 광마가 외팔이가 되어 있었다. 저 엄
청난 존재에게 상해를 입히다니!

무한의 시선이 그 대단한 일을 이루어낸 도사에 닿았다. 무
한은 도사의 젊은 용모에 다시 한 번 놀라고 말았다.

'화산파인가?'

화산파 소속으로 짐작되는 도사는 기운이 다했는지 아무런
기세도 느껴지지 않았다. 자세히 보니 죽음을 각오했는지 적
을 면전에 두고 눈을 감고 있었다. 이건 대치가 아니라 죽음을
기다리는 모양새였다.

흉험한 살기를 줄기줄기 뿌려대던 광마가 두 발을 가지런히
붙이는 모습이 눈에 쏘아져 들어왔다.

'이런!'

저건 의심할 나위 없는 현마진린보의 기수식!

터어엉!

터어엉!

그야말로 촌각의 시간 차를 두고 혈아와 무한이 동시에 현마진린보를 시전했다.

거의 이십 장에 이르던 거리가 순간적으로 공간을 몇 번이나 접은 것처럼 순식간에 좁혀졌다. 도천상을 향해 일념으로 살기를 뿌리던 혈아가 옆쪽에서 쇄도하는 무한의 존재를 느끼고 고개를 홱 돌렸다. 무한과 혈아는 사 장 정도의 거리를 남겨두고 있었다.

찌리릿!

핏빛 혈아의 혈안과 무한의 별이라도 품은 듯 반짝이는 눈동자가 정면으로 마주쳤다. 허공에서 얽혀드는 시선.

번쩍!

혈아의 눈동자에서 섬광이 일었다. 도천상을 향했던 살기가 순식간에 무한에게로 옮겨졌다. 도천상에게 뿌려대던 살기도 세상에 다시없을 것 같았는데, 무한을 향하는 살기는 오히려 그보다 더했다.

'놈! 날 알아보는구나!'

무한은 녀석이 제정신이 아님에도 자신을 알아보았음을 느꼈다.

무한은 전신을 옭아매다 못해 살을 저미는 듯한 살기에 낯을 절로 찌푸렸다. 이미 경험한 바 있었지만 다시금 혈안을 대하니 온몸이 얼어붙는 것만 같았다. 멀리서 보았을 때는 몰랐는데 살기를 직접 받고 보니 혼천등마부에서 보았던 것보다 더욱 강해진 느낌이었다.

무한의 느낌은 옳았다. 폭주가 거듭될수록 강해진다는 풍천개의 말대로 녀석은 월등히 강해져 있었다.

곧 무한이 혈아가 터무니없이 강해졌다는 걸 깨닫게 만드는 일이 펼쳐졌다.

파아앙!

무한의 존재를 감지한 혈아가 도천상을 노리고 날아들던 현마진린보를 단숨에 풀어버렸다. 공력을 풀었다고는 해도 달리던 것을 즉시 멈출 수는 없었다. 그게 일반적인 상식이었다. 하지만 혈아는 상식이 통하지 않는 존재였다.

터더턱!

혈아의 다리가 족히 한 자 이상 사선으로 땅속으로 박혀들었다. 어이없는 방법으로 신형을 멈춘 혈아는 방향을 구십도 틀어 무한을 향해 쏘아져 왔다.

터어엉!

놀랍게도 무한을 공격해 온 보법 또한 현마진린보였다.

현마진린보를 발현해 엄청난 속도로 달리다 순식간에 멈추고, 다시 현마진린보를 써서 무한을 공격하는 일련의 동작은 빛살처럼 빨라서 거의 한 동작처럼 인식될 정도였다.

경악하다 못해 얼이 빠질 정도로 놀란 무한이었지만, 상황은 놀랄 틈조차 허락지 않았다.

늘 현마진린보로 적을 쓰러뜨려 왔던 무한이었지만 막상 자신이 공격을 당해보기는 처음이었다. 그는 자신의 공격을 받았던 자들이 느꼈을 아득함을 몸소 체험하고 있었다.

사 장 거리가 순식간에 사 척이 되는 황당함이라니.

무한은 입술을 잘근 씹으며 목을 노리고 뻗어오는 혈아의 공격을 강력한 검격으로 응수했다.

치리리링!

답답한 검갑을 박차고 나온 만화가 월광을 수십수백 조각으로 쪼개며 쏘아졌다. 도천상의 광검과는 류가 달랐지만 만화 또한 휘황한 빛무리를 안고 혈아에게 날아들었다. 일전 혼천등마부에서의 격돌에서 펼친 바 있었던 검운이었다.

촤라라락! 파파팟!

무한의 공격에 노출된 혈아의 팔소매가 손목에서부터 위로 폭발하듯 찢겨져 나가고, 맨살이 드러난 팔은 혈선이 거미줄처럼 그어져 있었다.

하지만 그뿐이었다. 혈아는 엄청난 진력이 내포된 무한의 검격을 맞고도 계속해서 무한의 목을 노려왔다. 더군다나 팔을 뻗는 그 짧은 순간, 혈선이 사라지고 있었다.

"헛!"

헛바람이 절로 터졌다. 무한의 놀람은 어찌 보면 당연했다. 놀람의 근원은 단순히 공격이 막혔기 때문이 아니었다. 일전에 똑같은 공격을 펼쳤을 때 혈아는 피를 뿜으며 몇 장이나 날아갔다. 또한 이와 같은 엄청난 회복력 또한 없었다.

강해졌다고 예상을 했지만 이건 정도가 심하지 않은가.

무한은 숫제 목을 쥐어뜯겠다고 달려드는 혈아의 손아귀를 피해 본능적으로 고개를 한껏 젖혔다.

스아악!

혈아의 강철 같은 혈조(血爪)가 모골 송연한 음향을 발하며 목덜미를 스치고 지나갔다. 얼얼한 통증이 느껴지는 것이, 풍압에 목덜미의 피부가 찢어진 듯했다.

무한은 혈조를 피하자마자 지체없이 녀석의 얼굴을 향해 만화를 거칠게 튕겨냈다.

카라라랑!

만화 특유의 경쾌한 검음과 함께 세찬 검의 폭풍이 혈아의 얼굴로 몰아쳐 갔다. 혈아의 얼굴이 순식간에 무한의 시야에서 사라졌다. 그리고 극히 짧은 순간 엄청난 힘이 가슴을 향해 날아들었다.

파아아앙!

무한은 거의 본능적으로 혈아를 공격했던 검을 거두어 가슴을 보호했다. 하지만 방어가 무색하게 무한은 거대한 쇠망치로 가슴을 두드려 맞은 듯한 충격을 받고 실 끊어진 연처럼 날아갔다.

무한은 정신이 아득해질 정도의 충격을 받고 날아가는 와중에도 공중에서 방향을 틀어 혈아를 시야에 담았다. 다음 공격을 대비하기 위함이었는데, 예상과는 달리 엄청난 일격을 가했던 혈아는 무한과 반대쪽으로 족히 이십 장은 떨어진 곳에서 있었다.

무한은 그제야 혈아가 자신을 어떻게 공격했는지 깨달았다. 녀석은 자신이 검운을 펼친 순간 허리를 뒤쪽으로 활처럼 구부려 멀쩡한 오른팔로 바닥을 받치고 자유로워진 두 다리로 각법을 펼친 것이었다.

그냥 각법이 아니었다. 돌바닥을 한 자 이상 뚫는 위력을 가진 현마진린보를 응용한 각법이었다. 일전 무한이 삼성각 서까래를 발판 삼아 현마진린보를 사용해 빈객들을 공격한 것처럼 혈아는 무한의 가슴을 발판 삼아 현마진린보를 펼친 것이었다.

상대는 이지를 상실했다뿐이지, 치가 떨리도록 완벽한 전투 본성을 가진 녀석이었다.

처척!

무한이 두 발을 땅에 딛는 순간 녀석의 공격이 다시 시작되었다.

터어어엉!

이번에도 현마진린보였다. 그야말로 혀가 내둘러졌다. 무한은 엄청난 내력을 품고도 많아야 두세 번 펼치면 내력이 고갈되는 현마진린보를 밥 먹듯이 써대는 녀석이라니.

공간을 삽시간에 압축하며 들어온 혈아가 장대한 장력을 날려왔다. 현마진린보와 장력이 결합되니 이건 전혀 다른 공격이 되었다. 공격 범위가 광범위하면서도 빠르고 강했다. 도무지 장력이 가진 느리다는 약점을 찾아볼 수 없었다.

휘몰아치는 장력을 곧잘 검으로 가르곤 했던 무한이었지만 이번에는 엄두조차 나지 않았다. 피할 수도, 그렇다고 갈라낼 수도 없으니 방법은 정면으로 막는 것뿐이었다.

꽈아아앙!

무한은 도천상이 그랬던 것처럼 엄청난 힘에 떠밀려 날아갔다. 그리고 발이 땅에 닿기도 전에 혈아의 공격을 감당해야 했다. 오 장도 넘는 거리에서 녀석이 손을 뻗는 것을 확인했는데 어느 결에 손아귀가 목 언저리에 이르러 있었다.

놈을 어느 정도 알 것 같았다. 생각해 보니 혼천등마부에서도 유난히 머리와 몸이 분리된 시체가 많았다. 놈은 머리든 팔다리든 따로 뜯어놓아야 직성이 풀리는 모양이었다.

무한은 허공에서 재빨리 목을 틀어 놈의 손을 흘리고 환히 보이는 가슴을 향해 전력으로 검운을 펼쳤다.

카라라랑!

그때였다. 스쳐 지난 줄 알았던 녀석의 손이 곧장 방향을 틀어 목을 틀어잡아 왔다. 그야말로 일촉즉발의 순간이었다.

뼈를 내주고 살을 친다?

아니다. 터무니없는 소리다. 이건 살을 치겠다고 목숨을 내주는 격이었다. 어느 면으로 보나 검을 거둠에 있어 하등 망설일 이유가 없었다. 그런데…….

파팟!

무한이 검을 거두기 직전 혈아가 먼저 공격을 멈추고 전광석화와 같은 속도로 몸을 뺐다.

무한은 연이어 예상을 벗어난 상황 전개에 어안이 벙벙했다. 일전에도 느꼈던 것이지만 이건 도무지 예측이 불가능한 놈이 아닌가.

바둑을 놈이 하는 식으로 둔다면 그야말로 초고수가 될 터였다. 정수는 눈을 씻고 봐도 없고 한 수 한 수가 묘수요, 괴수(怪手)였다.

하지만 그 순간 한 가지 깨달아지는 것이 있었다.

오로지 죽이겠다는 일념만을 품고 있던 녀석이 돌연 몸을 뺐다? 놈은 분명 뭔가를 두려워하고 있었다.

그 뭔가를 짐작하는 건 어렵지 않았다. 방금 전 혈아가 두려워할 만한 것이라고는 만화뿐이었고, 만화가 노린 곳은 놈의 가슴이었다.

시리도록 냉정한 무한의 시선이 환히 드러난 혈아의 가슴팍에 꽂혀들었다.

거의 한 자에 이르는 검상. 피는 멎어 있었다. 하지만 아직 아물지 않은 상처였다. 아물기는커녕 검상 주변이 벌겋게 부풀어 올라 있었다. 덧이라도 날 모양새였다.

기이했다. 길게 갈라진 것이 검에 의한 상처가 분명한데 불에 덴 것 같지 않은가. 잘린 왼팔도 마찬가지였다. 상처가 가슴보다 더욱 심해 단면에 피고름 같은 것이 서려 있었다.

무한의 시선이 녀석의 오른팔로 이동했다. 만화가 할퀴고 간 상처는 이제 흔적조차 없었다. 녀석의 경이로운 회복력에 비추어 가슴과 팔의 상처는 도무지 이해가 되지 않았다.

검에 독을 묻힌 것인가?

아니다. 언뜻 보기에도 도사는 우러러 보일 정도로 영기가 충만했다. 독 따위를 쓸 것 같지 않았다. 무엇보다 괴물 같은 녀석에게 독이 통할지도 의문이었다.

한편 죽음을 기다리고 있던 도천상은 전신을 옭아매던 살기가 씻은 듯 사라지는 것을 느끼고 천천히 눈을 떴다. 그리고는 눈을 깜빡이는 것은 물론이고, 호흡마저 잊은 채 젊은 검사의 경이적인 위용을 지켜보았다.

도천상은 처음 혈아를 목도했을 때보다도 더욱 안색이 굳어 있었다. 심력과 내력의 고갈 때문이 아니라 무한 때문이었다.

그가 본 무한의 무위는 일 년 전, 폐관에 들기 전의 자신과 거의 맞먹는 수준이었다. 더군다나 자신보다 훨씬 어려 보였다. 아무리 많이 잡아도 서른 안팎이다.

강력한 내력과 선술(仙術)에 의한 더딘 노화(老化)로 본 나이보다 젊어 보이는 그였지만, 실상 오십을 바라보는 나이가 아니던가.

사십대에 얻은 화산제일검이라는 명예로운 칭호. 그것은 무림 전체에 경이적인 속도로 받아들여지고 있었다. 세상은 자신을 설명할 때 거의 반드시라고 할 만큼 '오십 년 만에, 혹은 백 년 만에 나올 법한 검사'라는 수식어를 거리낌없이 갖다 붙이지 않았던가.

한데 거의 이십 년이란 세월을 단축시켜 자신과 비슷한 수

준에 이른 검사가 나타났다.

무한을 향한 도천상의 시선에 격랑이 일었다.

가슴 깊은 곳에서 생경한 감정이 샘솟듯 펑펑 솟아올랐다. 당황스러운 일이었다. 언제나 최고였기에 생전 경험해 보지 못한 온갖 감정들이 한꺼번에 폭풍처럼 몰아쳤다.

질투, 미움, 시기, 증오……. 정말이지, 낯선 감정들이었다. 혼란스러웠다.

자신을 구하려 뛰어든 자다. 그리고 그 또한 자신처럼 위기에 놓여 있었다. 어쩌면, 아니, 필시 여기서 죽을 운명이다. 엄청난 검사이기는 했지만 차원이 다른 무예, 광검으로도 어쩌지 못했던 혈아를 이길 수는 없을 것이었다.

한데도 질투를 느끼고 있다니. 도천상은 지금껏 알지 못했던 또 다른 자신의 추한 모습이 낯설게 느껴졌다. 그 또한 자신이라고 생각하니 부끄러워서 얼굴을 들 수가 없었다.

'나는 대화산을 대표하는 당당한 검이다.'

언제 어디서고 당당해야 할 명문, 화산의 도사다.

혼탁해졌던 도천상의 눈에 다시 정광이 서리기 시작했다. 하지만 그뿐, 그에게는 아무런 힘도 없었다. 체력, 기력, 심력까지 바닥을 친 지 오래였다.

어떻게든 이름 모를 젊은 검사가 시간을 끄는 동안 몸을 회복해야 했다. 젊은 검사가 쓰러지기 전에 손을 보태야 했다.

품속을 뒤지던 도천상의 얼굴에 낭패감이 들어찼다. 화산의 검이라는 칭호를 받으며 받았던 한 알의 자소단과 다섯 알의

옥령단. 그중 자소단은 폐관에 들기 전 복용했다. 하지만 자소단만은 못해도 요상에 탁월한 효험이 있는 소청단은 고스란히 남아 있었다.

소청단만 있으면 된다. 심력까지는 힘들겠지만 고갈된 체력과 진기는 빠른 시간 안에 회복할 수 있었다.

한데 아무리 뒤져도 없다.

'아뿔싸!'

그제야 하산할 때 사질들과 사제들에게 나누어 주었던 것에 생각이 미쳤다. 내심 내상 따위를 입을 리가 없다고 우쭐해하면서 선물처럼 내주지 않았던가.

어찌 이리 세상을 쉽게 보았단 말인가. 이건 방심이 아니라 자만이었다.

'도천상아, 이 천하에 어리석은 도천상아!'

어찌 자만하여 스스로뿐 아니라 애꿎은 사람마저 죽게 만들었단 말인가. 검도의 끝은커녕 무인의 기본마저 터득하지 못하고서 천하제일을 논하고자 하였다니!

도천상은 자만을 자책하였지만 때는 이미 늦은 듯했다.

2

"크르르!"

파아앙!

무한의 상념은 혈아의 거친 쇄도로 잠시 중단되었다. 놈이

땅을 박차는 소리가 귀에 선한데 벌써 눈앞에서 핏빛 혈조가
아른거린다.

채재재쟁!

강력한 진기가 둘러진 손톱과 검이 부딪치니 흡사 금속끼리
의 마찰음이 들렸다.

놈은 여전히 살기를 일으키고 있었다. 하지만 놈답지 않게
섣불리 덤비지 않고 있었다. 이지를 잃은 녀석은 거짓말을 하
지 못한다. 즉, 놈이 조심스러워졌다는 것은 그 자체로 자신의
약점을 인정한 꼴이었다.

촤라라락!

무한은 의심을 접고 놈을 공격해 들어갔다. 놈도 위축되지
않고 마주 공격해 왔다. 그러나 무한의 검이 가슴을 노리고 들
어온 순간 녀석이 펄쩍 뛰어 물러섰다.

"크르릉!"

혈아의 눈빛은 여전히 흉포했다. 하지만 무한은 녀석의 살
기 짙은 혈안에 깃든 두려움을 놓치지 않았다.

파팟!

무한은 혈아를 향해 현란한 검을 뿌렸다.

카라라랑!

만화의 출렁이는 검신은 흡사 나비의 춤사위처럼 부드럽게
보였지만, 속은 전혀 달랐다. 도선비기로 축적된 서늘하면서
도 끈질긴 진기를 한껏 머금어 떨림떨림이 강철이라도 능히
쪼갤 힘을 품고 있었다.

무한은 혈아가 뻗어낸 장력을 보기 좋게 갈라내며 쇄도해 갔다. 녀석은 장력이 흩어지자마자 강력한 권격을 날려왔다.

우르릉!

치리리링, 파팡!

만화의 날갯짓에 노출된 혈아의 주먹이 삽시간에 피로 물들었다. 일반적인 경우라면 주먹이 형체도 없이 사라지고도 남을 위력이었지만, 혈아가 주먹을 거두고 물러선 순간 마른 논에 물이 스미듯 거짓말처럼 상처가 아물어 버렸다.

다시 보아도 믿어지지 않는 일이었다. 하지만 무한은 크게 놀라고 있지 않은 자신을 발견했다. 그도 그럴 것이, 녀석이 하는 일이 어디 하나라도 인간다운 구석이 있었던가.

녀석은 경이적인 회복력을 보여주고 있었다. 회복 불능의 상태로 만들어야 했다. 아예 단번에 짓뭉개 버릴 강력한 힘이 필요했다.

무한은 오랜만에 자신이 낼 수 있는 최대한의 힘을 거침없이 쏟아내기 시작했다. 혈아가 혼천등마부에서보다 강해진 것처럼 무한 또한 만평 사형제에게 도선비기를 전수하느라 기력을 소진했던 당시보다 몸 상태가 월등히 좋았다.

물론 궁극적으로 혈아의 힘을 감당하기는 힘들었다. 녀석은 하룻밤 사이 경천신문과 비슷한 전력을 보유한 문파를 박살낸 전력이 있는 녀석이었다. 무엇보다 물 쓰듯이 써대는 현마진린보는 커다란 위협이었다.

절체절명의 순간 약점을 공략해 위기를 모면하곤 했지만 시간은 끌 수 있을지 몰라도 결국은 당한다. 무한은 수십 초를 교환하는 동안 지치기는커녕 점차 강력한 기운을 뿜어대는 혈아를 보며 절실히 깨달았다.

그때 은밀히 정황을 살피고 있던 악소교와 악후류 형제는 얼굴이 몰라보게 굳어 있었다.

느긋한 마음으로 혈아와 도천상과의 대전을 바라보던 그들은 시종일관 밀리던 도천상이 갑작스럽게 환상적인 검술을 펼쳐 묵철로 주조한 창에 이어 혈아의 팔을 자르자 그야말로 기겁했다. 하지만 놀람도 잠시, 결국 도천상은 힘을 다했고 죽음을 기다리고 있었다.

혈아가 현마진린보를 시전해 도천상을 공격할 때만 해도 그들은 끝났다고 생각했다. 한데 어디서 불쑥 튀어나온 녀석이 겁도 없이 혈아와 대결을 벌이기 시작했다.

두 형제는 비웃었다. 그러나 조소는 점차 경악으로 바뀌기 시작했다. 혈아를 상대로 엄청난 선전을 펼치질 않는가. 연검인 듯한 무기로 검기를 줄기줄기 뿜어내는가 하면, 간간이 펼치는 보법은 거의 혈아와 맞먹는 수준이었다.

세상에 일검진혼 말고도 저런 자가 또 있다니, 그야말로 눈이 돌아갈 지경이었다.

"아! 역시 세상은 넓고도 넓구나. 저런 자가 있을 줄이야!"

악소교가 나직한 음성으로 탄성을 내뱉자, 무한이 나타나고부터 시종일관 그를 뚫어져라 바라보던 악후류이 억눌린 신음과 함께 입을 열었다.

"저놈, 혼천등마부에서 보았던 녀석입니다."

"폭주 시간이 다해갈 즈음에 나타나 혈아를 공격했다던 녀석 말인가?"

악후륜이 끄덕이며 말했다.

"한데 저번에도 느꼈던 것이지만, 놈의 신법이 아무래도 현마진린보 같습니다. 근자에 마선의 제자로 오인받는다는 자가 저 녀석이 아닌가 싶습니다. 혹시 진짜 마선의 제자라면……."

"설마 그럴 리가 있겠는가. 마선은 이미 선의 반열에 들어 종적을 감춘 지 사십 년이 지났네. 이제 와서 제자를 키우다니?"

악소교의 말에 악후륜이 끄덕였다.

"그렇지요, 절대로 그럴 리가 없겠지요."

두 형제는 아닐 거라 단정 지으면서도 어딘지 모르게 찜찜한 기분을 떨치지 못했다.

꽈아아앙!

"크윽!"

무한은 자신의 공세를 두부처럼 으깨며 짓쳐드는 혈아를 가까스로 막으며 도사를 살폈다. 아무리 생각해도 혼자서는 안 된다. 이 승부의 향방을 결정할 열쇠는 도사에게 있었다.

한데 도사는 요상은 하지 않고 검에 의지한 채 망연자실한 얼굴로 서 있었다.

'포기한 것인가?'

이해 못할 바도 아니었다. 도사는 기력을 되찾을 때까지 자신이 놈을 막을 수 없다고 생각한 모양이었다. 그만큼 도사의 상태가 좋지 않다는 뜻이리라.

꽈과광!

막대한 장력에 떠밀려 날아가던 무한이 품속에서 뭔가를 꺼내 도사에게 던졌다.

투두둑!

도천상은 발 앞에 떨어진 물건을 망연한 표정으로 바라보았다. 낯익은 향이 코끝을 파고들었다.

'자소단?'

도천상은 그럴 리 없다고 생각하면서 급히 은박을 벗겼다. 역시 자소단이 아니었다. 엄지손톱만 한 진청색 단환은 진한 자색을 띤 자소단과는 분명 차이가 있었다.

하지만 이토록 영험한 향은 뭐란 말인가.

'이건 혹시 무당의 태청단이 아닐까?'

퍼뜩 깨달아지는 것이 있었다. 단약이 태청단이라면 청년의 정체도 명확했다.

어디서 저런 청년 고수가 나왔나 했더니 역시 무당파가 아닌가.

도천상은 태청단을 가진 무한을 당연히 무당파와 관련이 있다고 판단했고, 저와 같은 검술이라면 필시 정선과 연관된 사람이라고 생각했다.

무당파의 태청단이라면 자소단을 능가했으면 했지, 절대로 못하지 않다. 도천상은 즉시 단약을 삼키고 가부좌를 틀었다.

혈아와 무한의 대결을 지켜보던 악후륜은 도천상이 뭔가를 집어삼킴과 동시에 가부좌를 틀고 운공요상에 들어가자 불안감을 숨기지 못했다.

"형님, 이러다 일이 틀어지는 것 아닙니까?"

악소교가 심각한 안색으로 하늘을 올려다보았다. 어느새 달이 서쪽으로 적잖이 기울었다.

도천상이 산에 도착하기 한 시진 전부터 혈아는 이미 폭주 상태였다. 폭주가 유지되는 시간은 한 시진 반. 이제 반 시진이 채 남지 않았다.

반 시진, 길다고 생각하면 한없이 긴 시간이었다. 더욱이 채 일각이 지나기 전에 북경혈사라는 참변을 완성하고 혼천등마부를 무너뜨리는 데도 한 시진을 약간 넘겼을 뿐인 혈아에게 반 시진이란 무척이나 긴 시간이었다.

하지만 오늘따라 두 형제는 그 반 시진이 짧게만 느껴졌다.

"아무래도 혈아에게 문제가 생긴 것 같습니다."

악후륜의 말에 악소교가 고개를 끄덕였다. 그도 같은 생각이었다. 혈아는 몇 번이나 연검을 쓰는 녀석을 죽일 기회가 있었음에도 마지막 순간 공격을 거두고 물러서곤 했다.

이유를 몰라 답답했는데 몇 번 반복되다 보니 물러설 때 가슴을 공격당한다는 공통점을 발견할 수 있었다.

"일검진혼에게 당했던 환부에 문제가 생긴 것 같네."

검에서 빛이 쏟아져 나오는 것이 영 예사로운 검술이 아니다 싶더라니, 기어이 탈이 난 모양이었다.

"이제 어찌하면 좋습니까?"

선택은 세 가지였다. 예서 포기하고 물러나느냐, 혹은 내려가서 운공 중인 도천상을 암습하느냐, 그도 아니면 혈아를 믿고 기다리느냐.

악소교는 선뜻 결정을 내리지 못했다.

포기하고 물러서기에는 도천상과 젊은 녀석을 살려두는 것이 영 찜찜했다. 거기다 도천상에게는 이미 얼굴을 보인 상황이었다. 이대로 물러났다가는 평생토록 도천상을 피해 지하에서 살아야 할 판이었다. 그렇지 않고 자칫 자신들이 산동악가 출신인 것이 탄로났다가는 산동악가는 멸문지화를 면치 못할 터였다.

그렇다고 정확한 상태를 알지 못하는 상황에서 도천상을 치는 결정을 내리기도 부담스러웠다. 썩어도 준치라는 말이 괜히 생겼을까. 행여나 가까이 다가갔다가 도천상에게 자신들을 감당하고도 남을 힘이 있다면, 제 발로 죽으러 들어가는 꼴이 될 터였다.

무인은 운공 중일 때 가장 취약점을 드러낸다. 하지만 상대는 자신들 기준으로 판단해서는 안 되는 자였다. 절정을 넘어 초절정, 다시 초절정마저 넘은 절대의 반열. 도천상은 그 아득한 경지에 한 발을 걸친 자였다.

저쯤 되는 고수라면 진기 수발이 수족을 놀리는 것만큼이나 자유로울 것은 자명한 일. 자신들이야 상상할 수 없는 일이었지만 운공을 즉각 멈추지 못하리란 보장이 없었다.

"손쉽게 일을 끝낼 수 있으리라 예상했거늘⋯⋯."

악소교의 탄식이 그의 심정을 대변하고 있었다. 이건 외려 궁지에 몰린 처지가 아닌가. 둘 중 어느 선택도 바람직한 결과가 나올 것 같지 않았다.

그렇다고 믿고 기다리자니, 도천상이 운공을 끝내고 합공을 한다면 혈아가 버틸 수 있을지 의문이었다.

악소교가 잠시 후 다시 입을 열었다.

"일단은 두고 보도록 하세. 지켜보다가 정 안 될 것 같으면 소환하는 수밖에."

두 형제가 심각한 고민에 빠져 있을 때에도 시간은 끊임없이 흐르고 있었다. 한데 도천상이 운공에 든 지 일각 정도 지났을 무렵, 극적인 변화가 일어났다.

무한을 거칠게 몰아붙이던 혈아가 돌연 방향을 틀더니, 엄청난 속도로 도천상을 노리는 것이 아닌가. 누구도 예상치 못한 일이었다.

이지를 상실한 녀석의 행동이라기에는 지나치게 영악한 행동이었다. 녀석은 도천상이 깨어나면 자신이 위험해지리라는 것을 본능적으로 느낀 모양이었다.

두 악가 형제의 얼굴이 급속도로 밝아진 반면, 무한은 대경실색했다.

터어어엉!

무한은 도천상을 보호하기 위해 웬만하면 자제해 왔던 현마진린보를 펼쳤다. 내내 아끼고 아꼈던 내력이 썰물처럼 빠져

나갔다.

쐐애액!

녀석이 도천상에게 장력을 퍼부으려는 찰나, 만화에 막대한 진기를 풀어 넣으며 쾌속하게 뒷목을 찔러갔다.

무한은 녀석이 도천상에게 향했던 공격을 자신에게 돌리리라 예상했다. 녀석은 도천상에게 장력을 쏘면 그 즉시 자신의 목에 주먹만 한 구멍을 뚫리게 되리라는 걸 모를 리 없었다.

무한의 예측대로였다. 혈아는 허공에서 허리를 뒤쪽으로 비틀었다. 방향을 튼 녀석은 공격을 무한에게로 돌렸다. 한데 그게 다가 아니었다.

"⋯⋯!"

무한의 눈이 부릅떠졌다. 도천상을 향해 뻗었던 쌍장 중 한 손만을 무한에게 돌리고, 나머지 잘린 한 팔은 여전히 도천상을 향해 있었다. 양쪽 모두를 공격하겠다는 뜻이 아니고 무엇이겠는가.

우르릉!

흡사 천둥치는 소리를 발하며 무한에게로 먼저 장력이 뿜어져 왔다.

"하아앗!"

무한은 드물게 기합까지 지르며 만화를 세로로 갈라갔다. 동작만 큰 것이 아니라 만화에는 장력을 쪼개고도 남을 강력한 힘이 담겨 있었다. 그래야 녀석이 이쪽으로 더 많은 힘을 쏟을 것이고, 도사에게 향하는 장력의 세기가 약간이라도 줄어들 터였다.

장력과 검력이 부딪치기 직전, 혈아가 무한의 공격이 심상치 않음을 느꼈는지 재차 장력을 밀어냈다. 동시에 도천상을 향했던 손바닥에서도 장력이 발출되었다.

무한에게 쏜 장력이 팔 할의 힘이 실렸다면 도천상을 향한 장력에는 이 할의 힘이 실렸다.

콰콰쾅! 쿠구구쿵!

검력과 이단 장력이 충돌하고 이어 도천상이 운공요상을 하던 자리에서 흙먼지가 자욱하게 피어올랐다. 무한과 혈아의 대결이 계속되는 가운데, 푸르스름한 달빛이 흙먼지가 가라앉은 자리를 비추었다.

"저, 저런!"

악소교의 손끝이 파르르 떨렸다. 흙먼지가 가라앉은 자리에 도천상이 응당 피를 토하고 쓰러져 있기를 기대했거늘, 아무도 보이지 않았다.

장력이 터진 곳으로부터 이 장 뒤, 도천상은 원래부터 그 자리에 있었다는 듯 가부좌를 튼 채 운공요상에 여념이 없었다.

두 악가 형제는 아쉬움에 입맛을 다시면서도 내심 가슴을 쓸어내렸다. 우려했던 그대로였다. 도천상은 운공 중에도 몸을 움직일 여력이 있었다. 섣불리 암습이라도 시도했다면 어떻게 됐을지 가슴 한구석이 서늘해졌다.

어쨌든 최악의 상황을 피하기는 했지만 상대의 강함을 재확인한 셈이라 악가 형제는 마음이 더욱 무거워졌다.

하지만 그 순간 무한 또한 답답하기는 마찬가지였다. 혈아는 자신을 공격하는 매 순간마다 호시탐탐 요상 중인 도천상을 노리고 있었다.

무한은 누구보다 잘 알고 있었다. 도사가 극적으로 장력을 피하기는 했지만, 아무리 지고한 경지에 이르렀다고 해도 운공 중에 움직인다는 것은 자칫 치명적인 결과를 초래할 수 있다는 것을.

아닌 게 아니라, 악소교 등은 거리가 멀어 확인하지 못했지만 도천상의 낯빛은 점차 홍조를 띠어가다가 다시 백지장처럼 하얗게 질려 있었다. 또다시 아까와 같은 공격을 받는다면 피를 토해도 이상치 않은 일이었다.

무한의 짐작은 틀리지 않았다. 도천상은 돌발적인 상황에 대비해 오감을 연 채로 운기요상에 매진하고 있던 중 급작스러운 공격에 몸을 움직일 수밖에 없었다. 덕분에 태청단의 경이로운 약효를 빌어 모았던 내력이 산산이 흩어지고, 기껏 다스렸던 내상이 도로 터져 버렸다.

만사휴의(萬事休矣), 완벽히 요상을 하기 전 상태로 돌아가 버린 것은 물론이요, 오히려 그전보다 더욱 심각해진 상태였다. 이제는 어떤 상황이 와도 몸을 빼지 못할 처지였다.

그렇다고 운공을 잠시 풀고 혈아를 피해 자리를 옮길 수도 없는 노릇이었다. 그는 혈아와 격돌하기 전에 만났던 두 노인을 잊지 않고 있었다. 그들이 이 산 어딘가에서 자신들을 지켜보고 있으리라는 짐작은 너무도 당연한 것이었다.

그러니 자리를 뜨면 그들의 표적이 될 것은 자명한 일. 어찌 보면 혈아와 무한이 격돌을 벌이는 이 장소야말로 가장 안전한 자리일 수도 있었다.

카라라랑! 파파팟!

"크윽!"

무한은 전신을 짓누르는 충격에 한 자 깊이의 긴 고랑을 만들며 주르륵 뒤로 밀려났다.

진저리쳐지도록 강한 녀석이다. 입에서 신물이 올라올 지경이었다.

치리링! 꽈아앙! 꽈아앙!

장력은 해일과 같고, 권은 거대한 쇠망치가 짓눌러 오는 것 같았다. 이건 도무지 힘으로는 대화가 통하지 않는 상대였다.

덕분에 매 순간순간이 살얼음판을 걷는 것마냥 위기의 연속이었다. 도천상이 한 팔을 자르고 가슴에 의문의 검상을 남겨놓지 않았다면 진즉에 쓰러졌을 무한이었다. 그 정도로 무한과 혈아와의 간극은 현격했다.

그리고 다시금 멀고도 먼 간극을 상기시켜 주는 일이 일어났다. 수차례 격돌로 도천상과의 거리가 상당히 멀어진 순간,

터어엉! 혈아가 급작스럽게 현마진린보를 시전해 도천상을 공격해 들어갔다.

기가 막힌 사실은 무한을 바라본 그대로, 즉 현마진린보를 앞이 아니라 뒤를 향해 펼쳤다는 것이었다.

'아차! 그렇게 당하고서도 녀석을 과소평가했구나!'

이지를 잃은 자로만 생각해 예측 범위를 좁히는 것이 아니었다. 놈의 예측불허의 행동에 대응이 늦어 녀석을 따라 현마진린보를 펼칠 시기를 놓치고 말았다. 사실 시기를 놓치지 않았더라도 무한으로서는 더 이상 현마진린보를 시전하는 건 무리였다.

이제 놈을 막는 방법은 하나뿐이었다.

파락! 슈아아앙!

내력을 담뿍 담은 만화가 목표물을 향해 고개를 바짝 쳐들었다. 그리고 주인의 손을 떠나 전광석화같이 쏘아져 갔다. 현마진린보가 공간을 접는 속도라면 만화는 시공을 거스르는 속도였다.

만화가 삽시간에 혈아를 따라잡아 목을 꿰뚫기 직전이었다.

따다당! 파아앗!

녀석이 팔꿈치 어림까지밖에 남지 않은 팔을 휘둘러 만화를 튕겨내고는 도천상에게 강력한 장풍을 내뿜었다.

"끼아악! 꺄아악!"

예의 쇠를 긁어내리는 것 같은 혈아의 비명 소리와 함께 녀석의 팔에서 피분수가 화악 하고 뿌려졌다. 동시에 도천상이 운기요상을 하던 자리가 포탄이라도 맞은 듯 흙먼지가 하늘 높이 솟아올랐다.

녀석이 이렇게까지 하면서 도천상을 공격할 줄이야. 예측이 빗나간 이유는 의외로 간단했다. 무한은 혈아가 도천상이 조식을 마치고 자신을 합공할 것을 두려워한 나머지 도천상을 공격한다고 생각했지만, 사실은 그게 아니었다.

혈아는 무한을 상대하면서도 자신의 팔을 자르고 가슴에 쓰라린 상처를 남긴 도천상에게 가늠할 수 없을 정도로 강한 원한을 품고 있었던 것이다.

무한은 몸을 날려 튕겨져 날아가는 만화를 수습하는 한편, 고통에 몸부림치는 녀석을 되도록 멀찍이 몰아붙였다.

흙먼지가 가라앉은 자리로 장력이 만들어낸 흔적이 고스란히 드러났다. 사람 서넛이 나란히 누워도 남을 만큼 넓고 깊게 땅이 파헤쳐져 있었다. 한데 이번에도 도천상은 그곳에 없었다. 또다시 장력을 피한 것일까?

하지만 전혀 다행스럽다는 감정이 생기지 않았다. 도천상은 장력이 남긴 흔적에서 일 장쯤 떨어진 곳에 정신을 잃고 쓰러져 있었다. 장력을 피하지 못한 모양이었다. 장력에 맞고 날아갔는지 앞섶이 선홍색 피로 흥건했다.

악후륜이 쓰러진 도천상을 보고는 주먹을 불끈 쥐며 말했다.

"됐습니다! 녀석이 기어이 쓰러졌습니다!"

이제껏 바위 뒤에 웅크린 채 감히 몸을 펴지 못했던 악소교가 몸을 일으키며 말했다.

"가서 놈의 숨통이 확실히 끊어졌는지 확인해야겠다."

몸을 따라 일으키던 악후륜의 시선이 무심코 산 아래를 향했다. 동시에 활짝 펴졌던 안색에 짙은 긴장이 아로새겨졌다.

"형님, 저, 저……!"

악후륜의 손끝을 따라 악소교의 시선이 이동했다. 교교한 달빛이 쏟아지는 가운데 서너 명이 관도에서 산으로 날듯이 스며드는 것이 보였다. 신록이 짙은 숲으로 스며든 무인들은 더 이상 시선에 잡히지 않았다.

그들이 본 것은 두셋에 불과했다. 하지만 대체 얼마나 많은 자들이 산을 오르고 있는지 알 수가 없었다.

악후륜이 다급한 어조로 말했다.

"일검진천의 주검을 확인하지 못한 것이 걸리기는 합니다만, 운공 중에 무지막지한 장력을 맞았으니 살아 있다고 해도 적어도 이삼 년은 성취가 늦어질 것입니다. 다만 도천상에 필적하는 저놈을 두고 가야 한다는 것이 걸리는군요."

악소교가 고개를 저었다.

"아우의 말대로 저놈이 마선의 제자로 몰린 자라면 크게 걱정할 필요가 없다고 보네. 독개 등 정파무인들이 혈안이 돼 있는 이상 오래 살기는 힘들 것이야. 자금성에 죽은 듯이 숨어 지내야 할 녀석이 밖으로 나온 것을 보면 독개의 유인책이 성공한 것 같네. 지금 산을 오르는 자들도 어쩌면 저 녀석을 잡으러 온 자들일지도 모르지."

"그렇군요. 소제가 미처 그 생각을 하지 못했습니다. 하면 늦기 전에 속히 몸을 빼는 것이 좋겠습니다."

악후륜은 말을 마침과 동시에 피리를 불어 혈아를 불렀다.

삐이익—!

무한에게 전광석화 같은 공격을 퍼붓던 혈아는 움찔 공격을 멈추고는 피리 소리가 들려온 방향으로 순식간에 몸을 날렸다.

무한은 잠시 주춤했지만 곧바로 혈아를 추격하기 시작했다. 이제껏 간신히 혈아의 공격을 막던 그이고 보면 혈아가 알아서 물러난 것에 대해 감사라도 해야 할 판이었다.

하지만 녀석이 전립과 관계가 있는 것이 확실한 이상 그냥 보내줄 수는 없었다. 더욱이 월등히 유리한 상황에서 녀석을 불러들인 이유가 있을 것이다. 벌써 이러한 경우가 두 번째이지 아닌가.

하지만 무한은 곧 추격을 포기할 수밖에 없었다. 녀석은 우거진 숲으로 뛰어들어 현마진린보를 연달아 시전해 시야에서 순식간에 사라져 버렸다. 한동안 혈아가 사라진 곳을 응시하던 무한은 도사가 걱정되어 속히 전투를 벌였던 장소로 돌아왔다.

무한은 도천상이 아직 호흡이 있음을 확인하고 서둘러 맥을 짚었다. 무한의 얼굴에 안도의 빛이 스쳤다.

첫 대면에서부터 느꼈던 것이지만, 도사는 볼수록 대단한 사람이었다. 이토록 심한 내상에서도 한가닥 질긴 기운이 끊임없이 약동하며 내상을 치료해 가고 있었다. 물론 무한이 건네준 태청단이 이 순간에도 강력한 효력을 발휘하고 있었다.

도선비기로 축적된 진기, 즉 도선진기는 상생의 기운이다. 태자가 품고 있는 뇌정 같은 어지간히 고집 센 기운이 아니라면 융합이 잘될 뿐 아니라 회복력이 탁월했다.

무한은 도사가 약간의 도움만 주면 스스로 내상을 치료할 것 같아 맥에 진기를 흘려 넣기 시작했다.

그처럼 무한이 도천상의 상세를 돌보고 있는 그때, 산 아래 쪽으로부터 인기척이 들린다 싶더니 세 사람이 불쑥 모습을 드러냈다. 그들은 얼마 전까지 도천상과 함께 있었던 화산파의 도사들이었다.

적인 줄 알고 내력 주입을 멈추려던 무한은 화산파의 복장임을 확인하고, 여전히 내력을 흘렸다. 동시에 저들을 안심시키기 위해 막 말을 걸려는 순간이었다.

도천상이 쓰러져 있는 모습을 불신의 표정으로 바라보던 세 도사는 벼락같이 검을 뽑아 무한을 겨누었다.

채채챙!

"놈! 당장 그분에게서 물러서지 못하겠느냐!"

무한은 서슬 퍼런 살기를 뿌리며 검을 겨눈 도사들의 모습에 내심 혀를 찼다. 어찌 행동 하나하나가 이토록 오해를 불러 일으키는지 이제는 화도 나지 않았다.

유창하게 말도 할 수 없으니 대화로 오해를 풀기도 쉽지 않다. 무한은 이 정도면 도천상이 홀로 내상을 치료할 수 있을 거라는 판단이 내려지자 진기 주입을 멈추고 일어섰다.

그는 손에 들고 있던 만화를 회수해 허리띠로 변환시킴으로써 싸울 의사가 없음을 분명히 했다. 하지만 그의 그런 행동은 어떻게 받아들이느냐에 따라 정반대로 해석될 수 있었다.

무한을 품 자 형태로 포위한 화산의 세 도사가 그랬다. 그들은 무한이 돌연 검을 거두자, 더욱더 맹렬한 살기를 뿌려댔다. 자신들을 상대로 검조차 필요없다는 표현으로 받아들인 것이다.

무한은 고개를 절레절레 저으며 힘없이 웃었다.

"고맙다고 해야 하나."

어쨌든 시간이 여의치 않은 상황에서 상처 입은 도사를 의원까지 데려가야 할 처지였는데, 동료들이 도착했으니 그런 수고는 덜어낸 셈이 아닌가.

그렇게 스스로를 위안한 무한은 단숨에 도사들을 뛰어넘어 행화촌으로 향했다.

第六章
취선보를 펼치다

기검신협 棋劍神俠

취선보를 펼치다 1

　무한이 행화촌이란 작은 마을 입구에 도착한 것은 다음날 이른 아침이었다. 마을 안으로 들어서자마자 감시의 눈초리가 느껴졌다.

　분노가 극에 달해 있던 무한은 시간을 끌 생각도, 부드럽게 일을 끝내고 싶은 마음도 없었다. 그는 자신을 감시하던 자를 단숨에 잡아내 목을 틀어쥐었다.

　"컥!"

　어찌해 볼 틈도 없이 무한에게 목덜미를 잡힌 자는 개방의 사결제자였다.

　"어디냐?"

　개방 거지 중 꽤나 지위가 있는 자였지만, 분노 가득한 무한의 눈빛에는 오금이 저리지 않을 수 없었다. 애초에 숨길 일이 아니었기에 순순히 털어놓았다.

"마을 중심에 있는 행화객잔이오."

무한은 마음에 들지 않는 물건을 내던지듯 개방 제자를 내팽개치고 큰 걸음으로 행화객잔을 찾아갔다. 시골 객잔치고는 상당한 규모의 객잔이었다.

내부로 들어선 무한은 서늘한 눈빛으로 안을 훑었다. 이른 아침이라는 시간이 무색하게 안은 사람으로 가득했다. 풍천개를 비롯해 일전 산동세가에서 보았던 자들이 모두 있었다.

그들뿐만 아니었다. 어젯밤 만난 화산 도사와 비슷한 복장의 노도사 셋이 칼날 같은 시선으로 자신을 훑고 있었고, 다른 낯선 얼굴도 여럿 보였다.

평균 연령 육십 세 이상, 평균 무공 수위 절정 이상. 용담호혈(龍潭虎穴)이라더니, 이곳이 바로 그러했다.

그럼에도 이미 이러한 상황을 예상했던 무한은 얼굴색 하나 변하지 않았다.

"허허, 네 녀석도 이 집이 궁금했던 모양이지?"

무한은 조선어가 들려온 계단 쪽으로 시선을 돌렸다. 독개가 득의한 얼굴로 이층에서 일층으로 걸어 내려오고 있었다. 독개의 웃는 표정에 무한의 얼굴이 차돌처럼 굳어졌다.

"해독제를 주십시오."

한기 가득한, 어찌 보면 살기라고 해야 할 음성이 객잔 내부에 잔잔히 깔렸다.

"저놈이!"

성미 급한 남궁민이 검을 뽑으려 하자 독개가 팔을 들어 제지하며 말했다.

"허허, 손님 대접이 영 소홀했군. 예까지 와서 죽엽청주를 맛보지 못한데서야 어디 말이나 되느냐. 거기 앉아라."

독개는 휘적휘적 걸어와 입구와 가까운 탁자에 털썩 주저앉았다. 그러더니 탁자 위에 놓여 있던 술을 옅은 붉은빛이 도는 두툼한 도자기 잔에 콸콸 따라 무한 쪽으로 밀어놓았다.

은은한 주향이 코끝을 스쳤다. 하지만 무한은 술을 마실 만큼 한가하지도 않았다. 설사 시간이 남아돈다고 해도 사질들에게 독을 쓴 독개와 마주 앉아 대작하고픈 마음은 추호도 없었다.

차랑, 스아앙! 철커덕!

세 마디 간결한 소리가 들린 직후, 탁자에 얌전히 놓여 있던 잔이 정확히 반으로 갈라지며 죽엽청주가 탁자 위로 쏟아졌다.

"저는 해독약을 달라 했지, 술이 달라고 말한 적이 없습니다."

독개는 매끈한 단면을 남긴 채 두 쪽으로 갈라진 잔을 무표정한 얼굴로 바라보았다. 놀라운 검술이었지만, 그는 얼굴 표정에서 알 수 있듯이 전혀 놀라지 않고 있었다.

이 정도는 되어야 마선의 제자라 할 수 있지 않겠는가.

"허허, 보기와는 달리 성미가 급한 놈이구나. 죽기 전에 명주라도 한잔 주려 했더니, 싫다면야 어쩔 수 없는 게지."

술을 병째 벌컥벌컥 들이켠 독개는 딱! 소리가 나도록 병을 탁자에 내려놓았다. 그리고는 진노 가득한 얼굴로 말했다.

"해독제를 달라 했더냐!"

"그리 말했습니다."

"하면 네놈은 우리에게 무엇을 줄 테냐?"

무한의 얼굴이 분노로 붉게 물들었다.

"제가 왜 어르신께 무엇인가를 줘야 합니까? 죄 없는 사람을 독으로 제압해 인질로 잡고서 대체 무엇을 요구하는 것입니까? 명국의 정파는 한낱 도적 패거리였습니까!"

무한의 입에서 불이라도 뿜어지는 듯했다. 조선말이었기 망정이지, 그렇지 않았다면 모든 정파인의 공분을 샀을 법한 발언이었다.

"놈! 뚫린 입이라고 어디서 망발을 지껄이는 것이냐! 노부는 네놈이 죽인 인명을 도로 살려내라 말하고 있는 것이다. 그것이 아니면 어찌 노부가 해독약을 내어놓겠느냐?"

도무지 말이 통하지 않는다. 대체 몇 번을 아니라고 말해야 들어줄 셈인가.

쾅! 스아앙!

무한이 세차게 진각을 밟으며 검을 뽑아 휘둘렀다. 흡사 지진이라도 난 듯한 진동과 함께 독개 앞에 놓인 탁자가 정확히 양단되며 푹석 주저앉았다. 동시에 무한과 독개에게 이목을 주목하고 있던 정파의 뭇 고수들이 일제히 무기를 뽑아

들었다.

차차창!

일 대 다수로 갈린 양측의 공기가 차갑게 식어들었다.

"해독제를 끝내 내어주지 않으시겠다니, 이제부터 벌어지는 모든 일들의 책임은 어르신께서 지셔야 할 것입니다. 모두를 쓰러뜨리고 받아가지요."

"허어! 이제야 본색을 드러내는구나! 고얀 녀석! 언제는 네 녀석이 책임 소재를 따져 가며 살인을 저질렀더냐! 어디 한번 해보아라."

"좋습니다. 어디 한번 막아보십시오."

이제 말로는 어찌해 볼 수 없는 단계에 이르렀다. 아니, 애초에 말이 통할 상대가 아니었다. 저들은 일방적으로 자신을 마선의 제자로 정해놓고는 귀를 닫아버렸다. 들어줄 마음이 없는 자들에게 백 마디 천 마디 말이 무슨 소용이겠는가.

일촉즉발의 대치 상황.

"놈! 노부는 이때를 손꼽아 기다렸느니!"

싸움에 심지를 붙인 것은 성미 급한 대연검 남궁민이었다. 남궁민은 한 소리 대갈과 함께 남궁가 특유의 장대한 검격을 동반하며 무한에게 날아들었다.

스스스!

무한은 남궁민이 반 장 근처에 이르렀을 때, 몸을 우측으로 살짝 비틀며 만화를 힘껏 그어 올렸다. 거의 전 내력이 실린 검이었다.

순간 무한을 공격해 오던 남궁민은 무한이 몸을 틈과 동시에 입구 쪽에서 쏟아져 들어오는 아침볕에 그대로 노출되어 시야가 순간적으로 차단되어 버렸다.

오감 중 가장 중요한 시야를 차단당했지만 햇볕이 눈에 들기 직전에 무한이 떨쳐 낸 검의 궤적은 머리에 담고 있던 남궁민이었다.

까아앙!

막았다. 검의 경로는 남궁민의 예측을 벗어나지 않았다. 하지만 그것이 다가 아니었다. 무한이 떨쳐 낸 검격은 남궁민의 상상을 초월하는 힘을 품고 있었다. 덕분에 허공에 뜬 채로 검을 맞댄 남궁민은 발이 땅에 닿기도 전에 뒤로 크게 밀려났다.

보이지도 않는데 자세까지 크게 흐트러진 터, 다음 공격을 대비할 수 없는 건 당연했다.

퍼퍽!

무한은 검을 그어 올린 즉시, 몸을 트는 힘을 이용해 숫제 한 바퀴 돌며 남궁민의 가슴을 걷어차 버렸다.

"으윽!"

남궁민이 허파에서 바람 빠지는 소리를 내며 제힘의 반도 써보지 못한 채 피를 뿜으며 날아갔다. 남궁민의 뒤를 받치고 쇄도하던 남궁도가 자신에게 날아오는 남궁민을 받아 들었다.

단 일격으로 남궁민의 가슴 일부가 크게 함몰되어 있었다. 호흡은 있다. 그러나 당장 죽음은 면했다 해도 급히 치료하지 않으면 죽음을 면치 못할 중상이었다.

"저런 비겁한 놈 같으니!"

비겁이라는 단어가 무한의 귀에 박혀들었다. 거의 스무 명에 이르는 절정고수들이 자신 하나를 죽이겠다고 살기를 피워 올리고 있는 상황에서 자신이 자연지물을 이용한 것을 두고 비겁하다는 말을 아무렇지도 않게 하다니.

자신이 하면 그 어떤 행위도 정의를 바로세우기 위한 방법이 되고 남이 하면 비겁하다는 것인가?

촤라라락!

만화가 쓸고 지나가자 단단한 청석으로 덮인 객잔 바닥이 돌가루가 뿌옇게 솟아올랐다. 돌먼지가 걷힌 자리에 선명히 새겨진 글귀.

제 편할 대로 해석하는 것이 당신들이 말하는 정의라는 것이오?

하면 나도 내 편할 대로 정의를 세우겠소.

어디 막아보시오.

무한의 시린 눈빛이 일행을 휩쓸었다. 글귀를 보고 다시 무한의 눈빛을 접한 금강승 정법이 개탄스럽다는 투로 한탄이었다.

"아미타불! 뿌리까지 악에 물든 자로다!"

무당 도사 능공이 거들었다.

"절대로 살려 보내서는 아니 될 것이오."

정파무인들은 제멋대로 무한이 죽어야 할 이유를 정하고 살기를 끌어올리기 시작했다.

남궁민의 상세를 살피던 독개가 소리쳤다.

"객잔에 피해가 가니 녀석을 밖으로 끌어내 싸우도록 하시오!"

말은 객잔 때문이라지만 좁아서 합공이 힘드니 넓은 밖으로 전장을 옮기라는 뜻이었다. 강호 초출이라면 곧이곧대로 알아들었겠지만, 여기 있는 자들 중 독개의 진심을 모르는 자는 아무도 없었다.

먼저 무당의 세 도사가 일제히 검첨을 무한에게로 돌리며 앞으로 나섰다. 무당칠자 중 셋이 일인을 상대로 한 번에 나서는 사상 초유의 일이 허름한 객잔에서 아무렇지도 않게 펼쳐지고 있었다.

하지만 그마저도 그들 셋이서 무한을 상대하겠다는 것이 아니라, 단순히 객잔 밖으로 무한을 물리겠다고 나선 것이었으니 더욱 기가 막힌 일이었다.

무당칠자 개개인의 무위는 풍운마도와 거의 필적할 정도. 어쨌든 무한은 무당칠자 중 셋의 합공을 받는 전무후무한 대접을 받으며 객잔 밖으로 밀려났다.

하지만 객잔 밖에서 펼쳐진 풍경에 비하면 무당 도사들의 합공은 아무것도 아니었다.

너른 뜰로 전장이 옮겨지자, 각파 고인들은 일사불란하게 무한을 에워쌌다. 무한을 포위한 자들의 면면을 살펴보노라면 입이 다물어지지 않을 정도였다.

전면은 무당칠자 중 능공, 능허, 능화가 가로막았으며, 뒤는 소림 금강승 정법, 정로, 정요가 버티고 섰다. 좌측으로는 화산파의 후기지수 오검룡을 스승이자 각기 매화오검수의 일좌를 차지한 천명, 천관, 천통이 맡았고, 우로는 남궁세가의 두 고수 남궁도와 남궁탁, 개방의 풍천개가 살기를 뿜어대고 있었다.

그러고도 남은 자들은 무한이 도주할 것을 우려해 각기 흩어져 객잔 사방을 점하고 있었다.

우우우웅!

이십여 명에 달하는 고수들이 일제히 기세를 뿜어내자 진동음과 함께 객잔 기왓장이 들썩였다.

절정과 초절정을 넘나드는 고수 십일 인 사이에 갇힌 무한은 이제껏 경험해 본 적이 없는 강렬한 압박을 느꼈다. 마치 수십 장 깊이의 수중에 잠긴 것처럼 호흡마저 지장을 받을 정도였다. 무한을 둘러싼 자들이 일제히 반보씩 좁혀왔다. 동시에 밀려드는 압력이 한층 강해졌다.

무한은 약속된 듯 보이는 행동에서 이들이 자신을 잡기 위해 이미 계획을 세웠음을 직감했다.

'이대로는 안 된다.'

바둑으로 치면 무한은 사면이 갇힌 돌, 사석(死石)의 처지였다. 사석은 아무런 힘도 쓰지 못한다. 이미 죽은 돌이기에 그저 거두어져 상대편 돌 통에 들어가면 그뿐이었다.

무한은 둘러싸여서는 방법이 없음을 깨닫고 즉시 활로를 모색했다. 무당과 소림이 맡고 있는 앞뒤는 그야말로 철벽이다.

좌측 화산의 고수들도 엄두가 나지 않기는 마찬가지였다. 그나마 남궁세가 무인들 쪽이 나을 듯했다.

저들이 미리 손발을 맞췄다면 본래 우측은 풍천개가 아니라 남궁민이 포함된 남궁세가의 고수들이 맡도록 되어 있었을 터! 예정에 없이 남궁민이 쓰러지자 그 자리를 풍천개가 메운 것으로 보였다.

물론 풍천개의 무위는 무시할 만한 것이 못 된다. 하지만 검을 쓰는 자들 틈에서 제 실력을 몽땅 발휘하기는 힘들 터였다.

무한은 결정을 내리자마자 강한 내력을 실어 진각을 밟았다.

쿠쿵!

"차핫!"

네모반듯하게 다듬어져 바닥에 깔려 있던 청석. 두 자 너비의 청석 두 장이 진각의 힘에 못 이겨 튀어 올라오자 무한은 청석 중 하나를 파(破)의 공력을 실어 강하게 걷어찼다.

파아앗!

청석은 날아가는 도중 대뜸 수십 조각으로 쪼개지며 하나하나가 훌륭한 암기가 되어 남궁도 등을 향해 무섭게 쏘아졌다. 그것으로 끝이 아니었다. 조각난 청석 조각이 채 남궁도 등에게 도달하기도 전, 무한은 떠오른 다른 청석마저 힘껏 걷어찼다.

두 번째 청석은 처음과 달랐다. 제 모양을 유지한 채로 맹렬한 속도로 날아갔다. 무한이 포위망을 뚫으려 한다는 것을 깨

닫고, 삼면을 둘러싸고 있던 자들이 일제히 짓쳐드는 그 순간,

터—어—엉!

무한은 현마진린보를 펼쳐 청석을 날린 남궁도 쪽으로 신형을 날렸다.

"어림없다!"

이미 무한이 마선의 절기인 현마진린보를 펼친다는 건 노출된 사실. 무한의 뒤쪽에 위치해 있던 정법 등은 무한이 현마진린보를 펼치기 무섭게 일갈하며 호두알만 한 염주를 튕겨냈다.

파아아아아앙!

공기를 짓뭉개며 열두 개의 흑색 염주가 무한을 쫓아 허공을 갈랐다.

도저히 암기술이라고 보기 힘든 힘과 속도. 암기술을 일컬어 비겁한 수라며 폄하하는 정파인들마저도 입을 다물게 만든 궤를 달리하는 암기술.

이른바 탄지신공(彈指神功)이었다.

탄지신공의 수법으로 쏘아진 염주는 한 치의 오차도 없이 무한의 전신 요혈을 노리고 날아들었다. 그 속도가 무한이 쏘아 보낸 청석보다 족히 배는 빨랐다.

무시무시한 위력이었지만 금강승들이 노린 건 무한의 목숨이 아니었다. 그들은 탄지신공이 아무리 강력하다고는 해도 그것으로 무한을 어쩔 수 있으리라고는 생각하지 않았다. 그들의 의도는 무한이 염주를 막는 동안 시간을 지체시켜 포위

망에서 빠져나가지 못하게 하는 것이었다.

벌집이 되는 걸 피하려면 싫든 좋든 방향을 틀어서 검으로 막아야 했다. 물론 그러자면 포위망을 뚫을 기회를 포기해야만 했다.

그러나 그것은 무한이 염주를 피하지 못할 거라는 가정하에 가능한 얘기였다. 상식적으로 보아 무한은 현마진린보를 펼친 터라 허공에 한 자 이상 뜬 상태였기에 피하는 건 도저히 불가능해 보였다.

하지만 무한은 그들의 뜻대로 움직여 주지 않았다.

무한은 등을 향해 굉장한 속도로 뭔가가 다가옴을 느꼈다. 공격을 허용하면 살아남지 못하리라는 것도 알았다. 하지만 그는 돌아서지 않았다. 돌아서는 대신 두 번째 날린 청석을 발판으로 두 번째 현마진린보를 발동했다.

파사삭!

현마진린보의 엄청난 압력에 청석이 먼지가 되어 흩어졌다. 대신 무한은 단숨에 염주의 궤적에서 벗어났고 당연히 포위망도 시원하게 뚫어버렸다.

덕분에 무한을 대신해 탄지신공이라는 대재앙을 맞은 자가 있었다. 남궁탁이었다. 목표물이었던 무한이 순식간에 사라지자 무한의 전면에 있던 남궁탁이 고스란히 염주에 노출된 것이다.

공중에 떠 있던 무한을 노렸던 터라 열두 개 중 서너 개는 위쪽으로 진로가 벗어났지만, 나머지 염주는 모두 남궁탁을 사정권에 두고 있었다. 남궁탁으로서는 무한 때문에 시야가 가렸다가 무한이 사라진 직후에야 염주를 발견한 터라 도무지 손을 쓸 틈이 없었다. 그가 발견했을 때 염주는 이미 일 장 앞까지 도달해 있었다.

그야말로 마른하늘에 날벼락을 맞은 격이었다.

청석 조각이 난무하는 가운데 남궁탁이 위기에 처하자, 지척에 있던 남궁도와 풍천개가 자신들에게 날아드는 청석 조각을 몸으로 받으며 염주를 막아갔다.

따다다당!

퍼퍼퍽—!

그러나 남궁탁을 포함, 세 사람의 노력에도 불구하고 막아낸 수는 여덟 개 중 넷. 나머지 네 개는 고스란히 남궁탁이 몸으로 받아내고 말았다.

소림 특유의 장대한 내력과 엄청난 회전력을 품은 염주는 하나하나가 작은 포탄이라고 해도 과언이 아니었다. 한데 그런 것을 네 개나 허용했으니 무사할 리 없었다. 게다가 공격을 허용한 네 곳 중 두 곳은 인중과 아랫목에 위치한 천돌혈로, 치명적인 사혈이었다.

천돌혈로 날아든 염주는 목을 그대로 관통했고, 인중으로 날아든 염주는 얼굴을 처참히 바수어놓았다. 좌중의 이목이 대부분 남궁탁의 처참한 죽음에 머문 그때,

터어엉!

무한은 땅에 발을 딛는 즉시 품속에서 뭔가를 꺼내 입에 털

어 넣으며 세 번째 현마진린보를 펼쳤다. 목표는 객잔 서쪽을 지키고 있던 자였다.

종남파의 노고수 은하검객 사현은 열한 명의 기라성 같은 고수에게 둘러싸였던 무한이 불쑥 코앞에 나타나자 심장이 튀어나올 정도로 놀라고 말았다. 하지만 그 또한 이미 십여 년 전부터 절정을 논하던 경지.

채재쟁!

절정검사라는 칭호가 부끄럽지 않게 가슴을 파고드는 만화를 본능적으로 막아냈다. 하지만 사현은 검과 부딪치자마자 뭔가 잘못됐음을 깨달았다. 엄청난 속도로 쇄도한 자와 정면충돌했으니 응당 뒤로 크게 밀려야 정상인데, 검에 느껴지는 충격은 예상을 한참 밑도는 것이었다.

사현이 느꼈던 대로 무한은 사현의 검과 정면충돌하지 않았다. 대신 만화와 사현의 검이 부딪치기 직전 검을 사선으로 틀었고, 만화는 유연한 몸을 비틀며 미끄러지듯 사현의 검신을 훑어 내려와 옆구리를 쓸어갔다.

사현의 대응은 기민했다. 그는 검에 집착했다가는 살아남지 못하리라는 것을 깨달았다. 검사에게 검은 또 하나의 목숨이다. 하지만 살아야 검이든 뭐든 손에 쥘 수 있다. 검보다 몸이 우선인 것이다.

사현은 즉시 검을 놓고 우측으로 크게 물러섰다.

파아앗!

만화가 사현의 옆구리를 훑고 지나갔다. 사현의 과감한 대응 덕에 부상은 경미했다. 그러나 그걸로 끝이 아니었다. 무한은 즉시 그림자처럼 따라붙으며 검운을 흩뿌렸다.

현마진린보를 연달아 시전함으로써 빚어진 극심한 진기 소모로 검에 실린 내력은 평소에 비해 턱없이 부족했다. 하지만 검을 잃은 검객, 사현을 잡기에는 충분했다.

차라라락!

"크윽!"

고통에 찬 신음과 함께 사현의 가슴에서 핏빛 무지개가 피어올랐다. 즉사는 모면했다. 하지만 그 역시 치료 시기를 놓치면 목숨을 잃을 정도로 중상을 입었다.

무한은 촌각 만에 연이어 세 번이나 현마진린보를 시전하는 무리수를 둔데다 검운까지 펼친 탓에 순간적으로 단전이 텅비며 눈앞이 하얗게 변했다.

하지만 텅 비었던 단전에 급작스럽게 한 가닥 뜨듯한 감각이 전해지며 창백해졌던 얼굴에 홍조가 돌고 이어 시력도 정상으로 돌아왔다.

"후우우!"

진각을 펼친 순간부터 단 한 호흡으로 모든 일을 처리한 무한은 폐부에 들어찬 탁한 진기를 내뱉으며 신선한 공기를 들이마셔 빠르게 진기를 휘돌렸다.

단전에서 느껴지는 뜨듯한 감각은 다름 아닌 대환단의 약효였다. 세 번째 현마진린보를 시전하며 삼킨 것이 바로 대환단이었던 것이다. 어느 정도 믿는 구석이 있었기에 그렇듯 무모한 행동을 할 수 있었던 무한이다.

물론 대환단의 위력이 절대적인 것은 아니었다. 당장 가부 좌를 틀고 진기를 도인한다면 단시간에 모든 공력을 회복할 수 있었다. 그러나 선 채로라면 시간이 걸릴 수밖에 없었다.

무한은 단환을 부지런히 녹여 빈 단전을 채우는 동시에 칼날 같은 시선으로 주위를 훑었다.

낭창낭창한 만화를 늘어뜨리고 천신처럼 선 무한의 모습에 사람들은 분노와 경악, 불신 등 온갖 감정이 혼재된 얼굴로 부들부들 떨고 있었다.

남궁탁이 즉사하고, 은하검객 사현이 중상을 입었으며, 남궁탁을 돕던 남궁도와 풍천개까지 청석에 노출되어 적잖은 부상을 입었다. 그 모든 것이 불과 한 호흡 만에 벌어진 일이었다.

무한은 저들이 즉각 공격해 오지 않는 걸 보고 자신의 노림수가 통했음을 깨달았다. 저들은 자신이 자유자제로 현마진린보를 펼칠 수 있으리라 지레짐작하고 있었다.

"허어, 무량수불!"

무당 도사 능공은 바닥에 선명히 찍힌 세 쌍의 천마인을 보며 무량수불을 곱씹었다. 정법 또한 아미타불을 연발했다.

귀가 따갑도록 현마진린보에 대해 듣기는 했으나, 직접 보니 이건 상상 이상이 아닌가.

"이놈!"

남궁민을 돌보다 뒤늦게 객잔 밖으로 나온 독개가 남궁탁의 주검을 보고 노성을 터뜨렸다.

"분명히 차후의 모든 책임은 어르신이 지셔야 할 것이라 말씀드렸습니다. 지금이라도 해독제를 내어주신다면……."

독개가 불을 뿜었다.

"닥쳐라! 이 천하에 악독한 놈 같으니! 과거 네놈의 사부가 저지른 악행으로도 모자라 또다시 재현하려 든단 말이냐!"

무한에게 일갈한 독개는 무한의 엄청난 무위에 굳어 있던 무리를 향해 소리쳤다.

"한심한 사람들 같으니! 녀석은 마선의 제자일세! 녀석을 상대하겠다고 나섰으면서 이 정도도 예상치 못했단 말인가! 이곳에서 놈을 놓치게 된다면 강호가 또다시 피로 잠기게 될 것은 자명한 일! 목숨을 아끼지 말아야 할 것일세!"

독개의 일갈에 분위기가 일순간 쇄신되었다.

2

다시 공격 대열을 갖춘 정파의 고수들이 무한을 공격하려는 그때,

객잔의 뜰로 네 명의 젊은 도사가 급히 들어섰다. 그들은 화산파 도사들이었는데 찢기고 피로 물든 도사 한 명이 등에 업혀오고 있었다.

무한을 견제하던 화산파의 천명과 천통, 천관이 소스라치게 놀라 대열에서 이탈했다.

"천상 사질이… 이게 어찌 된 일이냐!"

천명의 경악에 찬 음성에 무한을 공격하려던 자들도 흠칫 놀라 물러섰다. 도천상이면 화산제일검이 아닌가.

"사형께서는 정체불명의 악적에게 당하셨습니다. 일반 의 원보다는 독개 어르신께 보여야 할 것 같아 밤새 달려온 것입 니다."

"악적이라니, 감히 어느 무리더냐!"

"그러니까 어젯밤……."

도사 중 하나가 지난밤 객잔에서부터 있었던 일을 풀어놓기 시작했다. 한데 다른 도사가 무리와 대치하고 있던 무한을 발 견하고는 손가락질하며 외쳤다.

"헉! 저, 저잡니다!"

나머지 도사들도 무한을 발견하고 소리쳤다.

"저자가 틀림없습니다."

"저자가 사형을 암습하여 쓰러뜨렸습니다."

실제로는 아무것도 본 적이 없는 자들이 무한이 암습했다는 말까지 서슴치 않았다.

천명은 그제야 이해가 된다는 얼굴로 끄덕였다. 과연 마선 의 제자가 아니면 누가 있어 화산제일검을 이리 만들 수 있겠 는가.

독개가 도천상의 맥을 짚어보고는 생각보다 상태가 좋음을 확인하고 말했다.

"안으로 들어가 밖으로 한 발자국도 나오지 말아야 할 것이다!"

화산 도사들이 도천상을 데리고 객잔 안으로 들어간 후, 무리는 무한을 거세게 압박해 갔다. 새로이 원한이 생긴 화산의 고수들은 더욱 강한 살기를 뿌려댔다.

"놈! 이래도 네놈이 마선의 제자가 아니라고 할 테냐?"

무한은 검을 곧추세울 뿐, 입을 굳게 다물었다. 지금은 어떤 말도 소용이 없을 거란 걸 누구보다 잘 아는 그였다.

무한의 얼굴에 비장한 결심이 서렸다.

죽음을 불사한다. 무한은 사질들의 해독제를 얻지 못하면 살아서 돌아갈 생각이 없었다.

오히려 죽음이라는 두 글자를 마음에 품자 저들에 대한 분노도, 두려움도 모두 사라졌다. 이 순간 무한의 머리는 얼음장보다 차가웠으며 가슴은 활화산처럼 뜨겁게 불타올랐다. 대환단의 약효가 녹아든 단전 또한 그에 화답하듯 힘찬 약동을 준비하고 있었다.

치리리리링!

희한한 일이었다. 내력 한 푼 들어가지 않았건만 만화가 스스로 울었다.

만화가 만들어낸 검명(劍鳴)이 무한의 영혼을 맑게 정화시켰다.

검을 든 자신과 앞을 가로막은 적들만 있을 뿐, 해독약을 얻어야 한다는 강박마저도 깨끗이 사라졌다. 막강한 적들을 눈앞에 두자 불현듯 호연지기가 끓어올랐다.

차라락!

앞을 막아서는 자는 누구든 벤다.

청석 깊이 새겨진 무한의 경고였다.

입만 산 자의 경고가 아니라 힘이 있는 자의 경고다. 분노에 앞서 모두의 가슴에 냉기가 스치고 지나갔다.

차차차!

자신을 향해 검이 일제히 겨눠진 순간, 무한은 공격을 기다리는 대신 먼저 뛰어들었다.

살인적인 검세가 사방에서 엄습했지만 무한은 오히려 팽팽한 근육의 긴장을 즐기며 검을 마음껏 휘두르기 시작했다.

쉬익!

찌르고,

쐐애액!

베며,

치리링!

털고,

휘리릭!

휘감았다.

만화이기에 가능한 동작들을 유연하고 자유롭게 풀어냈다.

아슬아슬하게 화산의 검이 앞섶을 훑고 지나고, 땋아 내린 머리카락이 무당의 검에 잘려도 무한의 검은 한 치의 흔들림없이 목표를 향했다. 그 덕에 무한의 검을 맞받는 상대는 간담이 서늘해지는 공포를 맞봐야만 했다.

서서석!

정법의 소맷자락이 사라지고,

서걱!

능화의 탐스러운 수염이 반이 넘게 잘렸으며,

채쟁!

천명의 장검이 반으로 부러져 나갔다.

하지만 무한의 선전도 점차 한계를 향해 치달았다. 보보마다 현묘한 이치를 담아내던 걸음은 점차 무거워져만 갔고, 만화의 신랄한 떨림도 차츰 무뎌져 갔다. 고수들의 압박은 무한을 몇 배나 빨리 지치게 만들었다.

무아경 속에 종횡무진하던 무한이 고전을 면치 못하고 있는 그때, 객잔의 이층 침상에 누워 있던 도천상이 천천히 눈을 떴다.

"사형, 정신이 드십니까?"

도천상은 살아 있다는 안도감을 느끼며 즉시 몸 상태를 점검했다. 지난밤은 실로 악몽 같았다. 혈아라는 괴물의 장력에 쓸려 피를 토하며 정신을 잃었던 기억이 생생했다.

많게는 오 년 이상, 적게는 이삼 년 이상 쌓아온 공력이 소실됐으리라. 단단한 각오를 하며 진기를 일으켰다.

단전에 의지를 싣자 내상을 치료하고 있던 진기가 단전으로 쏜살같이 모여들었다. 평소에 비하면 턱도 없이 부족한 양이었다. 하지만 중요한 건 진기의 양이 아니었다. 단전의 크기가 전혀 줄어들지 않았다. 본원진기의 손실이 거의 없다는 반증이었다.

단숨에 진기를 휘돌려 내상을 살폈다. 심하다. 하지만 이 또한 상상한 것보다는 훨씬 양호했다. 피를 토하며 정신을 잃었던 기억이 생생한데 이게 어찌 된 일일까.

문득 내상이 심한 장기에 깃든 낯선 기운이 느껴졌다. 의지를 집중해 살펴보니 자신이 익힌 화산의 비전 심공인 자하진기가 아니다. 낯선 진기는 화기(火氣)에 상한 내장을 차갑게 식히며 회복시켜 주고 있었다.

자하진기만 한 기운이 없다 여겼는데 이건 생각을 달리해야 할 듯싶다. 이토록 편안하고 생명력 넘치는 기운이라니. 신비롭고도 놀라운 진기가 아닌가.

도천상은 자하진기를 휘돌려 낯선 진기를 도와 회복력을 촉발시키며 물었다.

"여기는 어디냐?"

"천명 사숙 일행과 만나기로 했던 행화촌 객잔이니 안심하십시오."

도천상은 밖에서 이는 엄청난 진기의 움직임과 끊임없이 들리는 병장기 소리에 일어나 앉으며 물었다.

"한데 밖에 무슨 일이냐? 이건 보통 싸움이 아니구나."

"지난밤 사형을 해하였던 악적이 제 발로 이곳으로 찾아와 정파의 어른들께서 놈을 상대하고 있습니다. 아직 잡지 못한 걸 보면 대단하긴 대단한 모양입니다."

괴물이 이곳에 있다? 놀라운 일이었다.

"그 괴물이 이곳에 나타났단 말이냐?"

"왜 아니겠습니까. 일전을 각오하고 있었는데 갑작스레 사라져서 의아하다 싶었는데, 저희보다 더 빨리 이곳에 도착해 있었습니다."

도천상이 벌떡 일어섰다. 이곳에 수많은 고수가 있다 해도 놈을 이길 수 있다고 장담할 수 없었다. 무엇보다 무시무시한 위력이 보법을 상기하면 놈이 몸을 빼는 건 일도 아니었다.

"내가 나가봐야겠다."

"사형, 아직 일어서시면 안 됩니다. 천명 사숙께서 아무도 나오지 말라고……."

"나는 괜찮으니 비켜서라."

도천상은 도윤을 밀치다시피 하고는 급히 객잔 밖으로 나왔다.

"아!"

도천상은 탄성을 질렀다. 절정과 초절정을 넘나드는 고수들의 틈바구니 속에서 악전고투를 치르고 있는 사람은 괴물이 아니라 자신을 구했던 무당파의 청년 검사였다.

청년 검사는 간밤에 보았던 것처럼 엄청난 무위를 뽐내고 있었다. 하지만 보는 자로 하여금 움찔움찔하게 만들 정도로 매 순간이 위태위태했다. 곧이라도 피를 뿌리며 쓰러질 것 같았다.

한데 이상하다. 왜 저토록 핍박을 당하고 있는 것인가. 더욱
이해할 수 없는 것은 그를 공격하는 무리 중에 무당과 도사들
도 끼어 있다는 점이었다. 하면 무당 도사가 아니란 말인가?

어쨌든 일단 싸움을 정지시키고 볼 일이었다.

"멈추십시오!"

도천상의 고함에도 무한을 핍박하는 자들은 멈추지 않았다.
무한이 무아경 속에서 검술을 펼치듯 저들 또한 마찬가지였던
것이다.

이래서는 은인이 자칫 죽게 생기질 않았는가.

도천상은 망설임없이 전장으로 뛰어들었다. 도천상은 먼저
적인 줄 알고 공격을 해오는 무한의 검을 튕겨내며 소리쳤다.

"날세!"

버럭 소리친 도천상은 무한을 향해 공격해 오는 검들을 막
아냈다. 내장이 진탕되는 느낌이 들고 속이 울렁거렸지만 이
를 악물며 다시 소리쳤다.

"공격을 멈추십시오!"

천명이 소리쳤다.

"천상, 이게 무슨 짓이냐!"

"사숙, 잠시만 멈추어주십시오!"

"녀석에게 꺾여 자존심이 상했겠지. 이해한다. 하지만 지금
은 네 개인의 자존심을 내세울 때가 아니다. 이곳은 우리에게
맡기고 들어가 정양토록해라."

도천상은 객잔 안에서 도윤에게 들었던 말과 천명의 말에서

오해가 있음을 깨달았다.

"그런 것이 아닙니다. 제 말을 들어주십시오!"

"물론 들어주마. 하지만 지금은 놈을 처치하는 것이 먼저다."

천명과 도천상이 대화를 나누는 중에도 무한에 대한 공격은 쉼없이 이루어지고 있었다. 무한에게 날아드는 검들을 막아가던 도천상은 간신히 다독여 놓았던 내상이 도져 울컥 피를 토해냈다.

풍천개가 보다 못해 소리쳤다.

"차후 화산뿐 아니라 정파를 이끌어갈 사람이 어찌 그리 어리석은 짓을 한단 말인가! 지금이라도 속히 물러서게!"

차창!

도천상은 능공의 검을 막아내며 다시 한 모금의 선혈을 토해내며 말했다.

"빈도는 금수가 아닐진대, 어찌 구명지은을 갚지 않겠습니까!"

풍천개가 이해할 수 없다는 얼굴로 말했다.

"구명지은이라니? 그게 무슨 말인가?"

"빈도는 지난밤 이 친구에게 목숨을 구함받았습니다."

"잠시 공격을 멈추시게!"

멀찍이 떨어져 공격을 진두지휘하던 독개가 도천상의 말을 듣고 소리쳐 공격을 정지시켰다.

"다시 말해보게. 저 녀석에게 구함을 받았다 하였던가?"

"틀림없는 사실입니다. 지난밤······."

도천상 덕에 한숨을 돌린 무한이 적의를 드러내며 텅 비다시피 한 단전을 채우는 동안 도천상은 자신이 겪었던 악몽 같던 하룻밤을 좌중에게 소상히 털어놓았다.

독개는 심각한 안색으로 도천상의 이야기를 들은 후 입을 열었다.

"분명 이지를 상실한 자라 하였나?"

"그렇습니다. 녀석은 제정신이 아니었습니다. 가죽만 사람일 뿐, 사람이 아니라고 해야 할 정도였습니다."

도천상이 말한 건 틀림없는 마황진기의 부작용, 폭주였다. 독개가 무한을 가리키며 말했다.

"확실히 말하게. 그러니까 그 괴물이 저 녀석이 아니었단 말이지?"

도천상이 어이없다는 표정을 지으며 말했다.

"말씀드렸듯이 빈도가 놈들의 꾐에 빠져 산 정상에 도착했을 때, 처음 보는 두 노인이 나타나 혈아라는 괴물을 불렀습니다. 빈도는 도저히 그 괴물을 감당할 수 없었고, 목숨이 경각에 이른 순간 이 젊은 도우(道友)가 나타나 빈도의 목숨을 구한 것입니다."

"허허! 하면 이 모든 것이 오해였단 말인가?"

독개가 탄식할 때 풍천개가 끼어들었다.

"그리 단정 지을 수는 없습니다. 잊으셨습니까? 혼천등마부의 혈사와 남궁세가 오하 지부 혈사는 같은 날 같은 시간에 일어났습니다! 폭주를 일으킨 사람은 하나가 아니었다는 얘깁니다."

풍천개의 말은 마선의 제자가 하나가 아니니, 여전히 무한에게 혐의가 있다는 뜻이었다.

화산의 매화오검수의 일인인 천통이 무한을 가리키며 말했다.

"하면 풍 장로님 말씀은 모든 게 저 아이의 계략이란 말씀이십니까?"

풍천개가 무한을 쏘아보며 말했다.

"그렇습니다. 녀석은 간악하게도 동료들로 하여금 화산제일검을 공격하게 한 후 중간에 나타나 구해주는 척하여 혐의를 벗으려 했던 것이 분명합니다."

도천상이 고개를 저었다.

"그건 지나친 억측이 아닙니까?"

"억측이라? 하면 묻겠네. 자네가 보았다던 그 괴물이 혹 중처럼 머리카락이 없지 않던가?"

만평 사형제를 염두에 둔 풍천개의 발언이었다. 그는 독개의 독에 만평 사형제가 중독된 것을 알고 있었지만 혹여 폭주로 인해 독이 풀렸을 가능성을 배제하지 않고 있었다.

"그렇지 않았습니다. 오히려 그자는 머리가 치렁치렁하여 얼굴을 가릴 정도였습니다."

사람들의 시선이 일제히 풍천개에게 쏠렸다. 이번에는 풍천개도 잠시 할 말을 잃고 말았다. 하지만 아직 인정한 것은 아니었다.

"하면 저건 무엇으로 설명할 수 있단 말입니까?"

풍천개가 가리킨 곳, 청석을 뚫고 선명하게 찍힌 발자국에 사람들의 시선이 몰렸다. 그것은 누가 보기에도 마선과의 관계를 증명하는 결정적인 증거였다.

"저 자국이 광마인이라는 것이군요."

독개가 끄덕이며 말했다.

"아무래도 자네가 녀석에게 속은 것 같군. 그만 물러서게."

도천상은 안색을 굳히며 지난밤 일을 떠올렸다. 확실히 몇 번에 걸쳐 혈아라는 괴물과 비슷한 보법을 펼치기는 했다. 한데 그게 완전히 같은 보법이라니. 마선과 어떤 식으로든 관계가 없다면 그의 독문절기를 습득하는 것은 불가능한 일이었다.

무한은 자신을 옹호하던 도천상의 낯빛이 달라진 것을 보고 그 또한 어쩔 수 없는 사람이라는 것을 깨달았다.

그러나 도천상은 최소한 다른 자들과 다른 점이 있었다. 그것은 무작정 검을 겨누는 것이 아니라 변명을 들으려 한다는 것이었다.

도천상의 마음이 하해와 같이 넓어서가 아니었다. 도천상이 단박에 무한이 마선의 제자라 단정 짓지 않은 것은 자신의 몸 안에서 지금도 돌고 있는 현기 가득한 진기 때문이었다.

도천상은 그토록 정순하고 생명력 넘치는 진기가 폭주를 일으킨다는 걸 믿을 수가 없었던 것이다.

"자네가 진실을 말해보게. 정말 자네가 마선의 제자인가?"

"명백한 증거가 있는 마당인데 저자의 말을 들을 필요가 무에 있겠는가. 말도 안 되는 변명만을 늘어놓을 것이 뻔한데."

풍천개의 말에 도천상은 고개를 저었다.

"아닙니다. 빈도가 도저히 납득할 수 없는 것이 있어 그러니, 그의 말을 들을 수 있도록 조금만 시간을 주십시오."

"그건……."

풍천개가 불가함을 말하려는데 곁에 있던 천명이 헛기침을 했다.

"험!"

도천상의 체면을 깎지 말라는 뜻이 담긴 헛기침이었다. 도천상이란 이름 석 자는 오히려 화산파의 문주 천화 진인보다 무거운 것. 도천상이 곧 화산이라 해도 과언이 아니었다. 그러니 도천상의 말을 무시하는 것은 곧 화산을 무시하는 것이다.

마음에 들지 않았지만 풍천개나 독개로서도 더 이상 도천상의 요구를 묵살할 수 없었다.

"좋네, 시간을 줄 테니 말해보게."

허락을 득한 도천상이 무한을 똑바로 응시하며 말했다.

"어제 일이 모두 자네가 꾸민 계략이었나?"

"어제 일이 네가 꾸민 짓이냐고 묻고 있다."

도천상은 독개가 나서서 알아들을 수 없는 말을 무한에게 전하자 의아한 얼굴로 말했다.

"명국 사람이 아니었습니까?"

"조선인일세."

도천상이 놀라고 있을 때 무한이 부정확한 발음으로 말하며 바닥에 글을 썼다. 독개를 거치지 않겠다는 의지였다.

"당신은 누구십니까?"

"홍, 누구인지 몰랐다? 모른다니 알려주마. 귀를 씻고 들어라. 이 도사는 화산의……."

독개는 무한이 알고 있으면서도 모른 척한다고 생각해 비웃으며 도천상에 대해 설명하려 했다. 그때 도천상이 자신과 직접 대화하고 싶다는 무한의 뜻을 읽고, 무한이 그랬던 것처럼 입으로 천천히 말하며 검 끝으로 바닥에 글을 새겼다.

"빈도는 화산파의 도천상이라는 사람일세. 이제 내 물음에 대답을 해주겠나?"

무한은 도천상이라는 이름이 가진 의미를 알지 못했기에 그저 끄덕일 뿐이었다. 그야말로 이제 이름 정도는 알았다는 표정이었다. 다른 사람이었다면 굉장히 수치스러운 일이었겠지만, 무한이 조선인이라는 걸 안 이상 도천상은 무한의 태도를 당연하게 받아들였다.

"그렇게 느끼셨습니까?"

도천상은 고개를 저었다.

"그렇지 않네. 지난밤 빈도는 자네의 진심을 보았다고 느꼈네."

굳었던 무한의 얼굴이 다소 풀어졌다.

"자신의 느낌을 신뢰할 수 없는 것입니까?"

무한과 도천상의 시선이 허공에서 얽혀들었다. 둘만이 알고 있는 대화가 눈빛으로 오갔다.

느낌이란 매우 부정확한 것이다. 하지만 그들 정도의 무위에 오르면 이야기는 달라진다. 벼려진 칼처럼 날선 감각들로도 잡아내지 못하는 것조차 느낌은 제대로 잡아내곤 하는 것이다. 그건 예감, 일종의 예지 능력이었다.

"물론 믿네. 하지만 내 느낌을 다른 사람에게까지 강요할 수는 없는 일이 아닌가. 모두가 납득할 수 있도록 해명을 해줄수 없겠는가?"

잠시 고민하던 무한은 주위 인물들을 찬찬히 쓸어보았다. 대부분 자신을 죽일 듯 노려보고 있었다. 답답했다. 본래도 귀를 막고 있던 자들인데 씻기 힘든 원한을 만들었으니, 자신의 말을 곧이 받아들을 리 없었다.

"모든 것이 백일하에 드러난 마당에 입이 열 개라도 할 말이 없겠지."

무한이 입을 열지 않자 풍천개가 코웃음을 쳤다. 그런 그를 도천상이 서늘한 눈빛으로 바라보고는 다시 무한에게 시선을 돌렸다.

"만일 자네가 마선의 제자가 아니라면 어떤 경로로 마선의 보법을 습득하였나?"

그에 대한 대답은 풍천개가 했다.

"그가 말하길, 오래전 누군가가 현마진린보를 펼치는 걸 보았다더군. 그것도 단 한 번."

도천상이 얼굴을 일그러뜨리며 무한에게 물었다.

"사실인가?"

무한은 묵묵히 끄덕여 답했다. 그 즉시 여기저기서 비웃는 소리가 들렸다. 무한에게 우호적인 도천상조차도 믿어지지 않았다.

"다시 묻겠네. 한 번 보고 따라 했다는 것인가?"

"굳이 말하자면 그렇습니다만, 따져 보면 약간은 다릅니다."

"다르다니, 그건 또 무슨 소린가?"

"처음 보법을 보았을 때, 기억은 해두었으나 칠 년이 넘도록 한 번도 습득하려 노력한 적이 없었습니다. 그러다 어느 순간, 정확히 말하면 흑백괴동 두 어르신의 합공을 받는 순간, 제 자신도 모르게 그 보법의 이치를 깨달았던 것입니다."

반응은 무한이 예상했던 대로였다. 비웃거나 그도 아니면 어이없다는 표정이었다.

"흥, 그것 보게. 저러니 어찌 저자의 말을 믿을 수가 있겠는가."

풍천개의 말에 정법이 난데없이 불호를 외며 말했다.

"아미타불! 믿기 힘든 일이오. 하나 전혀 불가능한 일도 아니외다."

모든 이의 시선이 정법에게 쏠렸다. 풍천개가 무슨 헛소리냐는 듯 물었다.

"대사, 그게 무슨 말씀이오? 십 년이 지났든 백 년이 지났든

한 번 본 것은 매한가지요. 한데 어찌 세상을 놀라게 할 절학을 익힐 수 있다는 말씀입니까?"

정법이 말했다.

"들어보셨겠지만 불가에는 대오각성(大悟覺醒)의 방법에는 두 종류의 방식이 있다고 보고 있소이다. 돈오(頓悟)와 점수(漸修)가 바로 그것이오. 돈오는 일순간 깨달아지는 것이며, 점수는 단계를 밟아가며 불도를 깨우치는 것이지요. 저 시주의 말이 사실이라면 그는 돈오의 방법으로 깨우친 것이라고 할 수 있소이다."

불도에 대해 문외한인 사람들은 이해할 수 없는 말이었다.

"일순간의 깨달음을 얻다니, 어찌 그것이 가능하다는 말이오?"

"석가와 달마 대사의 깨달음에 대해 한 번쯤 들어보셨을 것이오. 일찍이 석가께서는 왕궁을 박차고 나와 육 년을 고행하였지만 단 한 점 티끌의 깨달음조차 얻을 수가 없었소이다. 그러다 모든 걸 포기하고 보리수나무 아래서 하룻밤을 보낸 후 난데없이 깨달음을 얻으신 것이었소. 굳이 그것이 아니라도 다들 늙은 나무꾼이 도끼질을 하다가 어느 순간 도를 깨달았다는 이야기를 한 번쯤은 들어보셨을 거외다."

풍천개가 말도 안 된다는 투로 말했다.

"하지만 그건 석가였기에 가능한 일이 아니었습니까. 게다가 엄밀히 말해 석가모니는 깨닫기 전 육 년의 고행이 있었고, 하다못해 나무꾼은 수십 년간 도끼질을 하며 자신을 성찰하는 과정이라도 있었으니 깨달음이 오지 않았겠소?"

풍천개의 물음은 돈오와 점수에 관한 불가에서 오랫동안 풀지 못한 중차대한 화두였다.

그것은 부처에게 육 년간의 고행이 있었기에 갑작스러운 깨달음이 있었다는 것과 부처는 애초에 깨달음의 지성을 지닌 사람이라 육 년간의 고행이 아니었더라도 왕궁을 빠져나온 순간 깨달음이 정해져 있었다는 주장이다.

법정은 논쟁을 해봐야 결론이 나지 않는다는 걸 알고 있었기에 말을 돌렸다.

"저 시주에게 과정이 전혀 없었다고는 볼 수 없을 것이오. 칠 년 만에 깨우쳤다 하였으니 그 칠 년이 과정이라면 과정일 수 있는 것이지요."

"하지만 저 녀석은 전혀 익히려 시도했던 적이 없었다고 하지 않았소이까?"

법정이 웃으며 말했다.

"하면 도를 깨달은 나무꾼은 도끼질을 하며 도를 깨우치기 위해 노력했겠소이까?"

다들 법정이 제기한 한 가지 가능성에 분위기가 어수선해졌다. 그들은 다들 무공을 익힌 사람들이었기에 한 번 본 것만으로 무공을 익힌다는 것이 불가능하다는 것쯤은 알고 있었다.

하지만 달리 생각해 보면 일면 고개가 끄덕여지는 부분도 없지 않았다. 무공을 수련하면서 어김없이 만나는 벽, 그 벽들은 수많은 명상과 수만 번 칼질에도 꿈쩍도 하지 않는다.

한데 그렇게 노력해도 좀처럼 모습을 드러내지 않던 것이 어느 순간, 정말이지 어처구니없이 깨달아지는 경우가 종종 있었다. 그런 경험을 다들 한 번씩은 해봤기에 정법의 말이 전혀 근거가 없는 말이 아님을 인정할 수밖에 없었다.

어쨌든 무한의 입장에서는 자신의 말을 인정하는, 아니, 최소한 '그럴 수도 있다' 라고 말해주는 사람이 나타난 것이었으니 획기적인 일이 아닐 수 없었다.

"좋소이다. 하면 돈오라는 방법으로 녀석이 급작스럽게 깨우칠 수 있었다고 칩시다. 그러나 그러기 위해서는 일단 한 번 보고 보법을 기억하는 것이 가능해야 할 것이오. 그마저도 부정하겠소?"

풍천개의 물음에 법정은 고개를 저었다.

"부정하지 않소이다."

정법의 대답에 풍천개가 회심의 미소를 지으며 무한에게 말했다.

"네가 익힌 보법이 몇 보로 이루어져 있더냐?"

무한은 즉시 대답했다.

"삼백오십 보입니다."

"하면 보법을 펼쳤다는 자가 네놈 보라고 일부러 천천히 시전하지는 않았을 테니 빠르게 펼친 삼백오십 보를 일순간에 외웠다는 소리렷다?"

무한은 얼굴색 하나 변하지 않고 묵묵히 끄덕였다.

사실 전립은 일부러 무한에게 보여 자신의 무공을 훔쳐보았다는 오명을 씌우기 위해 보법을 상당히 느릿하게 펼쳤다.

하지만 무한은 그에 대해 아무런 말도 하지 않았다. 눈에 보이지 않을 정도로 빠르다면 모를까, 눈에 보이기만 한다면 기억하는 데 속도는 별 상관이 없었던 것이다.

풍천개가 독개를 바라보았다. 독개는 풍천개의 눈빛을 알아채고 고개를 끄덕이며 말했다.

"무림 최강의 보법을 익힌 녀석이다. 한 번쯤 보인다고 뭐가 달라질까."

독개의 허락을 득한 풍천개가 말했다.

"지금부터 네게 보법 하나를 보여줄 것이다. 정확히 삼백이십 보로 이루어진 보법이니 만일 네가 이 또한 단번에 기억해 낸다면 네 말이 사실임을 인정해 주마."

풍천개의 말에 다들 크게 놀란 표정을 지었다. 아무리 상대가 천하제일의 보법을 익혔다지만 문파의 근간이나 다름없는 무공을 처음부터 끝까지 펼쳐 보인다는 것은 쉽지 않은 일이었다. 확실히 의를 앞세우는 개방이 아니면 못할 일이었다.

풍천개는 무한이 보는 가운데 뜰 중앙으로 자리를 옮겼다. 심호흡을 한 번 한 그는 보법을 펼치기 시작했다. 무림의 예법상 무한을 제외한 누구도 풍천개에게 시선을 주지 않았다.

풍천개가 펼치고 있는 것은 개방의 다섯 가지 보법 중 가장 실전에 취약해 외면받는 취선보(醉仙步)였다. 이름대로 취한 신선이 노닐 듯 즉흥적이고 무엇에 대한 얽매임이 없는 보법이었다.

보법을 바라보는 무한의 눈에서 맑은 빛이 쏟아졌다. 풍천개가 펼치는 보법을 보노라니 문득 만화의 움직임과 묘하게 닮아 있음을 느꼈다.

걸음걸음 묘한 현기가 느껴졌다. 규칙이 배제되니 자연히 움직임이 한없이 자유롭고 변화무쌍했다. 바로 그 점이 경직된 여타의 검과 차별되는 만화의 움직임과 흡사했다.

그러나 전진과 후퇴가 급작스러운 만큼 기억하기에는 무척이나 난해했다. 더욱이 절정 경지에 든 풍천개가 전력을 다해 펼쳐 내자 발그림자가 몇 번 어른거린다 싶더니, 곧 시전이 끝나 버렸다.

한데 어찌 된 일인지 무한은 풍천개의 보법 시전이 끝나자마자 눈을 감아버렸다.

"이제 네가 증명할 차례다."

무한은 풍천개의 종용에도 눈을 감은 채 움직일 줄 몰랐다. 설마 하는 기대감을 품었던 사람들의 얼굴에서 점차 불신의 빛이 강해졌다.

"흥! 그러면 그렇지!"

풍천개가 조롱하던 그때 무한이 눈을 번쩍 뜨더니 천천히 중앙으로 성큼성큼 걸어갔다. 그를 에워싸고 있던 사람들도 덩달아 포위망을 넓히며 뜰 가장자리로 이동했다. 풍천개가 펼치는 보법은 다들 보지 않은 그들이었지만, 이번에는 적에게서 눈을 뗄 수가 없는지라 모두 무한을 뚫어져라 바라보았다.

사람들의 시선이 무한의 발에 집중된 가운데 드디어 일 보가 떼어졌다.

스윽!

무한은 머릿속에 한편의 기보로 정리해 둔 기괴하고도 변화무쌍한 취선보를 그대로 풀어냈다. 보법뿐 아니라 검까지 들었다. 사람들은 무한이 돌연 검을 들자 돌발 상황에 대비해 바짝 긴장했다. 하지만 그들의 긴장은 쓸데없는 것이었다.

무한은 예정에 없이 보법을 펼치며 한바탕 검무를 선보이기 시작했다.

쉭쉭, 휘릭! 스스슥!

보보마다 펼쳐지는 검의 경로가 예사롭지 않다. 즉흥적인 검무가 분명할진대, 검의 행로가 극히 자연스러워 감탄이 절로 나왔다. 비틀비틀 물러설 때는 취객의 몽롱함이 검에 담기고, 팔자걸음으로 비척비척 전진할 때는 너울너울 나비의 날갯짓이 검에 담겼다.

나른한 보법과 황홀한 검술은 보는 이로 하여금 단잠에 빠진 취선의 꿈속에 들어간 듯한 착각을 불러일으켰다. 가히 황홀하기 그지없었다.

이건 단순히 족적을 그대로 따라 한 것이 아니었다. 무한은 재현하는 것을 뛰어넘어 풍천개가 보법을 펼치는 동안 느낀 자유로움과 변화무쌍함을 최대한 살려냈다. 이는 풍천개가 선보인 것 이상이었다.

처척!

일 보가 시작된 지 일다경 만에 마지막 삼백이십 보가 마무리되었다.

"아! 실로 훌륭한 검무와 보법이로다."

도천상이 검무가 끝나자 감탄과 아쉬움 가득한 탄성을 토해냈다. 도천상의 탄성에 그제야 꿈꾸는 시선으로 무한을 바라보던 사람들이 부르르 떨며 정신을 차렸다.

사람들이 시선이 사뿐히 멈춘 무한의 발을 떠나 풍천개와 독개를 향했다.

"아미타불, 대답은 듣지 않아도 알 수 있을 것 같구려."

정법의 말대로 그들에게 굳이 대답을 들을 필요가 없었다. 독개와 풍천개는 입을 벌린 채 더 이상 크게 뜨일 수 없을 만큼 눈을 치켜뜨고 있었다.

풍천개는 정말이지 믿을 수가 없었다. 한 걸음도 틀리지 않고 재현한 것은 놀랄 거리도 아니었다. 그 짧은 순간 검과 접목시키는 천재성에 비하면 말이다. 더욱이 보법 자체만 놓고 봐도 자신이 펼친 것보다 나았으면 나았지, 절대 부족하지 않았다. 도무지 처음 펼친 것이라고 믿기 어려웠다.

그럴 리 없다는 것을 누구보다도 잘 알면서도, 언제 누구에게서 취선보를 배웠느냐는 물음이 목구멍까지 치밀었다. 그만큼 믿기 힘들었다.

분위기가 무한의 협의가 벗겨지는 쪽으로 몰리자 남궁도가 붉어진 얼굴로 나섰다. 이제는 무한이 마선의 제자가 아니라도 이미 원한이 생긴 터였다.

"이것만으로 녀석의 결백이 증명되었다고 보기는 어렵소이다!"

"노부도 같은 생각이오."

이번에 나선 사람은 은하검객의 큰 부상으로 원한이 생긴 종남파의 기천검(氣天劍) 황학규였다.

종남파의 동조로 힘을 얻은 남궁도가 더욱 기세등등하게 말했다.

"여러분들은 지금 사건 현장마다 녀석이 있었다는 것을 간과하고 있소이다. 그 또한 명쾌한 대답이 있어야 할 것이외다."

남궁도의 말을 듣고 보니 과연 그러했다. 남궁도의 뜻을 전해 들은 무한은 혼천등마부가 무너진 다음날 배 위에서 풍천개와 흑백괴동에게 했던 이야기를 중인들 앞에서 재차 꺼내놓았다.

누명을 벗고자 하는 이유도 있었지만, 저들에게 진상을 알려 진짜 마선의 제자를 잡을 필요가 있었다. 저들이 또다시 엉뚱하게 자신에게 매달려 있는 사이 죄없는 수백 목숨이 희생될 수도 있는 일이었다.

무한은 명나라로 넘어온 경위와 원적과의 계약과 흑백괴동을 만난 일, 그리고 북경의 한 무덤에서 경천신문의 봉공들과 있었던 일을 비교적 상세히 이야기했다. 또한 전립을 찾기 위해 원적으로부터 혼천등마부의 정보를 넘겨받아 혼천등마부에 갔던 일과 혼천등마부에서 괴인을 만난 일을 순서대로 이야기했다.

독개가 모든 이야기를 듣고 난 후 말했다.

"한데 어찌하여 지금까지 그 말을 하지 않았던 것이냐?"

"누구 한 사람 제 말을 들으려 하지 않았잖습니까? 그리고 이야기를 하지 않은 것이 아닙니다. 혼천등마부에서 괴인이 보법을 펼치는 것을 보고 괴인이 제가 찾고자 하는 자와 관련이 있다는 것을 알았습니다. 사문의 물건을 잃어버린 일을 세상에 알리는 것이 내키지는 않았으나 자칫 숨겼다가 괴인이 더 큰일을 저지를까 싶어 제가 본 괴인의 모습을 이미 말씀을 드렸습니다."

"말했다? 누구에게 말이냐?"

무한은 대답 대신 풍천개에게 시선을 주었다. 무한의 뜻을 알아챈 독개가 도끼눈을 뜨고 풍천개를 바라보았다.

"이미 알고 있던 이야기냐? 저 아이가 먼저 마선의 제자에 대해 언급하며 지금 한 이야기를 네게 한 것이 사실이냐고 물었다."

풍천개가 순순히 끄덕여 인정하자 독개가 불같이 성을 냈다.

"한데 네놈은 어찌하여 그 말을 전하지 않은 것이냐!"

"그때는 모든 것이 꾸며낸 이야기로만 들렸습니다."

이해 못할 바도 아니었다. 한 번 본 것만으로 현마진린보를 익혔다는데, 그 어떤 말이 믿어지겠는가.

결국 절대로 불가능하다는 고정관념을 깨고 무한이 현마진린보를 한 번 보고 칠 년 후 익힐 수 있었다는 점만 받아들인다면 모든 이야기가 들어맞았다.

하지만 남궁도는 무한의 말에서 허점을 발견했다.

"저 녀석의 이야기에는 커다란 맹점이 있소이다. 전립이라는 자가 애초에 뭔가를 얻을 목적으로 저 아이의 문파로 들어갔다는 것인데, 그것이 무엇인지 의심스럽소이다. 대체 마선이 무엇이 아쉬워 제자를 시켜 도둑질을 시켰냐 하는 것이오."

과연 남궁도의 말을 듣고 보니 쉽게 납득할 수 없는 것이었다. 짙은 의혹이 깃든 시선이 무한에게 몰렸다.

"전립이 훔쳐 달아난 것은 본 사 비전의 심법이었습니다."

"흥! 말도 안 되는 소리! 마황진기라는 절대심공을 가진 마선이 다른 문파의 심공을 탐하였다는 것이 말이 되느냐!"

남궁도의 말은 크게 설득력을 얻었다. 마황진기가 아니라도 마선이 속했던 절영문은 보법과 뛰어난 경공으로 대표되는 문파였지만, 천하제일문파라 불린 만큼 그 심공이 결코 얕다고는 볼 수 없었다.

무한은 즉시 대답하지 못했다. 그가 생각하기에도 꿈속의 신선노인이 남긴 궁극의 심법이거나 혜명과 무한이 힘을 모아 한 단계 발전시킨 도선비기라면 모를까, 전립이 들고 간 도선비기는 괴인이 뿜어대던 마황진기라는 심공과 비교해 결코 낮다고 할 수 없었다.

냉정히 평가하자면 마황진기에 비해 크게 부족했다. 더욱이 파괴력과 살상력에 있어서만큼은 비교 자체가 무의미할 정도였다.

무한은 절벽에서 떨어지기 전 전립과의 마지막 대화를 떠올렸다. 기억이 틀리지 않는다면 전립은 비기에 대해 상당한 집착을 보이고 있었다. 자신에게 비기를 빼앗길까 두려워하고 있었다.

의문점은 또 있었다.

전립은 비기를 얻으려 무학의 제자가 되면서까지 보현사에 잠입했다. 아니, 그의 진짜 사부인 마선이 어린 전립을 잠입시켰다고 해야 옳았다. 즉, 마선은 처음부터 비기의 존재를 알고 있었던 것이다.

무한은 혜명 이래로 비기를 익힌 사람이 없다고 알고 있었다. 그런데 어찌 수만 리나 떨어진 명나라에 비기의 존재를 아는 자가 있었던 것일까. 어쩌면 과거 비기를 익힌 더 윗대의 조사와 마선이 속한 문파 사이에 어떤 교류가 있었는지도 모를 일이다.

만약 그렇다면 두 번째 의문은 설명이 된다. 하지만 여전히 첫 번째 의문은 풀리지 않는다.

혹, 마선이 도선비기에 대해 과대평가한 것은 아닐까? 물론 그럴 가능성도 배제할 수는 없었다. 하지만 과거 비기를 익힌 사조와 교류했다는 가정에 비추어 보면 그럴 가능성은 별로 없었다.

무한이 대답하지 못하자 종남파의 황학규가 추상같은 기세로 무한을 추궁했다.

"전립이란 자가 진정 세상에 존재하는 자이기는 한 것이냐?"

무한을 보는 다른 사람들의 시선도 차츰 바뀌기 시작했다. 걷힌 줄 알았던 무한에 대한 의심이 다시 싹트려는 찰나, 여태 듣기만 하던 도천상이 나섰다.

"그렇게만 볼 일이 아닙니다. 무한 시주의 공력은 흔치 않은 것이었습니다."

"물론 마선의 제자가 아니라는 가정하에 저 나이에 정상적인 경로로 현재와 같은 공력을 쌓은 것은 일찍이 유래를 찾아볼 수 없을 정도로 대단한 일일세. 하지만 노부는 반선의 반열에 든 마선이 탐할 정도의 심법이 조선에 있다고는 생각하지 않네."

남궁도는 무한이 익힌 심법이 마황진기라 믿어 의심치 않는 듯했다. 다른 이들도 서서히 남궁도의 말에 동조하는 쪽으로 마음이 기울어가고 있었지만 단 한 사람, 도천상은 달랐다.

도천상은 일찍이 무한이 불어넣은 도선비기의 신비로운 공력을 체험한 터였다. 마황진기처럼 바다를 가르고 산을 쪼개는 힘이 느껴지지는 않았지만, 도선비기는 여타의 심법에는 없는, 아니, 여타의 심법을 압도하는 커다란 장점이 있었다.

"분천검께서는 한 가지 간과한 사실이 있습니다."

"간과하였다? 노부가 무엇을 잊었다는 말인가?"

"마황진기의 엄청난 면만을 말씀하시고 계시나 실상 마황진기는 불완전하기 짝이 없는 마공이 아닙니까?"

남궁도가 무슨 새삼스러운 말을 하느냐는 듯 말했다.

"그거야 세상이 아는 사실이 아닌가."

"그렇습니다. 알 만한 사람은 모두 아는 사실이지요. 그러니 마선은 약점을 더욱더 잘 알고 있었을 것이고, 자신의 무공이 지닌 약점을 고치고 싶었을 것입니다."

"하지만 마선은 일곱 번의 폭주를 끝으로 완전무결한 공력을 얻었네. 고칠 필요가 없지."

"하지만 그의 제자는 아니지요."

도천상의 말이 옳았다. 마선이 자신의 무공을 후세에 전하지 않을 거라면 모를까, 누군가에게 무공을 전수하려 했다면 필시 무공의 결함을 고쳐야 했다. 그렇지 않는다면 제자가 자신과 똑같은 길을 걷게 될 터였다.

"하면 자네 말은 마선이 저 아이의 심법으로 자신의 무공이 가진 결함을 고치려 했을 거란 말인가?"

"그렇습니다. 빈도가 겪은 바로 무한 시주의 심공은 적어도 몇 가지 면에서 중원 명문정파의 심공을 압도하는 장점을 가지고 있었습니다."

도천상의 말에 모든 사람의 얼굴이 일그러졌다. 변방의 작은 나라에서 발원한 심법이 중원의 것을 압도한다니, 탐탁지 않은 것이 당연했다. 심지어 도천상과 같은 문파인 천명 등도 얼굴을 일그러뜨렸다.

"중원 명문정파의 심법을 압도한다니, 그게 무슨 망발인가? 대체 어떤 면에서 그렇단 말인가?"

남궁도의 물음에 도천상은 망설임없이 대답했다.

"그것은 친화력과 생명력, 그리고 안정감입니다."

"인정할 수 없네. 그건 증명도 안 된, 지극히 자네의 주관적인 생각이 아닌가."

도천상이 입가에 미소까지 띠며 말했다.

"빈도는 운공 도중에 괴인의 장력에 맞았습니다. 다들 아시리라 믿습니다. 그것이 얼마나 위험한지를 말입니다."

도천상의 말에 다들 끄덕여 공감을 표시했다. 운공 도중에는 장력 아니라 어린아이의 손찌검조차도 치명적이었다. 공감을 이끌어낸 도천상이 말을 이었다.

"빈도는 당장 숨이 끊어져도 이상하지 않은 부상을 입었습니다. 하나 무한 시주가 빈도에게 불어넣은 공력은 자하진기와 아무런 충돌을 일으키지 않고 상생하여 빈도의 내상을 치료하였습니다. 아무리 태청단의 약효가 있었다 해도 불가능한 일이지요. 이래도 친화적이고, 생명력이 강하며, 지극히 안정적이라는 빈도의 주장이 주관적인 것이라 하시겠습니까?"

태청단이 언급되자 무당의 능공이 크게 놀라 물었다.

"태청단을 복용하였다 했던가?"

"그렇습니다. 빈도는 틀림없이 무한 시주가 준 태청단을 복용했습니다."

능공이 무한을 추궁했다.

"험! 묻겠다. 시주는 어디서 태청단을 얻었는가?"

태청단은 귀하디귀한 무당파의 보물이니 출처가 궁금한 건 당연했다.

"태자 전하께서 호위에 대한 보답으로 준 것입니다."

무한의 대답에 능공의 안색이 붉게 물들었다.

"험! 그랬던가."

능공은 사람들의 따가운 시선을 헛기침으로 무마했다. 이거 야 원, 묻지 아니함만 못하게 되었지 않은가.

태청단이 어떤 단약인지는 무림인이라면 다 아는 사실. 그 토록 귀한 단약을 태자에게 선뜻 내어준 의미가 무엇이겠는 가. 스스로 태자에게 뇌물을 받쳤다는 걸 실토한 꼴이었다.

태청단에 관한 이야기는 이쯤해서 속히 넘어가고 싶은 것이 무당 도장들의 한결 같은 마음인데, 남궁도의 생각은 다른 모 양이었다.

"자네의 내상을 치유한 건 녀석의 내력이 아니라 태청단의 묘용이라 생각되는데?"

남궁도의 말에 도천상은 그럴 줄 알았다는 듯 능공에게 물 었다.

"능공 도장께 감히 여쭙겠습니다. 태청단의 효력이라면 운 공 중 장력에 당해 극심한 내상을 입어 생명이 위독한 환자를 몇 시진 만에 깨어나게 할 수 있습니까?"

"험! 사람에 따라 다르겠지만, 자네와 같은 고수라면 이삼 일 정도면 일어나게 할 수 있네."

도천상은 내심 비웃었다. 태청단의 효력이 아무리 지고하다 지만 어찌 죽음의 문턱에 이른 자를 이삼 일 만에 일어나게 할 수 있단 말인가.

화산파의 천명 도장이 조롱 섞인 음성으로 말했다.

"허허, 태청단의 효력이 본 화산파의 자소단에 비해 십 배나 대단하다는 것을 오늘에야 알았구려."

사람들은 천명 도장의 말을 듣고 그제야 능공이 약효를 크게 과장했음을 알았다.

세상에 알려진 가장 진귀한 영단은 소림의 대환단이었다. 대환단 다음으로 언급되는 것은 무당파의 태청단과 자소단이었다. 자소단과 태청단은 동급으로 인정받는 것이다.

다시 한 번 무안을 당한 능공이 괜스레 먼 산을 바라볼 때, 도천상이 말했다.

"어쨌든 태청환이 이삼 일 만에 그 같은 묘용을 발휘할 수 있다고 해도 빈도의 경우는 하루도 채 걸리지 않았습니다. 그 만하면 증명이 되었다고 볼 수 있지 않겠습니까?"

마선이 마황진기가 가진 결함을 고치기 위해 무한의 심법을 탐했을 거라는 도천상의 분석은 꽤나 설득력을 얻었다.

한바탕 소란이 정리된 후 사람들은 객잔 안으로 자리를 옮겼다.

먼저 풍천개가 중인 앞에서 얼굴을 붉히며 무한을 마선의 제자로 지목하여 혼란을 초래한 자신의 실수를 사람들에게 사죄했다. 독개 또한 사질의 말만 듣고 독을 쓴 것을 무한에게 백배 사과하고 해독제를 건네주었다. 그는 곧장 자금성으로 돌아가려는 무한을 아직 시간이 충분하다며 붙들었다.

풍천개가 무한을 마선의 제자로 지목한 탓에 가장 크게 손해를 본 곳은 남궁세가였다. 끝까지 꼬투리를 잡았던 남궁도는 허탈한 얼굴로 부상을 당한 남궁민과 목숨을 잃은 남궁탁을 데리고 세가로 돌아가 버렸다.

지금껏 독개와 풍천개가 상황을 주도해 갔으나 개방 측의 중차대한 실수가 밝혀짐으로써 더 이상 그럴 여지가 없게 되자 자연스럽게 소림의 세 금강승이 전면에 서게 되었다.

정선을 보유한 무당이 소림보다 성세를 능가하는 처지였지만, 태청단 소동으로 체면을 잃어 맥없이 주도권을 소림에게 내주고 말았다. 태자에게 태청단과 대환단을 함께 받았던 무한으로서는 쓴웃음이 절로 나오는 장면이었다.

모두 좌정한 가운데 정법이 일어서서 좌중을 쓸어보며 말했다.

"일단 혼천등마부와 화산제일검을 공격한 자는 동일인으로 판명되었소이다. 무한 시주가 쫓고 있다는 전립이라는 자도 현마진린보를 익히고 있는 것으로 미루어 그 또한 마선의 제자일 가능성이 큽니다. 빈도의 생각에는 남궁세가의 오하 지부를 멸한 자가 전립이라는 자가 아닐까 생각되는데, 여러분의 생각은 어떤지 말씀해 보십시오."

모든 이의 시선이 독개에게 쏠렸다. 풍천개의 판단 착오로 위상이 전만 못하게 된 독개였지만 마선에 관해서만큼은 그보다 잘 아는 자가 없었다.

독개가 헛기침과 함께 입을 열었다.

"폭주 날짜를 계산했을 때, 혼천등마부와 화산제일검을 공격했던 자가 북경혈사까지 저질렀다고 봐야 하네. 또한 정법대사의 말대로 전립이라는 자가 마선의 제자라면 마황진기를 익혔을 가능성이 크다고 봐야겠지. 그렇다면 전립이라는 자가 남궁세가의 오하 지부를 습격한 자여야 하는데, 그것이 아귀가 맞지가 않아."

천명 도장이 물었다.

"아귀가 맞지 않다니요?"

"날짜상으로 이미 수일 전 이차 폭주가 있었어야 했네. 한데 아직 어디서도 혈사가 일어났다는 정보가 없으니 이상한 일이 아닌가?"

도천상이 말했다.

"만일 마선이 무한 시주가 익힌 심법으로 단점을 보완하려 했다면 폭주 주기가 달라졌을 수도 있지 않겠습니까?"

"그럴 수도 있겠군."

독개가 제기한 의문은 현재로서는 속 시원히 풀 수 없는 문제였다.

第七章
일검진천의 선물

棋劍神俠

기검
신협

일검진천의 선물 1

도천상과 무한은 회의가 지지부진 종결된 후 객잔 방에 마
주 앉았다.

무한은 자신을 둘러싼 오해가 풀리자 차 맛이 달게 느껴졌
다. 하지만 마음은 이미 사질들이 있는 자금성으로 달려가고
있었다.

"지금이라도 자네의 무고함이 증명되어 천만다행일세."

도천상이 은은한 미소를 지으며 말했다. 사실 무고함이 완
전히 증명된 것은 아니었다. 마찰을 일으킨 남궁세가와 은하
검객 사현이 속한 종남파는 아직도 그에게 크나큰 적개심을
품고 있었다.

"모두 대협 덕분입니다."

대협이란 말이 절로 나온다. 도천상의 큰 도량과 명석한 두뇌는 마땅히 존중받을 만한 것이었다.

"결국 결백을 증명한 건 자네 자신이었네."

"하지만 대협이 아니었다면 진실을 증명할 기회조차 얻지 못했을 것입니다."

"빈도의 덕이라… 그리 생각해 준다면야 고맙기는 하네만, 자네가 내게 준 것에 비하면 하찮기 그지없는 것이었네. 빈도는 그저 말 몇 마디 한 것이 전부이니 말일세."

"그 몇 마디가 제 목숨과 사질들의 목숨을 구했습니다. 어찌 작다할 수 있겠습니까."

도천상은 무한의 말에 흡족한 미소를 머금었다. 시종일관 그의 입에서 미소가 떠나지 않았다. 그는 지금껏 이토록 마음이 가는 사람을 만난 적은 처음이었다. 엄청난 무공을 품었다면 응당 거만하기 쉬운데 이토록 꾸밈이 없고 됨됨이가 겸손하다니.

"욕심 같아서는 자네와 더불어 밤을 새가며 몇 날 머칠이고 이야기를 나누고 싶네만, 사정이 여의치 않으니 무척이나 안타까운 일일세."

무한 또한 같은 마음이었다. 하지만 가장 시급한 일은 해독약을 사질들에게 전하는 것이었다.

"후일 모든 일이 해결된 후 반드시 찾아뵙겠습니다."

"그러는 것도 좋겠지. 내 자네에게 줄 것이 있네. 목숨을 구해준 답례라 생각하게."

무한의 얼굴에 들어찬 조급함을 읽은 도천상이 자리에서 일어섰다.

"그에 대한 것이라면 이미 갚은 셈이니 더 이상 신경 쓰지 않으셔도 됩니다."

"그렇지 않네. 자네는 아니라고 하지만, 빈도는 자네에게 큰 빚을 졌네. 빈도가 아무리 염치가 없기로서니 목숨을 걸고 빈도를 살리고, 거기다 태청단과 내력을 아낌없이 내어준 자네의 공과 말 몇 마디 거들었을 뿐인 빈도의 공이 어찌 같다고 할 수 있겠나."

도천상이 무엇을 줄지 알 수 없었지만 무한은 더 이상 거절하지 않았다.

무한이 지켜보는 가운데 도천상은 내실 한가운데 서서 검을 뽑아 들었다.

"기회는 한 번 뿐이니 눈을 크게 뜨고 봐야 할 걸세."

스윽!

버언쩍!

도천상의 검이 환한 대낮임에도 방 안이 순간 몇 배는 밝아질 정도로 강렬한 빛을 뿜어냈다. 그리고 언제 그랬냐는 듯 빛은 순식간에 사라졌다. 강한 빛이 번쩍였다가 사라지자 대낮임에도 방 안이 어둡게 느껴졌다.

무한은 한동안 멍하니 서 있었다. 광마의 가슴에 난 상처와 잘린 팔이 떠올랐다. 이제 알 것 같았다, 왜 녀석의 상처가 아물지 못하고 곪아버렸는지.

지금까지 그가 보고 펼쳐 왔던 검과는 차원이 다르다. 이것은 내력과 기술에 의지한 검술인 검운을 뛰어넘는, 그 어떤 것이었다.

한 가닥 머리카락으로 자신을 농락했던 정화. 이 검이라면 정화가 보여준 무예와 비슷한 경지가 아닐까?

"광검이라 이름 붙인 심득일세. 지금 당장은 아니겠지만 반드시 후에 자네에게 반드시 도움이 되리라 믿네."

도천상이 하얗게 질린 얼굴로 말했다. 낯빛뿐 아니라 입가에 혈선이 물려 있었다. 무한은 그런 도천상의 모습에 가슴이 뜨거워짐을 느꼈다.

도천상이 천만금보다 귀중한 자신의 심득을 보인 것은 여간한 결심이 없고서야 쉽지 않은 일이었다. 풍천개가 개방의 보법을 공개한 것보다 몇 배는 힘든 일이었다. 더군다나 자신의 몸을 상하면서까지 펼쳐 보이다니.

"어찌 이렇게까지 하신 겁니까?"

"이래야 조금은 마음이 가벼워질 것이 아닌가. 마음 같아서는 두어 번 더 보여주고 싶네만, 아직은 빈도로서도 자유로이 펼칠 단계가 아니니 이해해 주게."

무한이 현마진린보를 연달아 시전하는 것이 무리인 것처럼 도천상 또한 광검을 연달아 펼치는 것은 무리였다. 더군다나 도천상은 아직 내상이 회복되지 않은 몸이었다.

"이 은혜, 결코 잊지 않겠습니다."

무한은 진심을 담아 중원의 방식대로 깊이 포권을 했다.

무한이 마선의 제자라는 오해를 걷어낸 후 다시 자금성으로 향하고 있는 그 시각, 산동악가의 지하 석실에는 무거운 침묵이 흐르고 있었다.

석실 바닥에 왼팔이 잘리고 가슴에 심한 검상을 입은 사내가 누워 있었다. 사내는 얼굴이 흡사 강시처럼 파랗게 질린 채 싸늘히 식어 있었다. 폭주가 끝나자마자 숨을 거둔 혈아의 시체였다.

혈아의 죽음은 악소교 형제에게도 뜻밖이었다. 하지만 되짚어 생각해 보면 혈아의 죽음은 어쩌면 당연한 결과였다. 그토록 초절한 회복력을 가진 상태로도 상처가 아물지 않고 덧났는데, 폭주가 풀리고 회복력이 정상으로 돌아왔으니 온전할 리가 없었다. 혈아는 폭주가 풀리자마자 환부가 급격히 악화되어 검은 피를 토하고 죽음을 맞이했다.

혈아의 환부를 살피던 악환수가 장탄식을 토했다.

"아! 도천상이 이 정도였단 말이냐?"

악소교가 고개를 푹 숙이며 말했다.

"그의 검은 실로 처음 보는 것이었습니다."

"놈의 죽음을 확인하지 못했다 하였느냐?"

질책 어린 악환수의 말에 악소교의 고개가 더욱 땅을 찾았다.

"운공 중에 혈아의 장력을 맞았으니 무사하지는 못할 것입니다. 최악의 경우, 죽지는 않더라도 최소 수년의 공력은 유실되었을 것입니다."

그때까지 잠자코 있던 가주 악대명이 말했다.

"그 일은 이미 실패한 일이니 아쉬워한들 때는 늦었습니다. 소자의 생각으로는 도천상도 문제지만 무한이라는 녀석이 더욱 신경이 쓰입니다."

악소교가 말했다.

"하나 놈은 이미 강호공적으로 몰린 처지네. 게다가 독개의 계략에 스스로 자금성을 벗어났으니 지금쯤 한 구의 시체가 되지 않았겠나."

악후륜이 심각한 얼굴로 말했다.

"제 생각은 다릅니다. 지난번 혼천등마부에서는 거리가 멀어 자세히 보지 못했지만 이번에는 비교적 자세히 살필 수 있었습니다. 부정하려 했지만 녀석의 보법이 아무리 생각해도 현마진린보라는 생각이 듭니다."

잠시 정적이 흘렀다. 정적을 깬 사람은 악환수였다.

"비슷한 것이 아니라 현마진린보라 하였느냐?"

"녀석은 몇 차례 현마진린보로 보이는 보법을 시전했습니다. 한데 모두 혈아에 비해 결코 못지않았습니다."

악환수가 믿지 못하겠다는 얼굴로 물었다.

"못지않다? 구체적으로 어떠했단 말이냐?"

"녀석은 혈아가 현마진린보를 시전해 도천상을 공격하는 것을 여러 차례 막았습니다. 현마진린보에 비해 녀석의 보법이 부족했다면 불가능했을 일이지요."

"아니다. 절대로 현마진린보일 리가 없다."

악환수는 강하게 부정했다.

현존하는 보법 중 현마진린보에 필적하는 보법은 없다. 현마진린보는 한때 천하제일문파라 불리며 보법과 경신술로 천하를 제패한 절영문의 절기 중에서도 최고인 것이다. 현마진린보에 못지않다는 것은 그 자체로 현마진린보라는 증거나 다름 아니었다.

그 점을 모를 리 없는 악환수임에도 끝까지 부정하는 이유는 무엇일까.

악소교가 의아한 얼굴로 말했다.

"소질 또한 마선이 제자를 길렀을 가능성은 별로 없을 거라 봅니다. 하지만 현마진린보로 보이는 보법을 쓰는 녀석이 나타난 이상 의심을 해봐야 하지 않겠습니까?"

자신의 문파를 제 손으로 절단 내고 그 충격에 강호를 떠난 마선이다. 때문에 마선이 제자를 길렀을 리 없다고 생각하고 있었지만, 악소교의 말대로 그렇다고 전혀 있을 수 없는 일은 아니었다.

"아니, 그는 절대로 제자를 기르지 않았다."

악환수는 이번에도 의심의 여지가 없다는 듯 단언했다. 이쯤 되자 뭔가 있다는 걸 다들 느낄 수 있었다. 악대명이 물었다.

"아버님, 혹시 저희들이 모르는 일이 있는 것입니까? 어찌 그리 단정을 지으시는지요?"

악환수는 사십여 년 전 그의 인생을 송두리째 바꿔놓은 그
날의 기억을 떠올렸다.

2

황보세가가 마선에게 멸문을 당하던 그날, 악환수는 황보세
가 내에 있었다. 황보세가와 산동악가 두 가문은 모두 한때 황
실에 충성하던 가문이라는 점과 창술이 가문을 대표하는 절기
라는 점에서 선대로부터 친밀한 교류를 이어왔다.

창절 황보천력과 창왕 악환수 또한 선대의 친분을 그대로
물려받아 강력한 맞수인 동시에 둘도 없이 친한 벗이었다. 그
들은 나이가 들어 일가를 책임지는 가주의 신분이 되고서도
종종 서로의 가문을 방문해 친분을 쌓고 창술을 견주며 무를
토론했다.

황보세가가 무너진 그날도 그랬다. 여섯 달 만에 만난 그들
은 밤이 깊도록 창술을 논하고 술을 마셨다. 마음만 먹으면 몇
동이의 술을 마셔도 취하지 않을 수 있는 그들이었지만, 마음
이 통하는 벗을 만난 즐거움에 둘 다 흠뻑 취해 버렸다.

그리고 그날 밤 운명의 그 일이 터지고 말았다. 악환수는 밖
에서 들려온 엄청난 굉음에 잠에서 깨자마자 내기를 돌려 술
기운을 날려 버렸다. 뭔가가 폭발하는 듯한 굉음 이후 처절한
비명이 끊이지 않았다. 취해서 아무렇게나 뒤엉켜 잠들었던
황보천력은 이미 밖으로 나갔는지 모습이 보이지 않았다.

벽에 달린 창 받침대에 놓여 있던 황보천력의 묵혼도 사라지고 없었다.

서둘러 창을 챙긴 악환수가 전각을 나서려는 그때, 한 괴인이 세가 장원의 중심부로 통하는 내문(內門)을 단숨에 날아서 들어오고 있었다. 서늘한 달빛이 피에 절은 장삼을 입은 괴인의 모습을 샅샅이 비추었다.

악환수는 전각 문턱을 넘다가 괴인의 모습을 발견하고 흠칫 굳어졌다. 아무렇게나 풀어헤쳐진 흑발 사이로 번뜩이는 핏빛 혈안과 혈안에서 쏟아져 나오는 섬뜩한 살기는 창왕이라 불리던 그마저도 바짝 얼어붙게 만들었다.

악환수가 주춤하는 사이 내문을 날아 넘은 핏빛 장삼의 괴인은 비명을 듣고 장원 뜰로 몰려나온 황보세가의 수호창대를 향해 굶주린 사자처럼 뛰어들었다.

그리고 끔찍한 살육이 펼쳐졌다. 푸르스름한 달빛 아래 새빨간 선혈이 쉼없이 뿜어지고, 놈이 지나는 곳마다 몸통에서 분리된 팔다리와 뼛조각이 허공을 난무했다.

악환수의 시선이 황보천력을 찾았다. 황보천력은 괴인의 습격을 막고자 노성을 지르며 동분서주하고 있었지만, 그의 창은 괴인의 옷깃조차 스치지 못했다. 괴인의 움직임은 벽력과 같고, 바람과도 같아 황보천력의 창을 간단히 흘려냈다.

괴인은 창절이라는 별호가 무색하게 황보천력을 농락하며 맨손으로 극심한 공포로 공황 상태에 빠진 수호창대 대원들을 잠자리 날개 찢듯 간단하게 찢어발겼다.

창을 든 악환수의 손이 부르르 떨었다. 창이 손에 들리면 그 무엇도 두렵지 않았는데 이번만은 두려웠다. 다리가 후들후들 떨릴 정도로 두려움에 진저리쳤다.

평생 수많은 악도들을 처단하며 적지 않은 피를 보아온 그였지만, 두 손으로 사지를 생으로 뜯어내는 장면은 맨 정신으로 볼 수가 없었다.

그때 악환수의 머리를 스치는 생각이 있었다. 근래 무림 전체를 뒤흔든 사건이 연이어 발생했다. 대문파라 불리기에 손색이 없는 세 문파가 하루아침에 멸문지화를 당했다. 그 사건을 두고 개방의 독개라는 자가 일인의 소행이라는 주장을 한다는 말을 들었다.

사실 악환수는 독개를 이참에 무림의 주목을 받고자 헛소리를 지껄이고 자라고 생각했다. 한데 그것이 아니었다. 악환수는 괴인의 모습에서 세 문파를 멸문지화로 몰아간 자라는 걸 알 수 있었다.

황보천력의 노성이 절규로 바뀔 때쯤, 장원 뜰에 살아 숨 쉬는 자는 황보천력 본인과 괴인 말고는 아무도 없었다.

수백 명의 피를 뒤집어쓴 괴인은 그제야 황보천력과 정면으로 마주 섰다. 그토록 괴인의 꽁무니를 쫓아다니던 황보천력이었으나 막상 괴인과 마주 서자 바짝 굳어졌다. 괴인의 눈과 마주친 순간 하늘을 찌를 듯한 원한과 분노마저 뇌리에서 지워져 버렸다. 그 정도로 괴인이 주는 공포는 압도적이었다.

"화, 환수… 도, 도와주게."

괴인의 살기에 덩달아 얼어붙어 있던 악환수는 황보천력의 입에서 자신의 이름이 나오자 퍼뜩 정신을 차렸다. 하지만 문턱을 넘어서려던 그의 발은 곧바로 거둬들여졌다. 도리어 그는 전각 안으로 숨어들었다. 그것은 살고자 하는 본능이었다.

악환수는 어두운 침상 밑에 숨어들어 철저히 기척을 죽였다. 황보천력이 몇 수 나누지도 못하고 당하는 소리가 들렸다. 괴인이 집 안 곳곳을 찾아다니며 살아 있는 사람들을 남김없이 찢어 죽이는 소리도 들려왔다. 하지만 그는 미동도 하지 않았다.

사위에 정적이 찾아들었다. 그러고도 반 시진 가까이 더 지났을 무렵, 악환수는 움츠렸던 몸을 펴고 천천히 밖으로 나왔다.

뜰 중앙에 놓인 화덕이 마지막 불꽃을 피우고 있는 가운데 세가 전체로 피비린내가 진동했다. 찢기고 뜯긴 처참한 시신들. 황보천력은 그 지옥도 속에서 반듯하게 누워 있었다. 그 옆으로 황보천력의 독문병기 묵혼이 반 토막이 난 채로 나뒹굴고 있었다.

먹먹해지는 가슴, 하염없이 흘러내리는 눈물. 악환수는 자책하며, 아니, 그럴 수밖에 없었노라고 끝없이 변명하며 천천히 걸어 벗에게 다가갔다. 이마 정중앙에 오리 알만 한 크기의 구멍이 뚫려 있는 걸 제외하면 그나마 시체가 온전한 편이었다.

차라리 몰라보게 훼손되었다면 나을 뻔했다. 황보천력은 눈을 부릅뜨고 있었고, 그 눈동자 속에는 짙은 원망이 빛이 담겨 있었다. 사실 공포로 가득 찬 눈이었지만 악환수의 눈에는 그렇게 보였다.

친우를 배신한 죄책감에 악환수는 황보천력을 안고 오열했다. 그러던 어느 순간 그의 눈에 운명처럼 한 권의 책이 들어왔다. 피를 잔뜩 머금어 전체가 붉게 물든 서책은 깊이 찍힌 한 쌍의 족적 앞에 그림처럼 놓여 있었다.

심상치 않은 필체로 적힌 다섯 글자가 악환수의 눈에, 아니, 뇌 속에 그대로 박혀들었다. 악환수는 무엇에 홀린 사람처럼 황보천력을 내려놓고 책을 집어 들었다.

현마진린보.

현마진린보가 절영문의 최고 절기로 알려진 것은 마선의 정체가 밝혀진 후의 일. 그러나 악환수는 괴인의 엄청난 움직임을 익히 보았기에 책이 범상치 않음을 단번에 알 수 있었다.

단걸음에 황보세가의 장원을 뛰쳐나왔다. 잠을 깨웠던 폭발음이 거대한 문이 산산조각 나며 발생한 소리였다는 것도 이때 알았다.

홀로 살아남은 것이 밝혀지면 여러 가지로 골치 아픈 일이 일어날 터, 무엇보다도 친구를 배신한 것을 숨길 수 없게 된다.

장원 밖은 내부와 마찬가지로 적막에 싸여 있었다. 문이 부서질 때 터진 굉음과 처절한 비명이 담을 넘어 멀리 퍼졌을 것이 분명한데도 아무도 나와보는 사람이 없었다. 엄청난 살기가 난무했던 터라 개들마저 살기를 느꼈는지 짖지 않았다.

일대는 전부 황보세가의 땅으로, 주변 민가는 전부 황보세가의 땅을 붙여먹는 소작농이었다.

황보세가는 소작인들에게 매우 관대하기로 유명했다. 흉년이 들 때면 어김없이 소작료를 감면하고, 상황이 더욱 심해지면 곳간을 어김없이 열어 곤궁한 민초를 구휼하는 데도 솔선수범했다. 때문에 근동에 황보세가에 도움을 받지 않고 사는 집이 없는 처지였다.

한데 세가 내에서 비명이 끊이지 않는데도 누구 하나 얼씬하지 않았다. 도리어 문을 단단히 걸어 잠그고 불조차 켜지 않았다.

이것이 바로 세상인심이다.

악환수는 비정한 세상의 모습이 오히려 반가웠다. 스스로의 행동을 조금은 정당화시킬 수 있었기 때문이다.

악환수는 산동악가로 복귀한 후 극비리에 직계 혈족 중 극소수의 수뇌들을 소집했다. 그는 그들에게 황보세가의 멸문을 알리는 한편, 보법을 획득한 경위를 상세히 이야기했다.

물론 친우를 외면한 일을 곧이곧대로 털어놓을 수는 없었기에 새벽녘 황보세가에 도착해 보니 황보세가가 누군가의 습격에 의해 멸족의 화를 입었고, 그곳에 심상치 않은 책이 떨어져 있어 은밀히 수습했다는 식으로 그럴 듯하게 각색했다.

산동악가와 황보세가와의 거리는 족히 천 리 길이라 도착한 시간이 하루 이틀 달라진다고 하등 이상할 것이 없었다.

악환수가 산동악가로 돌아온 지 불과 하루 만에 황보세가의 참변이 온 세상에 알려졌다. 악환수는 속으로는 괴인이 떨어뜨린 것이 확실시되는 현마진린보의 분석에 매진하는 한편, 겉으로는 친우를 해한 무리를 처단하겠다며 무림에 선포했다.

이때 전 무림은 자신들의 문파가 다음 표적이 될까 두려워 전전긍긍하던 차였으니, 무림인들이 그의 인품을 우러러 본 것은 당연했다.

보법에 대한 분석이 끝나고 보법을 익힌 성과가 눈에 나타나기 시작할 즈음, 중원무림을 대표하던 절영문의 멸문과 함께 마선의 정체가 백일하에 드러났다.

악환수는 크게 기뻐했다. 범인의 정체가 밝혀져 친우의 원수를 갚을 수 있게 되어서가 아니었다. 그는 의문의 보법을 익히면서도 한편으로는 은근히 근심하고 있었다. 강력한 위력의 보법인 것만은 확실했으나 무턱대고 익히려니 어떤 부작용이 일어날지 알 수 없어 불안하기 짝이 없었다.

한데 경공술과 보법에서 타의 추종을 불허하는 절영문의 무공임이 밝혀졌으니 그동안의 근심이 씻은 듯 사라져 버렸다.

세상일은 참으로 알 수가 없다. 같은 장원에서 같이 잠을 자고 같이 일어났건만, 누구는 목숨도 잃고 멸문을 당했지만 누구는 횡재를 했으니 말이다.

악환수는 하늘이 자신을 선택했다 여기고 보법을 은밀히 익혀 나갔다.

한데 술술 풀리기만 하던 일이 중간에 문제가 생겨 제동이 걸렸다. 마선이 세상에서 모습을 감춘 지 오 년, 무리없이 익혀지던 보법이 구성으로 넘어가자 진기도인이 원활히 이루어지지 않았다. 십성으로 가는 관문을 가로막은 것은 깨달음의 문제가 아니라 순전히 내력의 문제였다. 그래서 더욱 심각했다.

현마진린보에 맞는 심공이 따로 있음이 분명하다. 그러니 방법이 없었다.

사실 구성의 현마진린보만 해도 실로 엄청난 것이었다. 산동악가의 대표적인 보법과 비교해도 몇 배는 뛰어났다. 만약 악환수의 욕심이 거기서 그쳤다면 어쩌면 영원히 재수 좋은 사람으로 남을 수 있었을지도 몰랐다.

하지만 사람의 욕심은 끝이 없었다. 엄청난 절기를 손에 넣자 완벽히 익히고 싶은 마음이 간절했다. 더군다나 마선이 펼친 엄청난 위력의 보법을 직접 목도한 터라 쉽게 포기하기 힘들었다.

길은 절영문의 심공을 구하는 것뿐이었다. 고민 끝에 지푸라기라도 잡는 심정으로 절영문을 찾았다.

절강성 구룡산에 터를 잡은 절영문은 인가와는 꽤나 떨어진 곳에 위치해 있었다. 한때 중원무림을 굽어보며 천하를 호령하던 절영문은 옛 영화는 간데없고 불에 타다 만 기둥들 몇 개만이 남아 있었다. 마선의 마지막 폭주로 수백 명이 찢겨 죽은 곳이라 그런지, 귀기마저 짙게 서려 있었다.

폭주가 끝나 정신을 차린 마선이 건물에 불을 놓아 절영문 도들을 화장했다고 알려졌다.

한때 천하제일을 논하던 문파이다 보니 폐망한 후에도 혹시나 얻을 것이 있을까 싶은 욕심에 수많은 무림인이 다녀갔다. 하지만 이처럼 전소된 건물을 보고는 혀를 차고 돌아가곤 했다.

그러던 것이 오 년이라는 긴 시간이 지나자 인적이 완전히 끊어져 버렸다. 아무도 찾지 않은 절영문, 아니, 절영문 터는 연무장이었을 법한 곳에 쑥이 사람 키만큼 자라 있었고, 부엌이라 생각되는 곳에는 어른 허벅지만 한 나무가 뿌리를 내리고 있었다.

혹시나 하는 기대를 품고 찾은 악환수는 수풀이 우거진 모습에 한숨이 절로 나왔다. 이래서야 뭔가가 있었다 하더라도 찾기는 그른 것이 아닌가.

상전벽해, 천하제일문파였던 절영문이 숲이 된 모습을 뻔히 보면서도 쉽게 미련을 떨치기 힘들었다. 하릴없이 이곳저곳 들쑤시고 다니다 보니 어느덧 해가 저물어 버렸다. 해가 없다고 하산을 못할 바도 아니었지만, 촌각을 다투는 급한 일이 있는 것도 아니었고, 산을 내려가는 것 자체로 현마진린보의 대성을 포기하는 것과 같아 쉽게 발이 떨어지지 않았다.

가슴에 포기라는 두 글자를 새기려면 하룻밤 정도는 산에 있어야 할 듯싶었다.

때는 한여름, 적막감마저 감도는 산중에 있자니 은은한 물

소리가 들려왔다. 산을 오르면서 보았던 폭포가 떠올랐다. 구룡폭포라는 거창한 이름을 가진 폭포였는데, 산 아래서 만난 무지렁이 노인이 절영문의 위치를 잘못 가르쳐 준 덕에 길을 반대로 잡아 폭포가 있는 쪽으로 산을 올랐다. 그 때문에 폭포 반대편에 위치한 절영문 터를 찾느라 꽤나 고생을 했던 터였다.

악환수는 구룡폭포로 발길을 돌렸다. 오길 잘했다는 생각이 들었다. 밤하늘은 수많은 별들로 찬연하고 달빛은 교교히 쏟아져 내린다. 그런 가운데 야밤에 감상하는 폭포의 풍경은 묘한 흥취를 불러일으켰다.

폭포 소리만 들어도 마음까지 시원한데, 쏟아지는 물줄기가 울퉁불퉁한 벽면에 부딪치며 잘게 부서져 생긴 뿌연 수증기가 얼굴에 닿아 내력을 따로 일으키지 않아도 여름밤 무더위가 맥을 추지 못했다.

그는 그 순간만큼은 현마진린보에 대한 욕심도, 친우의 도움을 외면했던 자신의 추악한 모습도 잊을 수 있었다.

수직으로 쏟아져 내리는 물줄기와 창공을 수놓은 별무리가 시야를 가득 채웠다. 그 모습에 두보의 시 망여산폭포 중 의시 은하낙구천(疑是銀河落九天)이라는 구절을 떠올리고 있을 때였다.

푸드덕!

장쾌한 폭포 소리를 비집고 야조(夜鳥)의 날갯짓 소리가 들려왔다. 폭포 소리에 비하면 아주 작은 소리에 불과했지만 악환수는 그만 흥취가 깨져 버렸다.

은하수 길을 쫓던 악환수의 몽롱한 시선이 마땅치 않은 기색을 품고 야조를 쫓았다. 곧이어 바위 위에 앉아 있던 악환수는 벌떡 일어났다. 새는 이미 창공을 가르고 사라진 지 오래였다. 하지만 그의 눈은 새파란 안광까지 발하며 폭포 중단쯤 되는 곳에 고정된 채 움직일 줄 몰랐다.

악환수는 직감적으로 뭔가가 있다고 느꼈다. 새는 폭포 뒤쪽에서 날아나갔다. 그것은 그곳에 공간이 있다는 뜻이었다.

악환수는 즉시 폭포 옆 벽을 타고 오르기 시작했다. 물때가 끼어 오르는 것이 여간한 일이 아니었지만 그는 기어이 새가 날아나간 곳에 도착했다.

3

옛 일을 더듬던 악환수는 동굴을 발견한 시점부터 이야기를 꺼내놓았다.

"정말 폭포 뒤에 뭔가가 있었습니까?"

악소교가 긴장을 숨기지 못하며 묻자 악환수가 끄덕이며 답했다.

"그곳에 동굴이 있었다. 천연동이었지만 안으로 들어서자마자 인공의 흔적을 느낄 수 있었다. 전율이 일었지."

안은 그야말로 칠흑같이 어두웠다. 내력을 돌려도 가시거리가 반 장에도 못 미쳤다. 악환수는 망설임없이 겉옷을 벗어 불을 붙였다. 동굴은 깊이가 삼 장 정도로 그리 규모가 크지 않았다. 집기는 거의 없었고, 형태가 제대로 갖추어지지 않은 자그마한 방 두 개만이 있을 뿐이었다.

악환수는 그중 한 방에 들어선 순간 숨이 막혀오는 것을 느꼈다. 한 벽면을 가득 채운 책장에 서책이 빼곡하게 채워져 있었다. 거세게 뛰노는 심장을 달랠 겨를도 없이 책장을 뒤졌다. 한데 날이 밝아올 때까지 찾았지만 기대와는 달리 무공과 관련된 서적은 단 한 권도 찾을 수가 없었다.

실망감을 뒤로하고 다른 방으로 향했다. 가장 먼저 석실 한가운데 숨이 끊어진 지 꽤나 오래되어 보이는 한 구의 목내이가 눈에 띄었다. 뼈와 말라비틀어진 가죽만 남은 시체는 가부좌를 하고 단정하게 앉아 있었다. 사인은 단전에 꽂힌 한 자루 비수였다.

비수의 손잡이를 꽉 움켜쥐고 있는 모습에서 자결을 했음을 어렵지 않게 짐작할 수 있었다.

악후륜이 마른침을 꿀꺽 삼켰다.

"설마, 그자가……."

"맞다. 그자가 마선이었다."

목내이 앞에 투박한 무쇠 바둑판이 놓여 있었는데, 그 위에 두툼한 서책 한 권이 놓여 있었다. 악환수는 떨리는 마음으로 서책을 집어 들었다.

책을 들추자 쇠 바둑판에 새겨진 글자가 보였다. 책이 놓여 있지 않았다면 그마저도 먼지가 수북이 쌓여 글씨가 새겨져 있는지조차 알아보지 못할 뻔했다.

장력을 뿌려 먼지를 걷어내자 바둑판 전체에 새겨진 글씨가 일목요연하게 드러났다.

"반상에 쓰인 글은 유서와 진배없었다. 사자의 고뇌와 회한, 괴로움이 고스란히 담겨져 있었다."

악대명이 다소 상기된 얼굴로 물었다.

"그 글을 새긴 자가 마선이라는 구체적인 증거가 있었는지요?"

악환수가 끄덕이며 말했다.

"글의 내용뿐 아니라 반상 위에 새겨진 한 글자 한 글자가 그것을 증명하고 있었다."

"그게 무슨 말씀인지요?"

"무쇠 바둑판에 새겨진 글씨에 검지를 대보니 딱 들어맞았다. 마치 진흙에 쓰듯 한 획 한 획을 검지로 눌러 쓴 것이었다."

악환수의 말에 악대명 등은 입을 벌린 채 할 말을 잃었다. 상상을 절하는 공력, 마선이 아니라면 감히 내보일 수 없는 경악할 공력이 아닐 수 없었다.

탁자 위에 놓여 있던 두터운 서책은 반은 마황진기가, 나머지 반은 절영문이 마황진기라는 마공을 탄생시킨 과정이 세세하게 수록되어 있었다.

마황진기는 가공할 위력을 지녔으나 폭주라는 골치 아픈 부산물이 남는다. 절영문은 마선이 여섯 번의 폭주를 하는 동안 문제를 해결하려 불철주야 노력했다. 하지만 폭주를 없앨 실마리를 발견했을 즈음, 절영문주의 수제자였던 마선의 손에 의해 문파가 절단 나는 비극을 맞고 말았다.

책은 곰팡이가 슬어 훼손되기 직전이었다. 몇 달만 늦게 발견했어도 글씨조차 알아보지 못했을 터였다.

마선은 이토록 은밀한 곳에서 영면에 들어 저주나 다름없는 마공을 세상에 전하지 않으려 했지만 악환수가 찾아내고 만 것이었다.

그러나 악환수는 그토록 찾아 헤맸던 절영문의 심법을 손에 넣고도 마냥 기뻐할 수가 없었다. 사실 그가 원했던 것은 세상에 널리 알려진 절영문의 대표 심공인 무진환환공(無盡幻幻功)이었지, 마선이 익힌 마황진기가 아니었다.

그를 비롯한 산동악가 수뇌부는 고민에 휩싸였다. 물론 그들을 고민케 만든 것은 마황진기의 폭주였다. 그러나 그토록 치명적인 결함에도 불구하고 마황진기를 포기하자고 말한 사람은 아무도 없었다. 그 정도로 마황진기를 포기하는 것은 쉽지 않은 일이었다.

결국 악환수를 비롯한 산동악가의 수뇌는 폭주를 없애 마황진기를 익히자는 결정을 내렸다. 최선의 선택이었다. 더군다나 절영문의 수재들이 수년에 걸친 노력으로도 어쩌지 못한 일이었지만, 그들이 마지막에 남긴 실마리는 가능성을 충분히 열어두고 있었다.

그 가능성은 조선에 있었다. 서책 말미에 조선의 한 고승(高僧)과 관련된 짤막한 일화가 있었다. 내용을 요약하자면, 백여 년 전 명의조차 고개를 저은 절영문의 심각한 내상 환자를 조선의 한 고승이 심법으로 고쳐 주었다는 내용이었다.

일화를 기록한 필자는 고승의 심법을 평하기를, 살상력은 크게 거론할 것이 못 되나 중원에서는 유래를 찾기 힘들 정도로 거의 모든 공력과 융화가 될 정도로 친화적이며, 치유 능력이 뛰어나고, 지극히 안정적이라 하였다.

절영문은 고승의 심법이 지극히 안정적이고 친화적인 것에 착안해 불안정한 마황진기와 접목시킴으로써 마황진기의 결함을 없애려 했던 것이다.

하지만 시도조차 해보기 전에 절영문은 지상에서 사라졌고, 마선은 자결했으며, 마황진기는 산동악가로 넘어가고 말았다.

일의 전말은 주체가 마선에서 산동악가로 바뀌었을 뿐, 도천상이 예상한 그대로였다.

산동악가는 어린 나이에도 불구하고 무척이나 영특했던 전립을 계획적으로 무학의 눈에 띄게 함으로써 제자로 들여보내는 데 성공했다. 그리고 끝내는 도선비기까지 손에 넣기에 이르렀다.

"나머지는 너희들도 아는 내용이니 긴말은 하지 않겠다."

악환수의 말에 그제야 악대명은 의심을 거두었다. 하지만 의문은 여전했다.

"그렇다면 무한이라는 녀석이 펼친 보법은 대체 무엇으로 설명해야 하는 것입니까? 현마진린보에 필적하는 보법이 있다고 인정해야 하는 것입니까?"

악후륜의 물음에 누구도 속 시원히 대답을 못하던 그때,

우르릉! 드르륵!

석실 서쪽 벽이 천천히 밀려나며 벽 뒤쪽 음영 속에 서 있던 자가 석실 안으로 성큼 걸음을 내딛었다. 크지도 작지도 않은 키에 다소 왜소해 보이는 몸집의 사내.

어른거리는 유등 불빛에 사내의 얼굴이 드러났다. 홍안(紅顏)에 동글동글한 얼굴, 무척이나 유순해 보이는 인상.

놀라운 일이었다.

사내는 무한이 그토록 찾아 헤매는 하운, 아니, 전립이었다.

전립의 기도는 연못 깊숙이 침잠한 바위처럼 어둡고 무거웠다. 그를 보고 있노라면 질식할 것만 같은 답답함이 밀려들었다. 가만히 있어도 사람을 압박하는 엄청난 위압감이었다.

"백부님, 녀석의 이름이 무한이라 하셨습니까?"

목소리가 찬 겨울 쇳덩어리 위에 내려앉은 무서리마냥 차갑다. 악환수 등은 석실로 들어선 전립을 보며 흡족한 미소를 지었다. 이토록 두꺼운 벽 너머에서 조용조용히 한 이야기를 들을 수 있다니.

"허허! 다섯 번째 탈각을 축하한다. 네 공력이 더욱 증진하였구나."

탈각, 즉 폭주를 일컬음이었다.

전립은 보현사에서 도선비기를 들고 돌아온 후, 수년간 수련에만 몰두했던 터라 세상일을 전혀 알지 못했다. 거의 팔 년 만에 바깥소식을 접한 셈이었다. 그런데 공교롭게도 무한이라

는 이름이 귀에 들리다니.

자신의 손으로 내공 한 푼 없는 자를 급류로 몰아넣었다. 더군다나 그가 아는 무한은 설령 살아났다 해도 명나라에 와 있을 녀석이 아닌데다 이토록 주목을 끌 인물이 아니었다.

하지만 꺼림칙한 예감이 드는 것은 왜일까.

"그 이야기를 자세히 해주시겠습니까?"

악후륜이 악환수를 바라보자 악환수가 고개를 끄덕이며 말했다.

"이제 립아의 출관이 이 년밖에 남지 않았으니 서서히 세상일을 알아가는 것도 좋겠지."

악환수의 허락을 득한 악후륜은 근자에 무한을 둘러싸고 일어난 일들을 상세히 설명했다. 이야기를 듣고 난 전립이 날카로운 눈빛으로 물었다.

"무한이라는 자가 우리 가문을 대신해 혐의를 받고 있다는 말씀이십니까?"

"들은 그대로다. 우리로서는 다행스러운 일이지."

"하면 그 보법에 대한 이야기는 무엇입니까?"

"그 무한이란 녀석이 쓰는 보법이 현마진린보에 필적하는 것이라 고심하고 있는 중이다."

전립의 얼굴이 불신의 빛이 가득했다.

"현마진린보와 필적하는 보법. 그런 것이 세상에 있을 리 없습니다."

전립의 확언에 악후륜이 떨떠름한 얼굴로 말했다.

"우리 또한 너와 같은 생각을 하였다. 하지만 두 눈으로 똑똑히 보았으니 인정할 수밖에 없지 않겠느냐?"

전립의 입가에 진득한 살기가 번져 갔다.

"설령 그런 것이 있다면 이 세상에서 지워야겠지요. 무한이란 녀석이 속한 문파가 어디입니까? 제가 멸할 것입니다."

"녀석은 조선인이다."

악대명의 말에 전립의 눈에서 새파란 안광이 줄기줄기 쏟아져 나왔다. 폭주에 든 혈아가 내는 눈빛과 비교해도 전혀 뒤지지 않을 정도로 살기 짙은 안광에 석실에 있는 모두가 깜짝 놀라 자리를 박차고 일어났다.

"서, 설마 립아가 폭주를……!"

그들이 소스라치게 놀란 이유가 바로 이것이었다. 하지만 그들의 걱정은 기우에 불과했다. 전립이 눈을 감았다 뜨자 석실을 가득 메우고 있던 살기는 씻은 듯 사라져 버렸다.

악환수가 자리에 다시 앉으며 헛기침을 터뜨렸다.

"험! 잠시 네 스스로 폭주를 조절할 수 있다는 것을 잊고 있었구나."

"조부님, 놀라게 해드려 죄송합니다."

"괜찮다. 한데 무엇 때문에 그토록 동요한 것이냐?"

"그 무한이라는 자, 아무래도 소손이 아는 자라는 생각이 듭니다."

"네가 녀석을 어찌 안단 말이냐?"

전립은 대답을 미루고 다른 것을 물었다.

"녀석이 조선에서 혼자 넘어왔는지요? 놈의 곁에 혹 중들은 없었습니까?"

악대명이 놀란 얼굴로 말했다.

"녀석은 여러 중들과 함께 명국으로 넘어왔다고 들었다. 한데 네가 그걸 어찌 알았느냐? 정말 네가 그 녀석을 안단 말이냐?"

전립은 조선에 있을 당시 무한에 대해 상세히 말했다. 자신이 무한에게 품었던 경계심과 그의 믿을 수 없는 재능, 그리고 마지막에 급류에 빠뜨렸다는 이야기까지.

이야기를 모두 들은 악대명이 탄식했다.

"믿기 힘든 일이구나. 아무리 그 같은 재능이 있다지만 한낱 무지렁이가 그 같은 고수가 되어 돌아오다니. 한데 보현사라는 곳에 그 같은 보법도 있었더냐?"

전립은 새벽같이 물동이를 나르던 장면을 떠올리며 강하게 고개를 저었다.

"경공을 상당히 중요시하기는 했지만 그 같은 보법은 결코 없었습니다."

전립은 복기하듯 천천히 과거의 기억을 반추했다. 무한이 절벽 아래로 떨어지기 전 했던 말이 생생히 떠올랐다.

'나를 반드시 찾겠다 했더냐. 산산이 부숴놓겠다고 했더냐. 그래, 오너라. 지난날 그때처럼 네놈이 얼마나 약해 빠진 놈인지 뼈저리게 느끼게 해주마!'

전립의 눈동자에 서늘한 광망이 번뜩였다.

第八章
뇌정이 주인을 찾다

기검신협 棋劍神俠

뇌정이 주인을 찾다 1

해독제는 즉각 효력을 발휘했다. 모두가 지켜보는 가운데 만평과 오평, 청평이 차례로 깨어났다.

곁에서 지켜보던 원적이 만평 등이 깨어나자 안도의 한숨을 몰아쉬며 말했다.

"참으로 다행스러운 일일세. 내가 괜히 자네와 스님들을 끌어들여 이리 고생을 시키는군."

무한이 고개를 저었다.

"대인께서 자책하실 일이 아닙니다. 이번 일은 정화와 관련된 일이 아니었습니다."

만평은 깨어나자마자 태자가 준 영단 때문에 중독된 것으로 오해해 자리를 박차고 일어났다. 무한은 그런 만평을 말리며 사건의 전말을 전했다.

"저희들 때문에 함정인 것을 알고도 그곳으로 가셨단 말입니까?"

"탈없이 해독제를 구해왔지 않느냐. 거기다 모든 오해를 풀었으니 오히려 전화위복이 된 셈이다."

적운이 제 일처럼 기뻐하며 말했다.

"오해가 풀렸다니 정말 잘된 일입니다."

무한은 도천상의 도움을 받은 일을 언급했다. 적운과 청운, 장량은 물론이고, 하북이협까지 도천상이라는 이름이 나오자 크게 놀랐다.

"저희 사숙을 보셨단 말씀이십니까?"

무한은 삼지산에서 도천상을 구한 일과 객잔에서 도천상이 자신을 변호해 준 일 등을 간략하게 설명했다. 원적은 혈아라는 괴인이 재출현한 것에 대해 크게 걱정했고, 장량 등은 무한이 도천상을 구했다는 것에 대해 깊이 감사했다.

그 시각, 태자는 가홍이 말없이 지켜선 가운데 난을 치고 있었다. 겉보기에는 한가로운 풍경이었지만 속내를 들여다보면 전혀 달랐다. 태자는 여느 때처럼 뇌정의 발호를 억누르느라 안간힘을 쓰고 있었고, 그것 말고도 누구에게도 말 못할 괴로움으로 속이 까맣게 타들어가고 있었다. 그나마 이처럼 난을 치고 대[竹]를 그리는 것은 괴로운 심사를 잠시나마 잊게 해주는 유일한 취미였다.

태자가 어딘지 모르게 날선 기세를 풍기는 족자 하나를 완성한 시점이었다. 문밖에서 환관이 뜻밖의 전갈을 해왔다.

"태자마마, 태감께서 배알을 청하고 계시옵니다."

태자는 적잖이 놀랐다. 사전에 약속도 잡지 않고 불쑥 찾아오다니.

"전하, 만나지 않는 것이 좋을 것 같습니다."

가흥의 조언이었다. 가흥의 말대로 정화의 의도를 알지 못하는 상황에서 만나는 건 좋지 않은 일이었다. 그냥 돌려보내는 것이 상책이었다. 하지만 오히려 그리되면 약점을 드러내는 일이 될 수도 있었다.

잠시 고민하던 태자는 결국 정화를 만나기로 결정을 내렸다.

"들라 하라."

정상적이라면 두 손을 가지런히 모으고 고개를 숙이고 들어와야 할 터인데, 정화는 고개를 꼿꼿이 들고 만면에 웃음을 지으며 들어섰다.

태자의 안색이 굳어지자 정화는 그제야 살짝 고개를 숙여 인사를 올렸다.

"미천한 것이 태자 전하를 뵈옵니다."

"허허, 미천하다? 수십만 병권을 틀어쥐고 있는 그대가 미천하다니, 겸손이 과하시구려."

태자의 말에 뼈가 들었다. 그러나 정화는 특유의 미소로 자칫 딱딱해질 수 있는 분위기를 무마시켰다. 정화의 벽안(碧眼)

속으로 탁자 위에 펼쳐진 족자가 들어왔다. 일순간 그의 입가에 지금까지와는 다른 종류의 미소가 스쳤다. 명백한 조소(嘲笑)였다.

"호, 과연 태자마마시옵니다. 난초 잎 하나하나가 마치 벼려진 칼과도 같은 기상을 품고 있으니 말이옵니다."

태자는 허락도 구하지 않고 맞은편 의자에 앉는 정화를 보며 말했다.

"과인과 서화나 논하자고 오신 게요?"

"하하, 그럴 리가 있사옵니까. 그저 느낌을 말했을 뿐인 것을요."

이제는 비위 좋게 알아서 차까지 따라 마신다. 언행은 태자를 지극히 공경하는 것 같았지만 그밖의 행동은 무례하기 짝이 없었다. 그런 정화를 보는 태자의 심사가 편안할 리 없었다.

"긴한 말이 없다면 과인은 좀 쉬어야겠소."

차를 홀짝이고 있던 태감의 얼굴이 찻잔에 가리자 미소가 씻은 듯 지워졌다.

"저런, 소관이 눈치도 없이 오래 머물렀나 보옵니다. 하면 다음에 또 오지요."

태자는 물러가라는 언질은 했지만 정화가 진짜 순순히 물러나자 어리둥절해했다. 그가 아는 정화는 볼일도 없이 이처럼 실없이 걸음할 자가 아닌 것이다.

그날 밤 무한은 불도 켜지 않은 채 창가에 서 있었다. 밖은 구름이 잔뜩 끼어 달빛 한 점, 별빛 한 점 없이 짙은 어둠에 싸여 있었다. 현재 무한의 마음도 그와 같이 어둡기만 했다.

방 가운데 놓인 탁자에 비인연공비결이 펼쳐져 있었지만, 마음이 심란해 아무것도 눈에 들어오지 않았다.

무한은 문득 인기척을 느끼고 돌아섰다. 미세한 발걸음 소리가 방문 앞에서 멎었다. 이어 문이 소리없이 열렸다 닫혔다. 까치걸음으로 방 안에 들어선 사람은 가홍이었다. 가홍은 흑색 포로 전신을 휘감고 있었는데, 흔들리는 눈동자에서는 조급함이 묻어났다.

"야심한 시각에 무슨 일이오?"

어두운 방 안을 둘러보던 가홍은 무한의 목소리를 듣고 곧장 다가와 손을 잡아끌었다.

"태자 전하께 문제가 생겼어. 의원을 부르려 했는데 전하께서 한사코 널 데려오라고 하셨어."

가홍의 목소리가 심하게 떨려 나오고 있었다. 무한은 태자라는 말을 듣자마자 즉시 태자에게 무슨 일이 일어났음을 눈치채고 두말없이 가홍을 따라나섰다.

단걸음에 태자 처소로 들었을 때, 태자는 침상에 누운 채 눈을 감고 부들부들 몸을 떨고 있었다. 눈을 감은 채 얼굴이 붉게 달아올라 있었고, 평소보다 훨씬 많은 땀을 흘리고 있었다.

가홍이 발을 동동 구르며 말했다.

"전하께서 중독되신 거야?"

무한은 고개를 저으며 말했다.

"오늘 무슨 일이 있었소?"

"낮에 정화 태감이 다녀갔어. 그게 전부야."

또 정화인가, 그자가 대체 무슨 짓을 했기에.

무한은 재빨리 태자의 맥을 짚었다. 반 푼의 진기가 빠르게 스며들어 단전 앞에 이르렀다.

쿵! 쿵!

이번만큼은 무한의 진기가 단전 문을 열어달라고 보낸 신호가 아니었다. 밖이 아니라 단전 안쪽에서 단전 벽을 거세게 두드리는 힘이 있었다. 태자는 뇌정의 힘을 막느라 안간힘을 쓰는 중이었다.

'이대로는 뚫린다!'

무한은 괴로워하는 태자를 보며 생각 끝에 밀어 넣는 진기의 양을 차츰 증가시켰다. 무한의 진기가 약해질 대로 약해진 경맥을 다독이며 기해 입구에 두껍게 진을 치지 시작했다. 단전 밖에서 뚫리지 않도록 버팀목이 되자는 생각이었다.

하지만 그럴수록 단전의 문을 두드리는 힘이 강해졌다.

태자는 그야말로 한계에 봉착했다. 낮에 예고도 없이 정화가 찾아와 배알을 청했다. 정화는 틀에 박힌 몇 마디 대화를 나누며 차 한 잔 마시고 돌아간 것이 전부였다. 한데 정화가 물러간 지 두 시진 정도 지났을 때 얌전하던 뇌정이 갑자기 날뛰기 시작했다.

십 년이 넘는 인고의 세월을 견뎌낸 그였건만, 뇌정이 거칠게 날뛰자 이제는 한시도 참을 수 없는 지경에 이르렀다.

"과, 과인에게로 가, 가까이……."

가흥은 태자가 유언을 남기려 한다는 걸 알고 눈물을 쏟으며 태자의 입에 귀를 가져갔다. 태자의 입술이 몇 차례 달싹인다 싶더니 가흥의 낯빛이 하얗게 물들었다.

가흥이 무슨 말을 들었는지 비틀비틀 물러선 후, 태자가 가까스로 입을 열었다.

"그, 그만 소, 손을 떼게."

신음 같은 태자의 음성이었다. 무한이 바라보니 홍시 같던 태자의 안색은 파랗게 질려 있었다. 또한 가까스로 뜨인 실눈은 죽음의 기운이 깃들어 있었다.

"전하, 조금만 더 견디십시오!"

태자의 고개가 미미하게 좌우로 흔들렸다.

"하, 한계… 소, 손을 떼고 물러……."

태자는 손목에 얹혀 있던 무한의 손이 떨어져 나가자마자 전심전력을 기울여 막고 있던 단전 문을 개방했다.

"크윽!"

괴로운 신음이 엉뚱한 곳에서 터져 나왔다. 신음의 주인공은 태자가 아니라 무한이었다.

태자에게 충격적인 말을 듣고 반쯤 넋이 빠져 있던 가흥은 무한의 신음성에 화들짝 정신을 차렸다.

그녀의 커질 대로 커진 눈동자에 무한이 잡혔다. 무한은 이마에 푸른 힘줄이 툭툭 불거진 가운데, 태자의 단전 부근에 장심을 얹고 있었다. 단전과 맞닿은 팔은 부들부들 떨리고 있었고, 휴지 조각처럼 일그러진 얼굴은 파랗게 질려가고 있었다.

무한의 행동은 무모했다. 생각할 겨를도 없이 취한 즉흥적인 행동이었다. 하지만 무한은 엄청난 고통을 당하면서도 자신의 결정을 후회하지 않았다. 또다시 같은 상황에 처한다 해도 무한은 같은 선택을 했을 것이다.

이대로 태자가 죽음을 맞도록 내버려둘 수는 없었다. 태자가 죽으면 중평을 살릴 길이 영영 없어진다.

무한은 장심으로부터 경맥을 터뜨릴 듯 밀려오는 미증유의 거력을 단전으로 끌어들였다. 도선비기는 몸 안에 다른 진기가 폭발적인 위력으로 뿜어져 들어오자, 위험을 감지하고 재빨리 단전을 빠져나와 전신 경맥으로 스며들어 경맥을 보호했다.

태자의 단전에 둥근 구슬 형태로 존재했던 뇌정이 급속히 녹아 무한의 단전으로 흘러들어 왔다. 그러기를 일다경.

태자의 단전에 웅크린 뇌정은 크기가 반 가까이 줄어들었다. 반면 무한의 단전은 뇌정 진기로 포화 상태가 되어버렸다. 하지만 뇌정은 무한의 사정에는 아랑곳없이 답답했던 태자의 단전을 박차고 계속해서 무한에게로 쏟아져 들어왔다. 한계치 이상의 공력을 받아들인 단전이 팽창하다 못해 폭발 직전의 위기에 몰렸다.

극한의 고통을 감내하던 무한은 끝없이 밀려드는 진기에 절망을 느꼈다.

무한의 단전 또한 적지 않은 양의 도선비기로 그 크기가 남

달랐으나, 비정상적으로 커진 태자의 광활한 단전과 비교할
바는 아니었다. 진기의 포용 능력이 달랐다.

'틀렸다.'

죽음의 기운이 목전까지 엄습하며 머릿속이 하얗게 물들었
다. 이대로 있다가는 단전이 터질 것이다. 단전이 파괴되며 육
신이 산산조각으로 부서져 사방으로 비산하는 장면이 눈에 선
했다. 그리되면 가홍까지 위험하다. 가홍이라도 살려야겠다는
생각에 손을 떼려 했다.

그 순간,

쿠쿠쿵!

머릿속 깊은 곳에서 천둥이 쳤다. 가물거리는 정신이 일순
간 반짝하고 돌아왔다. 눈앞에 선명히 떠오른 글자들, 그것은
비인연공비결의 일 단계 구결이었다.

구결이 떠오른 순간 포화 상태에 이른 뇌정진기 속에서 한
줄기 기운이 꿈틀거리며 자신의 존재를 알려왔다. 구결이 먼
저 떠올랐는지, 아니면 진기가 움직이고 구결이 떠올랐는지
의문이 들 정도로 의식과 동시에 이루어진 뇌정진기의 움직임
이었다.

무한은 그 기운이 마지막 생명줄임을 직감하고 강렬한 의
지를 실었다. 무한에게 의지를 부여받은 진기는 구결에 따라
단전 입구로 맹렬히 쏟아져 들어오는 뇌정진기를 거슬러 단
전 밖으로 나왔다. 흡사 거친 폭포를 거슬러 오르는 연어처럼
역동적으로 단전을 빠져나온 진기는 곧장 하체 쪽으로 치달

았다.

뇌정진기는 도선비기가 다져놓은 혈을 폭발적인 속도로 질주해 순식간에 일 단계 구결을 완성했다. 소주천을 마친 진기는 한층 정련되고 압축된 형태로 태자에게서 흘러드는 기운과 합류해 다시 단전으로 들어갔다.

눈 깜짝할 사이에 세 번의 소주천이 이루어지자 단전에 작은 변화가 생겼다. 단전 중심에 깨알만 하게 만들어진 뇌정이 바로 그것이었다.

그러나 무한은 지독한 고통에 뇌정이 형성된 것조차 감지하지 못했다. 소주천이 빠르게 반복되며 내력을 압축시키고 있었지만 그보다 태자로부터 전해오는 진기의 양이 압도적으로 많아 무한이 받는 고통은 전혀 줄어들 기미가 없었다.

다만 소주천의 횟수가 늘어날수록 동원되는 진기의 양도 급격히 증가해 단전이 파괴되는 극단적인 상황만은 간신히 막고 있었다.

혼미한 정신을 붙잡고 사투를 벌이기를 반 각. 몇 번인지도 모를 소주천이 이루어지고 깨알만 하던 뇌정이 몰라보게 커지자, 몸속을 돌던 진기의 속도가 확연히 줄었다.

하지만 그것은 끝이 아니라 또 다른 시작을 의미했다. 진기는 진로를 바꿔 다시 힘차게 혈맥을 질주하기 시작했다. 일 단계를 마무리하고 이 단계로 접어든 것이다.

2

가홍은 태자와 무한을 보며 손에 땀을 쥐었다. 누르락푸르락 몇 번이나 색을 바꾸던 무한의 얼굴이 반 시진이 넘어가자 제 혈색을 되찾았다.

"허허, 과인의 몸 안에서 괴물이 사라졌군."

태자는 무한이 자신의 단전에서 손을 거두자 그 말을 남기고 그대로 혼절했다.

"전하!"

무한은 비척비척 일어서며 혼비백산해 태자를 흔드는 가홍에게 기운 빠진 음성으로 말했다.

"탈진하신 것뿐이니 염려할 것 없소."

"그게 정말이야?"

무한은 말없이 고개를 끄덕였다.

태자의 몸에 깃들어 있던 뇌정 중 열에 아홉을 흡수했다. 현재 태자의 단전에는 갓 이 단계를 넘긴 수준의 뇌정만이 남아 있을 뿐이었다. 뇌정이 스스로 자란다는 걸 감안해도 최소한 몇 년 동안은 뇌정으로 인한 위협은 더 이상 없을 것이다.

무한은 정신을 잃은 태자를 가만히 내려다보았다. 성군의 자질이 있는 사람이다. 그대로 뒀다면 뇌정이 완전히 자신에게로 전이되었을 것이다. 그랬다면 태자는 뇌정으로부터 완전히 해방되었을 터였다.

한데 태자는 마지막 순간 혼신의 힘을 기울여 단전을 닫아 버렸다. 태자로서는 매우 위험한 결단이었다. 만일 태자가 그

러지 않고 뇌정을 완전히 떨쳐 버리려 했다면 무한은 죽음을
면치 못했으리라.

가홍이 비틀거리며 처소를 나서는 무한을 부축했다.

"이, 이봐! 어떻게 된 거야? 괜찮은 거야?"

"영빈관으로……."

가홍은 정신을 잃고 품 안으로 쓰러지는 무한을 덥석 안았
다. 땀 냄새와 함께 강렬한 남성의 체취가 가홍의 콧속으로 여
과없이 스며들었다.

"어맛!"

가홍은 크게 당황해 무한을 밀쳐 냈다. 너무도 당연하게 무
한이 나무토막처럼 넘어갔다. 가홍은 무한의 몸이 땅에 닿기
전에 화들짝 놀라 다시 그를 감싸 안았다. 그 바람에 더욱 세
게 안아버렸다. 흑포에 가려진 가홍의 얼굴은 홍시가 되어 있
었다.

편안한 얼굴로 잠든 태자의 모습에 적잖이 안심을 한 가홍
은 무한을 안고 밤 고양이처럼 조심스럽게 영빈관에 도착해
침상에 눕혔다. 그녀의 의지와는 상관없이 심장이 밤새워 달
린 것처럼 빠르게 뛰고 있었다.

"내가 왜 이러지?"

조그맣게 속삭인 그녀는 내력까지 동원해 심호흡을 한 뒤에
야 간신히 안정을 되찾았다. 멋대로 뛰노는 심장도 심장이려
니와, 무한의 땀 냄새가 싫지만은 않으니 참으로 알 수 없는 노
릇이었다.

돌아서서 문을 나서려던 가홍은 망설임 끝에 다시 침상으로 돌아왔다. 의자를 가져다 놓고 죽은 듯 잠에 빠져든 무한을 가만히 바라보았다. 지난번 동굴 안에서 운공 중인 무한을 보았을 때와는 느낌이 또 달랐다.

가홍은 대담하게 무한의 얼굴로 손을 뻗었다. 섬섬옥수가 숱 많은 눈썹을 지나 콧잔등에 이르렀다. 검지를 살짝 펴 천천히 콧날을 쓸어내렸다.

"코가 조금만 더 높았으면 좋았을걸."

미간을 살짝 찌푸리며 중얼거렸다. 콧날을 미끄러져 내려온 손끝이 입술에 닿았다. 거칠거칠한 감촉에 가홍의 미간이 더욱 좁아졌다. 무한의 입술에 이빨 자국이 선명하다 못해 터져서 피가 말라붙어 있었다. 태자의 뇌정을 흡수할 때 고통을 감내하느라 입술을 앙다문 때문이었다.

"그나마 봐줄 데라고는 입술밖에 없는데 입술마저 이 지경이람?"

음성에 속상한 기색이 역력했다. 가홍은 손수건을 꺼내 물에 적셔 무한의 입술을 조심스럽게 닦아냈다. 그런데 문득 그녀의 시선이 무한의 가슴에 닿았다. 살짝 풀어진 고름 사이로 하얀색 천이 삐죽 튀어나와 있는 것이 보였다.

가홍은 천을 빼내 가만히 살폈다. 손수건이다. 중앙에 수줍은 자태로 함초롬히 핀 수련이 정교하게 수놓아져 있었다. 무한과는 전혀 어울리지 않은 여성스러운 물건에 웃음이 절로 나왔다.

한데 얼굴에서 대번에 미소가 떠났다. 귀퉁이에 수놓아진 글자를 보고부터다.

"연향(蓮香)?"

연향, 연꽃 향기. 연꽃이 수놓인 손수건과 무척이나 어울리는 글이다. 하지만 가홍은 단순히 연꽃의 향기라는 뜻이 아니라 여인의 이름이라는 생각이 들었다.

"정표라는 건가?"

가홍은 가시 돋친 음성과 함께 무한의 손수건을 아무렇게나 구겨서 제 품속에 넣었다. 괜스레 심정이 상했다. 정성껏 입술을 닦아준 것이 억울하다는 생각도 들었다. 이내 흘긴 눈으로 무한을 바라보던 가홍의 입가에 사악한 미소가 지어졌다.

무한은 꼬박 세 시진이 지난 다음날 아침이 되어서야 깨어났다. 눈을 뜨자마자 지난밤 끔찍했던 기억이 떠올랐다.

일 단계, 이 단계…… 무한은 수년에 걸쳐 수련해야 간신히 돌파할 비인연공비결의 관문들을 단시간에 돌파해 마침내 문제의 사 단계에 이르렀다. 사 단계 구결이 잘못된 것은 익히 알고 있던 사실.

그러나 무한에게는 다른 선택의 여지가 없었다. 태자로부터 진기가 물밀듯이 밀려들어 오고 있어 속히 진기를 돌려 뇌정 형태로 압축시키지 않으면 단전이 당장에라도 파괴될 상황이었다.

잘못된 구결임을 알면서도 사 단계 구결대로 진기를 도인했다. 사 단계 구결대로 진기를 돌렸음에도 별다른 이상은 감지할 수 없었다. 사 단계에 이어 오 단계, 육 단계까지 일사천리로 풀어내자 뇌정의 크기가 급속히 불어나 태자의 단전에 웅크리고 있던 뇌정의 구 할 이상이 무한에게로 옮겨왔다.

회상을 마친 무한은 이마를 찌푸렸다. 혈맥마다 느껴지는 이 은은한 통증은 무엇이며, 이 무력감은 또 뭐란 말인가. 분명 전날에는 없었던 변화였다.

무한은 문득 없었던 것이 아니라 느끼지 못했던 것일 수도 있다는 생각이 들었다. 혈맥에서 느껴지는 이 정도 통증이야 단전이 당장에라도 터질 것 같은 통증에 비하면 아무것도 아니었다. 즉, 더 큰 통증에 묻혀 느끼지 못했을 수도 있었다.

무력감 또한 태자의 뇌정을 흡수한 지난밤에도 느꼈던 것이다. 다만 어제는 엄청난 기력 소모가 있었으니 무력감을 당연하게 받아들인 것뿐이었다.

다행스럽게도 전신 혈에서 은은한 통증이 있기는 했으나 단지 그것뿐이었다. 혈에 치명적인 손상을 입었다거나 태자처럼 쇠약해진 기미는 전혀 없었다.

하지만 무한은 불길한 예감을 좀처럼 떨칠 수가 없었다. 온몸으로 엄습하는 불안을 애써 밀어내며 진기를 일으켰다.

"……!"

이게 어찌 된 일인가. 엄청난 내력으로 들끓어야 할 단전에서 아무런 응답도 오지 않았다. 몇 번을 시도해도 마찬가지였다.

믿기 힘든 현실이었지만 무한은 냉정을 되찾고 눈을 감았다. 또 다른 눈으로 단전 내부를 관조했다. 예상대로 단전 중앙에 자리 잡은 경이적인 존재가 잡혔다. 뇌정은 광포한 기세를 줄기줄기 뿜어대며 좌충우돌 단전 벽을 치받고 있었다.

무한은 뇌정의 광란에도 자신이 전혀 충격을 받지 않는 것이 기이해 단전 벽을 자세히 살폈다. 그러고 보니 단전 벽을 두껍게 감싼 무척이나 낯익은 기운이 느껴졌다.

무한은 그제야 일의 전말을 대강 짐작할 수 있었다.

태자가 비인연공비결을 익힌 대로라면 무한 또한 경맥이 유명무실해질 정도로 쇠약해졌어야 했다. 한데 그의 경맥은 약간 얼얼한 감만 있을 뿐, 정상적이었다. 혈맥으로 스며들었던 비선비기로 쌓아올린 도선진기 때문이었다.

도선진기의 역할은 혈맥을 보호한 데서 그치지 않았다. 경맥에 타격을 가한 뇌정을 적으로 간주하고 밖으로 나오지 못하도록 포위하고 있었다.

최악의 상황을 피할 수 있었던 것은 아무리 생각해도 도선진기 때문이었다. 한데 도선진기의 눈물 나는 활약상에도 불구하고 무한은 조금도 안도의 감정이 생기지 않았다.

뇌정은 도선진기에 갇혀 단전 안에 옴짝달싹못한다. 그뿐만 아니라 도선진기는 광포한 뇌정을 견제하느라 무한의 의지에 전혀 응대를 하지 않았다. 뇌정의 힘이 막강해 도선진기는 조금의 여유도 없었던 것이다.

기가 막힌 상황이었다. 따로 신경을 쓰지 않아도 도선진기가 뇌정을 견제하니, 뇌정을 억제하느라 간신히 손발을 움직이는 것이 전부였던 태자에 비하면 그나마 나은 상황이었지만, 현재 무한은 최악에 준하는 처지였다.

경맥이 쇠해 진기를 쓰지 못하나, 진기가 말을 듣지 않아 쓰지 못하나 어차피 진기를 한 푼도 쓰지 못하는 것은 같으니 말이다.

자신이 진기를 끌어올리지 못하는 것이야 차차 해결한다지만 당장 중평에게 진력을 불어넣어야한 다는 것이 문제였다. 무한이 타개책을 골몰하고 있을 때,

"사숙, 기침하셨습니까."

중평을 제외한 만평 사형제가 기척을 내며 안으로 들어왔다. 그들은 무한이 오랜만에 늦잠을 자는 듯해 기다리다가 아무래도 나오지 않자 걱정이 되어 들어선 것이었다.

무한은 만평 등의 안색을 살폈다. 얼굴에 은은한 홍조를 띠고 있었고, 눈빛은 티 한 점 없이 깊고 맑았다. 도선비기를 뒤늦게 전수받은 터라 내력의 양이 부족했던 그들은 대환단의 약효를 모두 녹여 도선비기를 한층 진보시킨 상태였다.

특히 오평과 청평과는 달리 무한과 함께 발전된 도선비기를 익힌 만평은 절정고수의 반열이라 해도 과언이 아니었다.

"중평은 좀 어떠냐?"

"중평은 별 차도가……."

만평이 말하다 말고 눈을 크게 떴다. 오평과 청평도 마찬가지였다.

"사숙 맞습니까?"

"그것이 무슨 말이냐?"

"아, 아닙니다."

무한은 침상에서 몸을 일으키며 말했다.

"중평을 데리고 따라와라."

무한이 만평 사형제들과 간 곳은 다름 아닌 태자의 거처였다.

"어서 오게. 그렇지 않아도 내 자네를 기다리고 있던……."

태자는 반갑게 맞다가 말고 내실로 들어선 청년의 얼굴을 유심히 살폈다. 분명 내관으로부터 북진무사가 왔다는 전갈을 받았는데 웬 이십대 청년이 들어서지 않는가.

태자는 청년의 이목구비를 자세히 살핀 후에야 청년이 무한임을 알아보고 놀란 얼굴로 말했다.

"허허, 이런. 은인의 얼굴조차 알아보지 못해 미안하네. 생각했던 것보다 훨씬 젊어 그런 것이니 이해해 주시게."

무한은 태자의 말에 의아한 생각이 들었다. 뜨거운 시선이 뺨에 닿는 걸 느끼고 돌아보니 가홍이 내실 한쪽에 서서 눈을 크게 뜨고 자신을 바라보고 있었다.

무한은 뭐가 묻었나 싶어 얼굴을 매만졌다.

"……?"

거친 수염의 감촉은 온데간데없이 매끈한 피부의 감촉이 손끝에 전해졌다. 짐시 놀란 얼굴을 했던 가홍이 그 모습에 키득 키득 웃어댔다.

일의 전말을 대충 짐작한 무한은 내심 한숨을 내쉬고 태자에게 말했다.

"전하, 옥체는 어떠신지요?"

태자는 대답하기 전 가홍을 일견했다. 태자의 뜻을 읽은 가홍은 날렵하게 절하고 돌아서더니, 무한에게 혀를 쏙 내밀어 보이고는 내실을 벗어났다.

가홍이 나가자 태자가 침상에서 벌떡 일어나 무한의 두 손을 맞잡고 내실 중앙에 놓인 탁자로 이끌었다.

태자가 감개무량한 얼굴로 말했다.

"자네가 목숨을 아끼지 않고 나서준 덕분에 많이 좋아졌네. 이대로라면 사오 년 정도는 문제가 없을 것 같네."

"어찌 마지막에 단전을 닫으셨습니까. 만약 그러지 않으셨다면……."

태자가 짐짓 성난 음성으로 말했다.

"과인을 그런 사람으로 보았다니, 실망이군."

"솔직히 말씀드리겠습니다. 소관이 목숨이 위험한 것을 알고도 그리할 수 있었던 것은 전하 때문만은 아니었습니다."

"과인 때문만은 아니었다?"

"중상을 입어 아직 깨어나지 못하고 있는 소관의 사질을 기억하시는지요?"

무한은 중평에게 뇌정진기를 주입했던 것과 어쩌면 뇌정진기로 치료가 가능할지도 모른다는 사실을 이야기했다.

"그런 일이 있었던가. 하나 사실이 그렇다고 해도 자네가 과인의 목숨을 구한 것은 변하지 않는 사실일세."

"정녕 그리 여기신다면 한 가지 청이 있습니다."

"그렇지 않아도 마음의 빚이 너무 커 갚을 길을 생각하던 차였네. 무엇인지 말해보게."

"무리한 청인 줄은 알지만 전하께서 제 사질을 치료해 주셨으면 합니다."

"과인이 말인가? 진기를 주입해 달라는 말이겠지?"

"그렇습니다."

"자네가 직접 하지 않고 과인에게… 자네, 설마 몸에 이상이 있는 것인가?"

태자가 근심 가득한 시선으로 무한을 살폈다.

"일시적인 증상일 뿐이니 근심을 거두십시오."

언제까지 이런 현상이 지속될지 알 수 없었지만 무한은 태자를 안심시켰다. 어쩌면 태자가 아닌 스스로를 안심시켰는지도 모를 일이다.

"그렇다면 참으로 다행스러운 일일세. 과인이 충분히 할 수 있는 일이니 청을 했겠지?"

"그렇습니다."

"하면 속히 자네 사질을 데리고 오게."

태자는 만평에게 업혀 들어온 중평에게 기꺼이 자신의 침상을 내주었다.

숨죽인 가운데 근 한 시진에 걸친 진기 치료를 마친 태자가 땀을 훔치며 말했다.

"허허, 이토록 뇌정진기가 잘 맞는 사람이 있다니. 과인이 보기에 확실히 차도가 있는 것 같네."

태자의 말이 아니라도 파랗게 죽었던 중평의 안색이 눈에 띄게 달라져 있었다. 아직도 백지장처럼 창백했지만 푸르스름한 신색을 가진 것만으로도 만평 등은 가슴이 벅차올라 눈시울을 붉히고 있었다.

무한이 진심을 담아 깊이 절하자 태자가 고개를 저으며 말했다.

"허허, 오히려 과인이 고마워해야 할 일이네. 과인에게는 골칫덩이인 뇌정의 진기를 흡수해주니 더 오래 살게 되었지 않은가."

그날 이후 태자에게서 하루에 한 차례씩 뇌정진기를 주입받은 중평은 상세가 하루가 몰라보게 호전되었다. 치료를 시작한 지 나흘쯤 지나자 중평의 얼굴에 혈색마저 감돌았다.

그밖에도 나흘 동안 많은 일들이 있었다. 마선의 행적을 탐문하러 나갔던 남진무사가 돌아왔고, 원적은 무한의 요청대로 즉시 간부들을 소집시켰다.

경천신문을 저지하고 태자를 무사히 호위한 감찰단원에 대한 소문은 이미 무성하던 터. 거기다 무한이 행화촌에서 보인 무위가 강풍처럼 퍼져 나가는 시점이었다.

대개 소문은 입을 탈수록 과장되기 마련. 무한이 도천상의 목숨을 구했다는 소문부터 시작해 도천상이 무한의 검술에 감복해 무릎을 꿇었다는 소문까지 나돌았다. 그러던 차에 천호

이하 전 간부들을 소집해 만평과 장량 등이 절정 무위를 선보이니, 애초에 의도했던 것보다 효과가 몇 배는 더 좋았다.

중도파였던 자들은 원적에게로 마음을 돌렸고, 정화의 편에 서서 안하무인하던 자들은 기세가 크게 꺾여 원적의 눈치를 살폈다.

하지만 마냥 좋은 일만 있었던 것도 아니었다. 무한은 심각한 고민에 휩싸여 있었다. 엄청난 두 기운의 대치 상황이 좀처럼 진전될 기미가 보이지 않았다.

문제는 그뿐만이 아니었다. 미세하지만 경맥에서 기운이 빠져나가는 기미가 느껴졌다. 마치 수분을 공급받지 못한 화초가 서서히 말라가는 느낌이었다.

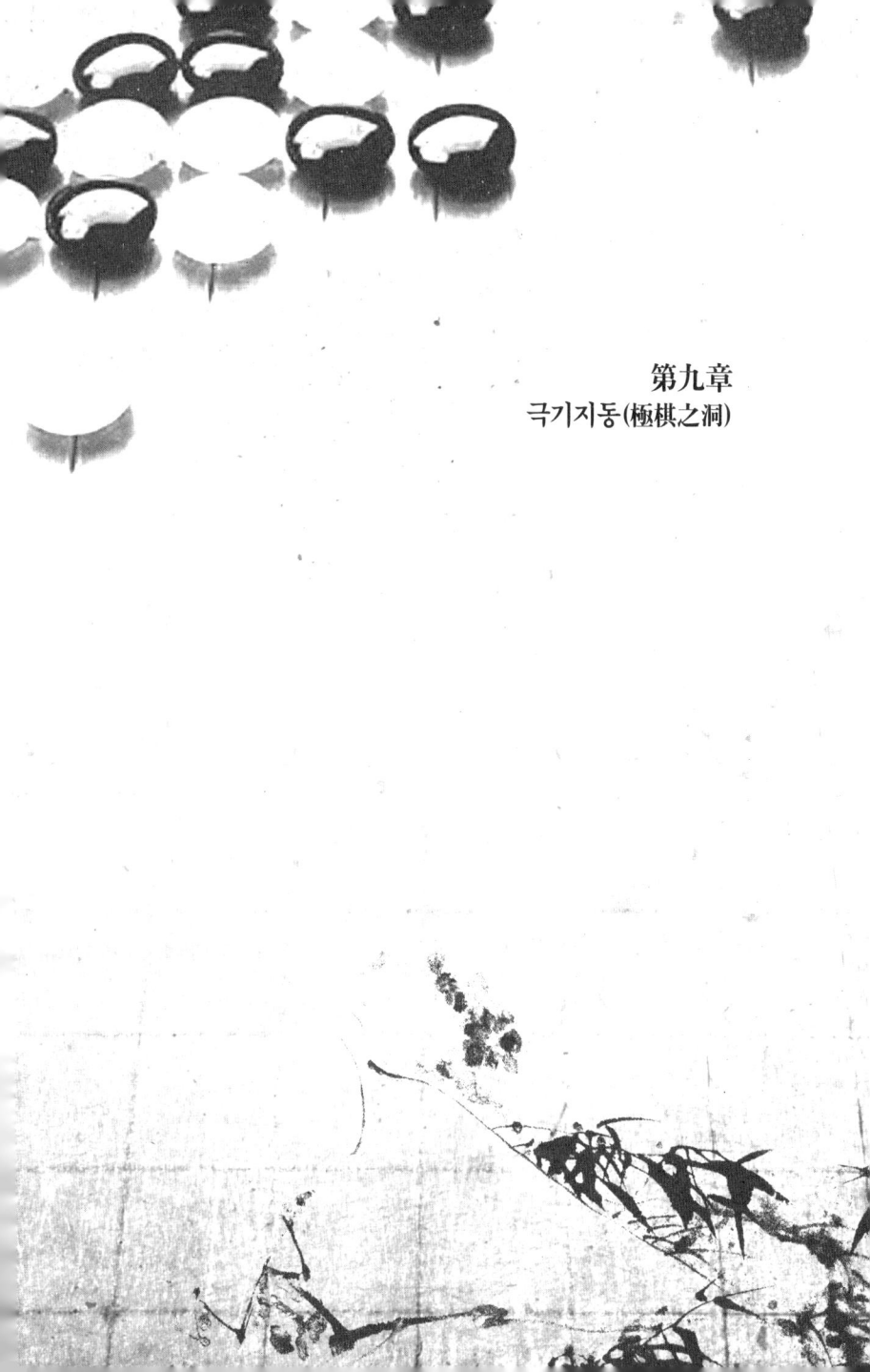

第九章
극기지동(極棋之洞)

기검신협 棋劍神俠

극기지동(極棋之洞) 1

　무한의 방에서 뒷짐을 지고 오락가락하던 가홍이 무한이 들어서자마자 팔짱을 끼며 말했다.

　"날 보고자 했다고?"

　"함부로 사내의 얼굴에 손을 대도 된다고 배우셨소?"

　무한의 냉랭한 음성에 가홍이 피식 웃으며 말했다.

　"누가 그렇게 말하면 무서워할 줄 알고? 난 이미 너의 실체를 알고 있다고. 호호, 뭐야, 이게. 계집애같이. 원래 이런 취향이었던 거야?"

　가홍은 품속에서 연향의 손수건을 꺼내 흔들어 보였다.

　방 안 분위기가 순식간에 스산해졌다. 단칼에 벨 것만 같은 칼날 같은 눈빛. 그리고 자욱이 퍼져 나오는 스산한 기운. 내

력과 무관하게 마음에서 마음으로 전해지는 원초적인 살기가
무한으로부터 흘러나왔다.

가홍은 예상치 못한 무한의 반응에 으슬으슬 몸을 떨며 뒤
로 물러섰다. 그녀가 느낀 것은 두려움을 넘어선 공포였다. 그
녀는 무한이 뚜벅뚜벅 걸어와 손에 든 손수건을 빼앗아 품속
에 넣을 때까지 아무 말도 할 수가 없었다. 심지어 숨도 쉬지
못했다. 무한이 등을 돌렸을 때에야 가홍은 목구멍을 막고 있
던 무언가가 사라짐을 느끼고 숨을 몰아쉬었다.

공포가 물러가자 분노가 고개를 쳐들었다.

"대, 대체 이깟 것이 뭐라고……."

"그만 네 처소로 돌아가라."

무한의 싸늘한 음성에 가홍의 눈썹이 역팔자를 그렸다.

"너, 너… 가, 감히 내가 누군 줄 알고!"

"세자 전하의 호위. 왜, 아닌가?"

가홍의 천에 가려진 얼굴이 벌겋게 달아올랐다.

"무엄하다! 나에 대해 이미 알고 있으면서!"

가홍은 너무 화가 난 나머지 말을 제대로 잇지도 못했다. 반
면 무한의 음성은 얼음장처럼 차갑기만 했다.

"물론 알고 있지."

가홍은 무한의 당당한 음성에 잠시 할 말을 잃었다가 안색
을 굳히며 소리쳤다.

"나 가홍 공주가 황실의 권위로 명한다. 북진무사 무한은 당
장 무릎을 꿇어라!"

과연 황실의 핏줄이라는 것인가. 가흥의 음성에 자못 서릿 발 같은 위엄이 서렸다. 하지만 무한은 코웃음으로 응수했다.

"웃기는군."

"너……."

"누군가를 지킨다는 것이 고작 이런 것이었나. 하기 싫으면 그만두고 언제든 공주로 돌아가 버리면 되는 그런 아이의 소 꿉장난이었는가?"

"그래, 내가 하고 싶으면 하고, 말고 싶으면 마는 거야. 그 어떤 거라도 상관없어! 모든 게 내 마음이라고!"

"공주 대접을 받고 싶거든 공주다운 차림을 하고 그만한 위 엄을 가지고 와야 할 것이다. 그때라면 기꺼이 무릎을 꿇어주 지."

"좋아, 네놈이 내 발 앞에 무릎을 꿇는 것을 기필코 보고야 말겠어!"

가흥이 자리를 박차고 나가자마자 원적과 장량 등이 안으로 들어섰다.

"너무 심하게 다룬 것 아닌가? 천방지축이라고는 하나 엄연 히 공주님일세."

"알고 있습니다. 하지만 언제까지 철없는 행동을 그냥 넘길 수는 없지 않습니까?"

"그렇기도 하지. 자네가 현명히 대처하리라 믿네. 한데 자 네 사질들은 오늘도 연무 중인가?"

"예, 대인께서 수련장을 마련해 주신 후로 줄곧 나오지 않고 있습니다."

원적이 혀를 내둘렀다.

"정말 대단한 사람들이군."

원적이 놀라는 것도 무리가 아니었다. 만평 사형제는 근래 들어 심하다 싶을 정도로 수련에 열을 올리고 있었다. 우연찮게 만평이 무한이 내력을 사용하지 못한다는 걸 알고부터는 무력을 키워 이제는 자신들이 사숙을 지킨다며 아예 폐관수련을 하고 있었다.

무한 등은 금의위 운영에 대한 논의를 했다. 근 반 시진에 걸친 회의가 끝난 후, 내실을 나서던 명조후가 문득 떠오르는 일이 있어 말했다.

"지난번 자금성에 들기 전 군영에 들렀을 때 우설이 없었습니다. 궁으로 불려갔다는 말을 들었는데 보이지 않는군요?"

"어딘가에서 바쁘게 일하고 있겠지."

적운이 대수롭지 않은 듯 말했지만 무한은 불길한 예감이 들었다.

"열흘이 넘도록 우설이 우리가 온 걸 모른다?"

무한의 말에 순간적으로 싸한 정적이 흘렀다. 무한이 이곳에 있는 것을 알았다면 아무리 바빠도 진즉 얼굴을 보였을 우설이다.

그때였다.

동창 위사 하나가 가죽신을 신은 채로 영빈관 안으로 성큼 걸어 들어오더니 원적에게 예를 취하는 둥 마는 둥하고는 무한에게 말했다.

"태감께서 북진무사님을 뵙고자 하십니다."

원적이 얼굴을 찌푸렸다.

"태감께서 북진무사를? 지금은 바쁘니 후일 찾아뵙겠다고 전해라."

"오시지 않겠다고 하거든 이것을 전하라하셨습니다."

동창 위사가 품속에서 서찰을 꺼내 무한에게 건넸다.

북진무사를 굉장히 보고 싶어하는 아이가 이곳에 있네.

늦으면 후회할지도 모르겠어.

서찰에 적힌 글은 이게 다였다.

무한은 서찰을 든 손을 부들부들 떨었다. 서찰에 적힌 아이가 누구인지는 말하지 않아도 뻔했다. 모두가 입을 벌린 채 한동안 다물지 못했다.

환관인 우설은 다른 누구도 아닌 태감 본인의 수하다. 한데 정화는 자신의 수하를 가지고 무한을 협박하고 있었다.

"뻔뻔해도 정도가 있지, 이건 너무 심하지 않은가!"

명조후가 주먹을 불끈 쥐며 부르르 떨었다. 당장에라도 태자의 말을 전하러 온 동창 위사를 향해 검을 뿌릴 것만 같았다.

"경거망동하지 마라."

무한이 명조후를 제지하며 일어서자 원적이 놀라서 따라 일어섰다.

"자네, 어쩔 셈인가. 설마 갈 생각은 아니겠지?"

"우설을 저대로 내버려 둘 수는 없습니다."

우설에게까지 무슨 일이 생긴다면 괴로움을 견디기 힘들 것이다. 애초에 한어를 배우는 등 관심을 주지 않았다면 우설에게 이러한 재앙은 닥치지 않았을 것이었다.

"잊지 말게, 그 아이는 태감의 수하라는 걸. 죽이든 살리든 그자의 소관이야. 자네가 신경 쓸 일이 아니란 말일세."

원적의 냉정한 말에 무한이 무심한 음성으로 말했다.

"그렇습니까?"

"지금은 냉정해질 필요가 있네. 이대로라면 앞으로도 정화의 손에 끌려 다닐 수밖에 없어."

무한은 품속에서 금검패를 꺼내 탁자에 올려놓았다.

"하면 이 순간부터 북진무사라는 직위를 반납하겠습니다."

"자네, 그게 무슨……?"

"우설의 목숨이 정화 소관이라 하셨습니까? 하면 대인께 묻겠습니다. 명나라는 누구의 소관입니까? 소인의 소관입니까?"

"……."

"황제와 대인을 비롯한 이 나라 사람의 소관입니다. 그러니 더 이상 이 나라 일에 관여하지 않겠다는 것입니다."

무한의 말에 원적의 얼굴이 하얗게 질렸다. 원적은 무한에게 고작 몇 개 문파의 제반 사항을 전했을 뿐이지만, 무한은 수차례나 목숨을 위협받았다. 게다가 중평은 목숨이 위태로운 지경에 처했다. 그러니 무한이 당장 계약을 없었던 것으로 돌리겠다면 할 말이 없었다.

더군다나 무한이 찾는 전립이 마선의 제자로 밝혀진 마당이라 앞으로는 원적이 마도 문파의 정보를 전해주지 않아도 다른 강호 대파들이 모든 힘을 동원해 나서서 찾고 있으니 조만간 덜미가 잡힐 것이다.

무한이 그런 걸 알면서도 정화와 맞서려는 것은 계약을 초월해 인의(人義) 때문이었다. 한데 원적은 우설에 대한 인의를 버리라 했으니, 무한은 똑같이 원적에 대한 인의조차 지키지 않겠다는 말을 하고 있는 것이다.

무한을 막을 수 없다고 판단한 원적은 근심 가득한 얼굴로 말했다.

"내 자네가 어떤 사람이라는 것을 잠시 잊었군. 하지만 조심해야 할 걸세. 정화가 음흉한 자인 것만은 분명하나 이처럼 어린아이를 가지고 사람을 위협할 정도로 수준이 낮은 자는 아닐세. 그럼에도 이러한 일을 벌였다는 것은 그만큼 절박하다는 뜻일 테니 무슨 짓을 할지 알 수 없네."

무한은 원적의 충고를 뒤로하고 태감 처소로 향했다.

태감 정화는 무한이 내실에 들어서자 만면에 미소를 지으며 나와 맞았다.

이건 협박하여 억지로 끌고 온 것이 아니라 가까운 지인을 맞이하는 모양새다. 무한은 이처럼 겉 다르고 속 다른 정화의 모습에 안면을 철판같이 굳혔다.

"이거 놀랍군. 눈썰미가 있다고 자부했는데 언뜻 알아보지 못할 뻔했군. 이리도 젊은 청년이었을 줄이야."

정화는 무한을 좌석으로 이끈 후 손수 차를 따라 내밀었다.

"우리 말에 다소 서툴다고 들었네. 하여 준비했으니 할 말이 있거든 편히 하시게."

과연 탁자에 지필묵이 준비되어 있었다.

"그 아이는 어디 있습니까?"

"젊어서 그런지 성격이 급하군. 그 이야기는 천천히 하기로 하고……."

느긋하게 차를 한 모금 마신 정화가 은은한 미소를 지으며 말했다.

"솔직히 자네를 이리 다시 보게 되리라고는 생각하지 못했네. 자네에게 멋지게 한 방 먹었음을 인정하지."

"그래서 어린아이를 가지고 장난을 치셨습니까? 소관을 고작 아이 하나로 어쩔 수 있는 호락호락한 사람으로 보셨다니, 실망이군요. 아이는 죽이든 살리든 태감께서 알아서 하십시오. 그 말씀을 드리러 왔습니다. 그럼 이만."

무한은 망설임없이 자리를 털고 일어나 군례를 취하고 돌아섰다.

"잠깐!"

"또 무엇입니까?"

"듣던 대로군. 그 혈기가 마음에 든다. 하지만 객기도 상대를 보아가면서 부리는 게야!"

정화가 막대한 진력을 뿜어냈다. 녹의 장포가 풍선처럼 부풀어 오르고 소매 깃이 강풍에 노출된 것처럼 세차게 펄럭였다.

이런 상황을 예상치 못한 바 아니었다. 무한은 단 일 푼의 공력조차 끌어올리지 못하는 처지였지만 얼굴색 하나 변하지 않고 정화의 기세를 오롯이 감당했다.

그런 무한의 모습에 정화는 기세를 풀며 감탄한 기색을 숨기지 않았다. 정화가 예의 미소를 지으며 말했다.

"마선과는 어떤 사이인가?"

"이미 소관에 대해 조사를 하였을 텐데요?"

무한의 말대로였다. 정화는 무한에 대해 알아보기 위해 조선에도 사람을 보냈고, 강호에서 벌어진 일도 자세히 조사했다. 그리고 내려진 결론은 무한이 마선과 아무런 관계가 없다는 것이었다. 그랬기에 이 자리에 부른 것이기도 했다.

정화는 일순 미소를 걷어내며 말했다.

"좋아, 잡설은 그만두고 단도직입적으로 말하지. 본관을 도와줘야겠네."

"소관이 얻을 수 있는 게 무엇입니까?"

"우설이란 아이의 안전."

"그 아이에게는 별 관심이 없다고 말씀드렸습니다만."

무한은 얼굴색 하나, 눈빛 한 점 흔들림이 없었다. 우설에게 관심이 없다고 믿도록 만들어야 우설이 안전할 터였다.

정화가 의미심장한 미소를 지으며 말했다.

"본관이 실수를 한 것 같군. 자네가 이리 융통성있는 사람인 줄 알았다면 좀 더 좋은 사이로 만날 수 있었을 텐데 말일세. 원하는 것이 무엇인가?"

"소관에게 무엇을 주실 수 있습니까?"

"자네가 원하는 권좌를 주지."

"그 자리가 일인지하 만인지상의 자리라도 말입니까?"

"하하하! 모름지기 그 정도 배짱과 욕심은 가져야 사내라고 할 수 있지. 본관에게도 자네와 같은 인재가 절실하네. 약속하지. 정녕 자네가 본관의 사람이 된다면 항시 자네를 본관의 오른편에 두겠네."

오른팔로 쓰겠다는 말이니 일인지하 만인지상의 자리를 약속한 것이나 다름없었다.

"일구이언할 분이 아니라 믿겠습니다. 소관에게 원하는 것이 무엇인지 말씀해 보십시오."

정화의 요구는 뜻밖이었다.

"물건을 하나 찾아주면 되는 일일세."

고작 물건을 하나 찾으려고 아이까지 인질로 삼고 자신을 불렀다?

"그 물건이란 것이 무엇인지 여쭈어도 되겠습니까?"

"어차피 찾으면 알게 될 물건이니 숨길 필요가 없겠지. 그것은 하나의 심법서일세."

심법이라는 말에 순간 무한의 뇌리에 비인연공비결이 번개처럼 스쳤다.

도선진기와 대치하고 있는 광포한 뇌정진기를 뜻대로 다루고, 속절없이 경맥이 쇠약해지는 것도 막으려면 제대로 된 심법을 얻어야 했다. 언젠가 사 단계에 진입할 중평과 태자를 위해서도 반드시 필요했다.

먼저 정화가 말한 심법이 정말 비인연공비결인지 알아내야 했다.

"태감께서 원하시는 심법이라… 꽤나 대단한 모양이군요."

무한은 어떻게 정화에게서 심법의 이름을 들을 수 있을까 내심 고민하고 있었는데 의외로 정화는 쉽게 입을 열었다.

"천마뇌정공이라는 심법이네."

무한은 정화의 입에서 천마뇌정공이라는 말이 나온 순간 그것이 비인연공비결임을 확신했다. 뇌정이란 두 글자 때문이었다.

"한데 그것을 찾았을 때, 소관이 익힐 거라는 걱정은 하지 않으십니까?"

정화가 웃으며 말했다.

"욕심이 난다면 익혀도 상관하지 않겠네. 자네는 내게 그걸 넘겨주기만 하면 되네."

"굉장한 조건이군요. 익혀도 좋고, 권좌도 주시겠다니 말입니다. 한데 그 물건이 지옥에라도 있는 모양이지요?"

"비슷하네. 그것을 찾으러 간 자 중 누구도 살아 돌아온 사람이 없었지. 왜, 겁나는가?"

무한은 단박에 승낙하면 의심을 살 것 같아 한발 물러섰다.

"솔직히 겁이 나는군요. 어쨌든 살아야 부귀영화도 누릴 수 있는 것 아니겠습니까?"

"그렇지. 어쨌든 살아야 부귀영화도 누릴 수 있는 것이지."

정화의 말이 끝나자마자 두 노인이 정화의 뒤편 병풍 뒤에서 모습을 드러냈다. 적로와 청로의 얼굴이 아닌, 제삼의 면피를 쓴 광명좌사와 우사였다. 둘에 이어 무한의 뒤쪽으로 남진 무사 장윤과 하만이 나타나 기세를 뿜어댔다.

정화가 천천히 일어섰다.

"이제 알았는가, 이 방에 들어선 순간부터 자네에게 결정권이 없었다는 것을?"

"그렇군요."

사방에서 느껴지는 기운은 설령 몸이 정상이라 해도 빠져나갈 수 있을지 의문이었다.

"역시 놀라지 않는군. 멍청한 자가 아니고서야 이런 상황을 예상하지 못했을 리 없겠지. 옥환!"

정화의 부름에 옥환이 우설을 데리고 들어왔다. 옥환에게 뒷덜미를 잡혀 대롱대롱 매달려 있던 우설은 무한을 발견하고 깜짝 놀라 소리쳤다. 아니, 소리치려다가 두 손으로 제 입을 단단히 틀어막았다.

무한은 초췌해진 우설을 본 순간 마음속 깊은 곳에서 격동이 일었다.

정화가 잔인한 미소를 지었다.

"영특한 아이로군. 소리치면 자신은 물론이고, 자네까지 위험해지는 것을 아는 모양이니 말이야. 아직도 자네가 위험을 무릅쓰고 이곳에 온 것이 저 아이 때문이 아니라고 말하겠나? 정말 아니라면 옥환에게 저 아이를 넘겨줘도 상관이 없겠지?"

무한은 우설을 잡고 있는 옥환을 바라보았다. 소름이 돋는다. 우설을 바라보는 옥환의 눈빛은 마치 기생을 바라보는 한량의 그것처럼 끈적끈적했다.

무한은 더 이상 본심을 숨길 수 없었다.

"하겠습니다. 대신……."

"말하지 않아도 알겠네. 약속했던 권좌와 더불어 저 아이의 생사여탈권을 자네에게 주지."

"적운!"

무한의 부름에 처소 밖까지 따라왔던 적운이 안으로 들어왔다.

"부르셨습니까?"

"우설을 데리고 먼저 가라. 이 순간부터 우설은 환관이 아니라 금의위 소속이다."

적운은 이제껏 환관이 죽기 전 환관이라는 굴레를 벗었다는 말을 들어본 적이 없었다. 우설을 구하기 위해 대체 어떤 희생을 치른 것일까.

"진무사님, 어찌 하시기로 한 것입니까?"

"한동안 보지 못할 것 같다. 반드시 돌아올 테니 사질들과 함께 원 대인을 도와라."

옥환이 입맛을 다시며 우설을 적운에게 인도했다. 적운이 무한의 거듭된 명에 우설을 데리고 나간 후, 정화가 콩알만 한 검은 단환을 꺼내 손가락으로 비벼 가루를 만들었다.

"지금부터 먼 길을 떠나야 하네. 불상사를 막기 위해 부득불 자네를 제압할 수밖에 없음을 이해하게."

정화가 손을 털자 부서진 단약 가루가 무한에게로 천천히 날아갔다.

"무엇입니까?"

"일시적으로 공력을 제한하는 독일세. 그 정도 분량이면 본관이라도 보름은 공력을 사용할 수 없지. 약효가 떨어지면 모든 공력이 정상으로 돌아오니 걱정하지 말게. 본관도 자네가 무공을 잃는 것은 원치 않으니 말일세."

어차피 공력을 사용하니 못하니 별 상관이 없었다. 가루가 모조리 무한의 콧속으로 사라짐과 동시에 정화의 어깨가 어느새 무한의 팔을 붙잡고 있었다.

정화는 무한이 내력을 쓰지 못하는 걸 확인하고 말했다.

"자네는 천마지동이라는 동굴 안에 있는 심법서를 가지고 나오기만 하면 되네. 그걸로 자네 임무는 끝이지."

"한 가지만 더 묻지요. 정말 심법서가 필요해서 소관을 끌어들인 것입니까, 아니면 소관을 제거할 목적인 것입니까?"

"자네야 물론 내게 큰 걸림돌이기는 하지. 하지만 내가 원하면 언제든 치울 수 있는 존재이기도 하네. 지금 당장이라도 그리할 수 있지."

"그렇다면 왜 하필 소관을 택하셨습니까?"

"자네의 바둑 때문일세."

바둑 때문에 자신을 선택했다?

"이 일이 바둑과 관련이 있다는 말씀이십니까?"

"천마지동의 미로는 누구도 헤어 나오지 못한 곳일세. 한데 근래 들어 천마지동의 다른 이름이 극기지동이라는 걸 알아냈네. 이제 대답이 되었는가? 하만! 북진무사를 천마지동까지 정중히 안내하라."

"존명!"

무한이 하만을 따라 내실을 나간 후 광명좌사가 말했다.

"총사, 녀석을 믿을 수 있겠소?"

"어찌 머리 검은 짐승을 믿을 수 있겠습니까? 믿을 필요도 없지요. 녀석이 구결을 얻어 동굴 밖으로 나오는 날이 제삿날이 될 것입니다."

정화의 입가에 서늘한 미소가 번졌다.

무한을 태운 마차가 자금성을 쏜살같이 빠져나간 그 시각, 가홍은 궁녀의 도움을 받으며 궁장을 차려입고 내친김에 옅은 화장까지 하고 있었다.

동경에 비친 가홍은 어느 사내라도 한눈에 반하지 않고는 못 배길 정도로 아름다웠다.

뽀얀 피부는 탄력이 넘치고 버들가지처럼 완만하게 휘어진 눈썹은 하늘거리는 듯했다. 까만 눈동자는 움직일 때마다 별처럼 반짝이고 있었고, 크지도 작지도 않은 코는 오뚝한 것이 자존심을 한껏 품었다. 열리면 청아한 음성이 나올 것 같은 촉촉한 연분홍 입술은 매력을 한껏 발산하고 있었다.

뽀얀 귀밑머리를 매만지던 가홍은 입술을 쭉 내밀고 얼굴을 와락 구겼다. 무엇이 마땅치 않은지 궁녀를 타박해 몇 번이나 화장을 고쳤다.

"여기 연지가 짙게 묻었잖아! 그거 하나 똑바로 못해?"

궁녀가 보기에는 더없이 예쁘기만 한데 신경질을 부리며 트집을 잡는다. 궁녀가 참다못해 머리를 조아리며 말했다.

"이 미천한 것이 보기에는 더없이 아름다우시옵니다. 한데 어떤 분을 만나시기에 이토록 신경을 쓰는 것이옵니까?"

궁녀의 주제를 넘어선 말에 분을 내리던 그녀는 문득 입을 다물었다. 그녀는 자신의 행동을 이해할 수가 없었다.

'어째서 내가 조금이라도 더 예뻐 보이려고 이러고 있는 거지? 누구에게 잘 보이려고?'

가홍은 화장을 마치고 만나려고 했던 사람을 떠올리고는 벌떡 일어서며 소리쳤다.

"말도 안 돼!"

그렇다. 말도 안 된다. 그깟 녀석에게 예쁘게 보이자고 이토록 신경을 쓴 것이 아니었다. 오랜만에 궁장을 차려입고 화장을 하니 여자의 본성이 살아나 예뻐지고 싶었던 것뿐이다. 그래야 말이 된다.

애써 완성한 화장을 면포로 닦아내고 처소를 나섰다. 씩씩

대며 영빈관으로 향하던 가홍은 영빈관 앞에 주저앉아 서럽게 울고 있는 어린 환관을 발견하고 걸음을 멈췄다.

애처로운 광경이었지만 정화로 인해 환관에 대해 좋지 않은 감정을 품고 있던 가홍은 눈살을 찌푸리며 말했다.

"무슨 일인데 이곳에서 울고 있는 것이냐!"

얼굴에 눈물, 콧물이 범벅이 되어 고개를 든 아이는 우설이었다. 가홍을 처음 보는 우설이었지만 화려한 옷을 보고 본능적으로 고개를 조아렸다. 그러나 한 번 터진 울음은 쉬이 멈추지 못했다.

"너는 내 말이 들리지 않는 것이냐?"

"엉엉, 저, 저 때문에… 제가 잘못해서… 아저씨가……."

본래 영특한 우설이었지만 정신적 충격으로 횡설수설 말을 조리있게 하지 못했다.

"네 아저씨가 뭘 어쨌다는 거냐?"

"무한… 아저씨가 저를 구하려고… 태감……."

무한이라는 이름을 용케 알아들은 가홍은 얼굴색이 변해서 우설을 다그쳤다.

"네가 말하는 그 무한 아저씨라는 사람이 혹시 금의위 북진무사는 아니겠지?"

가홍은 곧 우설이 말한 무한이라는 사람이 자신이 아는 무한이라는 것과 어찌 된 일인지 어린 환관을 구하려고 정화에게 갔다는 것을 알아냈다. 그리고 그 사실을 뒤늦게 안 무한의 사질들이 원적을 앞세워 정화를 찾아 나섰다는 것 또한 우설을 통해 알아냈다.

가홍은 우설의 말을 듣고 급히 영빈관 안으로 뛰어들어 갔다. 과연 안에는 개미 새끼 한 마리도 보이지 않았다.

"믿을 수 없어……."

가홍이 우설의 말을 쉽게 믿을 수 없는 것은 당연했다. 정화가 어린 환관을 가지고 무한을 협박했다는 것부터가 말이 안 된다. 게다가 무한이 그 협박에 응했다니, 우습지 않은가.

가홍이 영빈관을 나왔을 때, 우설은 어느 정도 안정을 되찾고 있었지만 여전히 울음을 그치지 않고 있었다.

가홍이 빽! 소리쳤다.

"네 말이 사실이라 해도 걱정할 것 없어! 그를 잘 안다니 그자의 무공 또한 잘 알 것이 아니냐?"

우설이 도리질하며 말했다.

"무한 아저씨가 얼마나 센지 저도 알아요."

"하면 무엇을 걱정하느냐? 그는 결코 정화에게 당할 사람이 아니니 그만 울음을 그쳐라."

"하지만 만평 스님들이 하시는 말씀을 들었어요. 아저씨는 태자 전하를 구하시느라 무공을 쓸 수 없게 되셨다고 하셨는 걸요."

가홍의 얼굴이 하얗게 변해가던 그때, 자금성을 빠져나간 마차를 조사하러 떠났던 청운이 사색이 되어 날듯이 달려오고, 맞은편에서도 원적이 급한 걸음으로 다가오고 있었다.

"공주님을 뵈옵니다."

원적이 가흥에게 짧게 인사를 마치고 급히 청운에게 물었다.

"어찌 되었느냐?"

"아무래도 진무사님이 벌써 성을 나가신 것 같습니다. 북진무사님께서 타신 것으로 보이는 마차가 후문을 통해 이미 반 시진 전에 자금성을 벗어났다고 합니다. 추적을 명해놓았지만 아무래도 힘들 것 같습니다."

"무엇을 보고 북진무사가 탔다고 추정한 것이냐?"

"마차를 몬 자가 제일첩형 하만이었다고 합니다."

청운의 말에 잠시 울음을 그쳤던 우설이 목 놓아 울음을 터뜨렸다. 그들 또한 체면만 아니면 우설처럼 울고 싶은 심정이었기에 누구도 우설을 말리거나 나무라지 않았다.

가흥은 원적과 청운의 대화로 무한이 정화의 손에 떨어졌다는 것을 깨달았다. 갑자기 전신에서 힘이 빠져나가고 눈앞에 캄캄했다. 하지만 여전히 이해할 수 없는 부분이 있었다.

"대체 이 아이와 그가 무슨 관계기에 정화의 계략에 넘어갔죠?"

"그 아이는 북진무사의 한어 선생입니다."

가흥은 말이 한어 선생이지, 편하게 곁에 두고 말을 배웠으리라는 걸 짐작할 수 있었다.

"고작 그것 때문에 자신의 목숨을 걸었단 말인가요?"

"공주님, 그는 본래 그런 사람입니다."

원적이 무한이 사라졌을 후문 쪽을 넋 잃은 표정으로 바라보며 중얼거렸다.

2

　전후좌우 모두 굽이굽이 짙은 녹음이 우거진 산뿐이었다.
무한이 서 있는 곳은 모든 산들이 한눈에 내려다보이는 높은
산 정상이었다. 이두 마차를 타고 자금성을 벗어나 서쪽으로,
서쪽으로 밤낮없이 열흘을 넘게 달리고 마차에서 내려 다시
거산 준령을 몇 개나 넘은 끝에 도착한 곳이었다.

　무한은 굳은 얼굴로 전면을 바라보았다. 산을 사람으로 치
면 정수리라고 해야 마땅할 곳에 검은 공동이 뚫려 있고, 주변
으로 쇠사슬이 두텁게 감긴 대형 도르래가 설치되어 있었다.

　보통 동굴이 산 안쪽을 향해 가로로 뚫린 것에 반해 이 동굴
은 산꼭대기에서 바닥을 향해 수직으로 뚫려 있었다. 입구는
직경이 이 장쯤 돼 보였는데, 굵은 검은색 철창으로 단단히 막
혀 있었다. 철창은 중앙에 손잡이가 있고 언뜻 보기에도 수십
근은 나갈 것 같은 커다란 자물통이 채워져 있었다. 자물통만
열면 손잡이 부분에 쇠사슬이 밖으로 연결되어 있어 양쪽에서
당기면 열리도록 설계되어 있었다.

　"문을 열어라!"

　하만의 명령에 한 무인이 철창 위를 걸어 들어가 자물쇠를
열자 도열해 있던 나머지 무인들이 우르르 달려들어 사슬을
양쪽으로 잡아당겨 동굴 입구를 개방했다.

입구가 개방되자 무인 하나가 도르래에 감긴 쇠사슬을 풀어 조심스럽게 동굴로 다가갔다.

철커덕!

뭔가 단단히 채워지는 소리가 들리고 무인이 물러서자 하만이 앞서 걸으며 말했다.

"따라오라."

동굴 입구로 가까이 다가가 살펴보니 무인이 쇠사슬을 연결했던 부분에 장정 네다섯은 충분히 들어가고도 남을 정도의 대형 두레박이 설치되어 있었다.

휘이잉!

지하에서 불어 나오는 바람은 마치 귀신의 곡성처럼 스산했다. 피부로 느껴지는 냉기에 몸이 절로 움츠러들었다.

드르륵!

도르래가 돌아가며 하만과 무한을 실은 두레박이 천천히 하강하기 시작했다.

'하나, 둘, 셋, 넷, 다섯……'

무한은 천천히 일정한 간격으로 숫자를 세 다섯에 두레박이 일 장씩 내려감을 확인하고 어두컴컴한 동굴 속을 내려가며 계속 숫자를 헤아렸다.

덜커덩!

거의 한식경을 내려온 후에야 두레박이 바닥에 닿는 느낌이 전해졌다. 그때 무한은 무려 오백하고도 칠십을 헤아리고 있었다. 무한은 어마어마한 깊이에 놀람을 금치 못했다. 기복없는 속도로 내려왔으니 단순 계산으로 백십 장 이상을 내려온 것이 되는 것이다.

동굴이 상당히 습하다는 생각을 하고 있을 때,

화르르!

순간 주위가 환해졌다. 어느새 하만이 횃불에 불을 붙여 들고 있었다. 무한은 불빛에 의지해 주위를 빠르게 살폈다.

좌측으로 뚫린 동굴은 간신히 한 사람이 통과할 정도로 폭이 좁았다. 반면 우측으로 난 동굴은 그보다 대여섯 배는 넓었다.

무한이 폭이 좁은 좌측 통로에 시선을 주고 있을 때 하만이 경고하듯 말했다.

"그쪽은 신경 쓸 필요없다."

무한의 시선을 돌리게 한 하만은 턱짓으로 따라오라는 신호를 보내고 넓은 우측 동굴로 성큼성큼 걸어나갔다.

다섯 명이 어깨를 나란히 하고 걸어도 넉넉할 정도의 넓은 길을 삼십여 장쯤 걸었을까, 그들 앞에 드넓은 광장이 나타났다. 바닥은 울퉁불퉁하고 축축했고, 천장에는 고드름 모양의 크고 작은 종유석이 빼곡히 매달려 있었다. 인공미라고는 이 장 간격으로 동굴 벽에 박혀 활활 타오르고 있는 횃불이 전부였다.

무한이 난생처음 신비로운 광경에 압도되어 있을 때였다. 하만이 동굴 한쪽에 놓인 상자 속에 있던 자루를 꺼내 건네며 말했다.

"식량이다. 아낀다면 일 년 정도는 버틸 수 있을 것이다. 살려면 그 안에 무슨 수를 써서라도 나와야 할 거다. 입구는 저곳이다."

하만은 그들이 들어온 반대편, 횃불이 걸려 있지 않아 빛이 전혀 닿지 않는 곳을 가리켰다. 무한은 하만이 가리킨 쪽으로 광장을 가로질러 천천히 걸었다. 그러다 벽처럼 가로막은 어둠 앞에 이르러 걸음을 멈췄다.

무한은 발밑을 내려다보았다. 횃불과는 꽤나 거리가 있었지만 옅은 불빛이 미치고 있어 음영 드리운 발과 바닥이 제법 선명하게 보였다. 한데 불과 반보 앞은 칠흑같이 어두웠다. 마치 까만 장막으로 둘러쳐 놓은 것 같았다.

돌아보니 하만은 그 자리에서서 자신을 주시하고 있었다.

무한은 벽에 박힌 횃불을 뽑아 들고 그 자리로 다시 돌아왔다. 예상했던 대로였다. 바로 코앞에서 불을 비추는데도 칠흑같은 어둠은 처음 그 자리에서 한 치도 물러섬이 없었다.

손을 뻗어 횃불을 어둠 속으로 밀어 넣어보았다. 어둠이 불빛을 삼켜 아무것도 보이지 않았다. 다시 횃불을 당겨보니 아직 꺼지지 않고 타오르고 있었다. 일반적인 상식으로는 납득이 안 되는 기괴한 현상이었다.

'절진이구나.'

최후의 도선비기가 잠들어 있던 묘향산에서 이처럼 불가사의한 현상을 경험한 적이 있던 무한이었다. 단번에 절진임을 알아본 무한은 결심을 굳히고 성큼 진 안으로 걸어 들어갔다.

무한이 진 안으로 빨려들 듯 사라진 직후,

휘이잉!

하만의 곁으로 세찬 바람이 훑고 지나갔다. 종종 있는 일이다. 찬공기가 동굴 위쪽에서 아래로 급격히 하강하면서 이 같은 일이 빚어지곤 한다는 걸 잘 아는 하만은 대수롭지 않게 생각해 걸음을 돌렸다.

무한은 어둠의 장막으로 들어간 후 빛도, 소리도 없는 암흑을 헤치고 조심스럽게 걸음을 떼었다. 그렇게 대략 차 한 잔마실 정도를 걸었을 때였다.

손에 들고 있던 횃불이 타오르는 소리와 함께 일순 시야가 환해졌다. 청각과 시각을 모두 차단하던 장막이 거짓말처럼 사라졌다.

무한은 물방울 떨어지는 소리를 들으며 좁은 통로를 따라 들어가자 다시 광장이 나타났다. 이곳도 처음 하만과 도착했던 곳과 마찬가지로 수백수천 개의 종유석이 거꾸로 매달려 장관을 연출하고 있었다. 전과 다른 점은 주위를 밝히는 횃불이 없다는 것과 어둠의 장막이 있던 자리에 두 개의 공동이 있다는 것이었다.

똑, 똑!

종유석 끝에서 떨어지는 물방울 소리를 들으며 동굴 앞에 섰다. 무한은 첫 번째 선택의 갈림길에서 한동안 발을 떼지 못했다. 만약 목표점으로 향하는 길이 하나라면 여기서 어느 길을 택하느냐에 따라 운명이 백팔십도 바뀌게 될 터였다.

먼저 오른쪽 동굴 앞에 서서 예리한 눈으로 주변을 살폈다. 무한은 동굴 위에 흑(黑) 자가 선명하게 음각되어 있음을 발견했다. 이어 왼쪽 동굴을 살펴보자 그쪽에는 백(白) 자가 새겨져 있었다.

문득 이 동굴의 이름이 극기지동이라 했던 정화의 말이 떠올랐다. 만약 그 말이 사실이라면 흑백 두 글자는 흑, 백돌을 의미할 가능성이 컸다.

극기지동이라면 기예의 극이 있다는 얘기가 아닌가. 신선이 남긴 마지막 바둑이야말로 기예의 극의(極意)라 여긴 무한이었다. 그보다 높은 경지의 바둑은 없다고 생각했다.

무한은 이내 망설임을 접고 흑 자가 쓰인 오른쪽 동굴로 들어섰다.

울퉁불퉁한 길을 따라 한참을 가다 보니 이번에는 좌우 앞, 세 방향으로 뚫린 동굴이 나타났다. 그가 들어온 통로까지 합하면 정확히 열십자 형태였다.

무한은 다시 동쪽으로 길을 잡았다. 뚜렷한 대책이 있어서가 아니었다. 일단 부딪쳐 봐야 진의 원리를 알 것 같았다. 이삼십 장쯤 걷자 또다시 세 갈래로 뚫린 동굴이 나타났다. 거의 이삼십 장 간격으로 계속해서 같은 일이 반복되었다.

거의 일정한 간격으로 십자 형태의 미로가 펼쳐져 있다?

"이건 바둑판이구나!"

第十章
교주 한림아

기검신협 棋劍神俠

교주 한림아 1

묘향산에 갇혔을 때처럼 같은 곳을 빙글빙글 돌도록 미혹하는 것일 수도 있었고, 정말 이 동굴이 하나의 거대한 입체 바둑판 형태를 하고 있는 것일 수도 있었다. 둘 중 어느 것이든 이 동굴이 들어온 자를 시험하고 있는 것만은 분명했다.

묘향산에서는 도선비기라는 특수한 내력을 익혔을 때에야 비로소 진실을 볼 수 있었다. 그렇다면 이곳은 어떻게 해야 진실을 볼 수 있을까.

이 동굴의 이름이 극기지동이고, 동굴 자체가 바둑판이라면 시험의 내용은 바둑 말고 다른 것일 리가 없다.

바둑돌은 선과 선이 만나는 지점에 둔다. 그렇다면?

무한은 네 동굴의 정확한 위치를 확인하고 북쪽과 남쪽의 동굴과 서쪽과 동쪽 동굴을 잇는 가상의 선을 그었다. 두 선의 교차점은 광장의 중심부였다. 생각했던 대로 인공의 흔적이 있었다. 지름 반 장쯤 되는 무릎 깊이로 파인 둥근 형태의 홈이 바로 그것이었다.

무한은 찬찬히 주변을 둘러보았다. 이 장 정도 떨어진 곳에 둥글 넙적한 모양의 커다란 바위 두 개가 나란히 놓여 있었다. 높이가 무릎보다 약간 높고 지름이 반 장쯤 되니 언뜻 보기에도 홈에 딱 들어맞는 돌이었다.

다가가 횃불을 비췄다. 각각의 돌에 흑과 백이라는 글자가 새겨져 있었다. 못 되도 족히 사오백 근은 나갈 것 같은 거대한 바둑돌이었다.

무한은 자신이 흑을 선택했던 걸 생각하고 흑돌 앞에 섰다. 홈에 끼워 한 수를 둘 생각이었다. 내력을 사용할 수 있다면 이쯤이야 단숨에 들어 올려 끼우면 그만이지만 지금은 아니었다. 무한은 굴려서 홈까지 가져갈 생각에 횃불을 곁에 내려놓고 돌 귀퉁이를 들어 올렸다.

쿵!

확실히 내력이 없으니 힘에 부쳤다. 온전히 들어 올리는 것도 아니고, 세워서 넘어뜨리는 식인데도 완력만을 사용하려니 여간 힘든 게 아니었다.

한동안 쿵쿵대는 소리가 공동을 울리고 옷이 땀으로 흠뻑 젖은 후에야 돌을 홈에서 석 자 앞까지 가져다 놓을 수 있었다. 이제 한 번만 더 굴리면 홈에 들어간다.

돌을 힘껏 들어 올렸다. 몇 번 하니 금세 요령이 생겼다. 돌을 허리 높이쯤 들어 올린 후 무릎으로 한 번 받치고 재차 힘을 가해 수직으로 세웠다. 반듯이 선 돌은 정확히 어깨 높이와 일치했다.

한 차례 심호흡을 한 후 직각으로 세운 돌을 반대편으로 밀려는 찰나였다.

"이놈! 당장 그만두지 못할까!"

맞은편 동굴에서 터진 벼락같은 호통이 터짐과 동시에 강력한 바람이 불어닥쳤다. 사람이 있으리라고는 생각지도 못했던 무한이다. 하지만 급작스러운 상황에서도 직감적으로 바람의 정체가 장력임을 깨닫고 피하려 했다.

하지만 내력이 전무한 무한의 움직임보다 장력이 몇 배는 빨랐다.

파아앗!

기이한 일이 벌어졌다. 공력이 바둑돌에는 아무런 타격을 주지 않고 솜뭉치에 물이 스미듯 그대로 통과해 무한의 가슴을 직격했다.

무한은 쇠망치로 얻어맞은 둔중한 충격에 신음을 터뜨리며 이 장을 훨훨 날아가 처박혔다.

"쿨럭!"

기침에 피가 섞여 나왔다. 죽지 않은 것이 다행이다 싶을 정도였으니 이 정도 내상이야 당연한 것이었다.

무한은 가까스로 정신을 차리고 방금 전 자신이 서 있던 자

리를 바라보았다. 웬만한 일에는 끄떡도 하지 않을 평정심을
보유한 그였지만 이번만은 놀라고 말았다.

괴인이 바둑돌을 원래 자리로 옮기고 있었는데, 몰골이 기
괴하기 짝이 없었다.

치렁치렁 늘어진 백발은 수세미가 따로 없었다. 구멍이 숭
숭 뚫린 누더기는 때에 절어 나무껍질처럼 빳빳했다. 얼굴에
주렴처럼 드리운 머리카락 사이로 언뜻언뜻 새파란 치아가 보
이고, 안광은 먹이를 노리는 맹수의 그것처럼 살기로 번뜩였
다.

무한은 안광이 오른쪽에서만 비추는 것을 보고 괴인이 외눈
박이임을 알았다.

하지만 정작 무한이 놀란 것은 그 때문이 아니었다. 괴인은
키가 잘해야 석 자밖에 되지 않았다. 왜소하기는 했지만 골격
이 일반 성인과 다를 바가 없었으니 난쟁이는 아니었다. 그럼
에도 괴인의 키가 석 자밖에 안 되는 이유는 하반신이 없기 때
문이었다. 무릎이나 정강이 부근에서 잘려 나간 것이 아니라
아예 엉덩이 아래로 아무것도 없었다.

괴인은 한 팔로 바닥을 디뎌 몸을 지탱하고 나머지 한 팔로
사백 근이 넘는 돌을 번쩍 들어서는 한 팔로 껑충 뛰어 돌을 원
래 자리로 옮겨놓고 있었다. 경이로운 공력이었다.

무한이 근 한 식경 만에 옮긴 돌을 단숨에 원상복귀시킨 괴
인은 밝은 빛이 싫은지 장력을 날려 횃불을 꺼버렸다. 사위가
완전한 암흑으로 뒤덮인 순간,

"컥!"

무한은 괴인의 억센 손아귀에 멱살을 틀어잡혔다. 무한을 제압한 괴인은 쇠를 긁는 듯한 음성으로 말했다.

"이번에는 젊은 놈이로구나. 음성에 공력이 느껴지지가 않는 것을 보니 네놈도 바둑깨나 둔다고 끌려온 놈이렷다?"

무한은 그간 한어가 꽤나 늘었지만 젊은 놈이라는 말과 공력, 바둑 등 단편적인 단어들만 들을 수 있었다. 그 정도 말로도 어느 정도 상대의 말을 유추할 수는 있었지만, 정확한 뜻은 알 수가 없었다.

"저는 한어를 잘 모릅니다."

무한의 어색한 한어에 괴인이 이를 갈며 말했다.

"한족 놈이 아니다?"

"저는 조선인입니다."

"크하하하! 그놈이 애가 탈대로 탄 모양이로구나. 하나 네놈이 벽안의 이방인이든 남만의 미개인이든 상관없다."

무한은 괴인이 그놈이라는 말을 할 때 토해내는 격렬한 증오를 읽었다.

괴인은 이를 부드득 갈며 말하고는 무한을 팽개치듯 멱살을 놓아주고 손바닥으로 바닥을 쓱쓱 쓸어냈다. 마치 대패로 나무를 깎듯 손바닥이 지나자 돌가루가 분분히 날리며 바닥이 매끈해졌다.

경이로운 공력으로 매끈하게 바닥을 고른 괴인은 이번에는 검지를 세워 바닥을 쓱쓱 긋기 시작했다. 마치 진흙 바닥처럼 검지가 지나는 궤적을 따라 가느다란 선이 생겨났다.

금세 가로 열아홉 줄, 세로 열아홉 줄이 그어졌다. 괴인이 바닥에 그린 것은 바둑판이었다.

바둑판을 완성한 괴인이 무한에게 말했다.

"네놈이 살 수 있는 기회를 주겠다."

"무, 무슨……?"

괴인은 두 팔로 펄쩍 뛰어 무한을 끌어와 바닥에 그려진 바둑판을 만지게 했다. 무한은 바닥을 더듬은 연후에야 괴인이 바둑판을 그렸음을 알았다.

"네놈이 사는 길은 하나다. 나를 이겨라."

무한에게는 어떤 선택의 권한도 없었다. 괴인은 이곳에 갇혀서 성격이 변한 건지 원래부터 그런 건지 알 수 없었지만 성격이 무척이나 괴팍했다. 거부했다가는 일장에 때려죽일 것만 같았다.

무한은 괴인이 대국을 제안한 이유를 알 것 같았다. 괴인도 이 동굴이 바둑과 관련된 것임을 아는 것이다. 그러니 자신을 이기지 못하면 아무런 쓸모가 없을 테니 죽이겠다는 것이고, 자신을 이기면 도움이 될 테니 살려주겠다는 것이었다.

무한은 괴인이 대낮처럼 환히 볼 수 있음을 알고 손가락으로 바닥에 글을 쓰며 말했다.

"좋습니다. 하지만 그전에 한 가지 약조를 해주셔야겠습니다."

공력이 전무했기에 글이 바닥에 새겨지지는 않았지만 괴인은 그의 손가락을 주시하고 있었기에 뜻을 전하는 데는 무리가 없었다.

한 획 한 획 돌바닥을 스치는 무한의 손가락을 지켜보던 괴인은 무한이 말을 마치자 으스스한 음성으로 말했다.

"간이 배 밖으로 나온 놈이구나. 노부는 네놈 같은 책상물림을 세상에서 가장 경멸하느니라. 공력 한 푼 없는 주제에 상황 파악도 하지 못하고 감히 입을 놀리다니!"

당장에라도 손을 쓸 것처럼 괴인의 음성에는 살기가 넘실거렸다.

"......?"

괴인은 그제야 무한이 알아듣지 못한다는 것을 깨닫고 인상을 찌푸렸다. 알아듣지 못하는데 어떤 협박이 통하겠는가. 괴인은 검지에 공력을 돋워 바닥을 휘저었다. 돌바닥이 두부처럼 푹푹 파이며 글자가 선명하게 새겨졌다.

손으로 바닥을 더듬어 괴인의 뜻을 읽었음에도 무한은 전혀 위축된 모습이 없었다. 무한은 같은 방식으로 뜻을 전달했다.

"제가 어르신께 약조를 해달라 한 것은 제가 바둑을 이겼을 때에 한해서 한 이야깁니다. 혹시 저를 이길 자신이 없으신 것입니까?"

괴인은 외눈에 형형한 안광을 발하며 말없이 무한을 바라보았다.

지난 수십 년간 수많은 무인이 이곳에서 뼈를 묻었다. 한데 한동안 잠잠하다 싶더니, 한 달여 전부터 들어오는 자가 늘었다. 서너 명씩 무리를 지어 이삼 일 간격으로 수십 명이 들어왔다. 이제까지와는 달리 대부분 무공 대신 바둑을 익힌 자들이었다.

들어온 자들 중 반은 그를 보자마자 심장마비로 죽었고, 제법 간이 크다 싶은 자들은 오줌을 지리며 살라달라고 싹싹 빌었다. 물론 살려달라고 빌던 자들은 강제로 생사를 건 대국을 벌여 예외없이 죽였다.

한데 눈앞에 있는 녀석은 지금까지 봐왔던 자들과 전혀 달랐다. 이건 미친 건지 목숨을 아까워하지 않고 제 할 말을 다 하지 않는가. 분노가 치솟았지만 일면, 호기심도 생겼다.

"오냐, 들어줄 테니 무슨 말인지 지껄여 보아라."

"제가 이긴다면 제게 어떠한 위해도 가하지 마십시오. 심지어 머리털 하나도 손상시켜서도 안 되며 힘으로 억압하서도 안 됩니다."

괴인은 무한의 말에 이를 드러내며 웃었다. 영악한 놈이지 않은가. 자신을 이기면 살려준다고 했지만 설령 그런 일이 벌어진다면 약속대로 살려주기만 하면 그뿐이었다. 사지를 부러뜨리거나 속박하여 노예로 부려도 약속을 어기는 것은 아니었다.

물론 괴인은 자신이 진다는 건 생각하지도 않고 있었다.

"애송아, 네놈은 제법 머리를 썼다만 하나는 알고 둘은 모르는구나. 그건 어디까지나 네놈이 이겼을 때 한하여 가능한 일이 아니냐? 더군다나 약속을 어긴다 해도 누가 노부의 부덕함을 탓하겠느냐?"

괴인의 말이 옳다. 이곳은 세상과 완벽히 고립된 곳이었다. 누가 있으나 없으나 몸가짐이 한결 같은 성인군자가 아닌 바에야 체면이나 염치를 생각할 필요가 없는 것이다.

"그렇군요. 하면 저는 대국을 거절하겠습니다."

"뭐라?"

"하지 않겠다 했습니다."

"당장 죽을 텐데도 말이냐?"

괴인은 당장 실행에 옮기겠다는 듯 한 손을 번쩍 치켜들었다. 무한은 보이지는 않았지만 소리와 바람만으로 괴인이 어떤 자세를 하고 있는지 충분히 짐작할 수 있었다.

"이겨도 어차피 죽는 것과 다를 바 없을 터인데 무엇 때문에 심력을 소모하겠습니까?"

"이놈! 결국 이길 자신이 없으니 잔꾀를 부린 것이었구나!"

무한도 지지 않고 되받아쳤다.

"어르신이야말로 제게 질 것 같으니 그리 말씀하신 것 아닙니까?"

괴인은 몇 번이나 무한의 정수리를 내려치려 움찔움찔하다가 결국 손을 거두었다.

"오냐, 네놈이 이기면 털끝 하나도 건드리지 않을 것을 노부의 명예를 걸고 약속하마. 하나 반대로 패한다면 각오해야 할 것이다. 산 채로 생살을 찢고 사지를 뜯어내는 고통을 맛보게 해주마. 노부에게는 사지를 모조리 떼어낼 동안 네놈을 살려놓을 기술이 있느니라."

무리수를 던졌던 무한은 괴인의 치 떨리는 협박에도 불구하고 내심 안도의 한숨을 내쉬었다. 어쨌든 확답을 받았으니 이제는 이기기만 하면 살길이 열리는 것은 물론, 괴팍한 괴인으로부터 몸을 지킬 수 있는 것이다.

무한은 품속에서 주머니 두 개를 꺼내놓았다. 그리고는 한 주머니에 손을 넣었다 빼더니 손을 넣었던 주머니를 괴인에게 내밀었다.

무한은 조선에서와는 달리 중원에서는 연장자나 고수가 흑을 잡는 것을 잊지 않고 있었다. 괴인은 무한이 건넨 주머니 속에 정말 흑돌이 든 것을 확인했다. 하지만 그는 무한이 돌의 크기나 모양으로 흑돌과 백돌을 구분한 것으로 보고 이상히 여기지 않았다.

한데 무한이 주머니에서 백돌을 꺼내 쥔 것을 보고는 자신의 생각이 틀렸음을 깨달았다. 일반적인 바둑돌처럼 색을 제외한 크기나 모양 등 모든 것이 동일했던 것이다.

"네놈은 어찌 노부에게 준 것이 흑인 줄 알았느냐?"

"보셨다시피 만져 보고 안 것입니다."

괴인은 무한에게서 백돌 하나를 빼앗듯 낚아채, 양손에 흑돌과 백돌을 하나씩 들고 만지작거렸다. 하지만 괴인은 아무런 차이점을 발견하지 못했다. 둘 다 반질반질하게 깎여 전혀 촉감의 차이가 없었다.

"제가 흑백을 구분한 것은 매끈하고 덜 매끈한 것이 아니라,

두 돌의 따뜻한 정도의 차이입니다. 미세하지만 흑돌이 백돌보다 미세하게 더 따뜻한 느낌을 줍니다."

괴인은 색에 따라 온도가 다르다는 해괴한 말을 듣고 손에 닿지 않았던 다른 돌을 꺼내 차이를 비교해 보았다. 하지만 전혀 차이가 있음을 느낄 수 없었다.

자신이 느끼지 못한 차이를 내력도 뭣도 없는 애송이가 감지했다? 괴인은 흑돌과 백돌을 섞어 한 움큼 무한의 손에 쥐어 주며 말했다.

"노부는 네놈의 말을 믿을 수가 없다."

무한은 고개를 절레절레 흔들며 말했다.

"사람을 믿지 못하시는군요."

"흥! 노부는 사람을 믿느니 개나 돼지를 믿는 편이 낫다는 것을 이미 수십 년 전에 깨달았느니라."

무한은 괴인이 의심이 많은 사람임을 감안해 어차피 보이지 않았지만 눈을 감고 잠깐 동안 흑돌과 백돌을 모두 골라냈다. 이쯤 되니 괴인도 믿지 않을 도리가 없었던 모양이다.

"괴이한 녀석이로다. 어찌 그리도 감각이 발달했단 말인가?"

하지만 무한에 대한 괴인의 놀람은 시작에 불과했다.

"시간 끌 것 없이 속히 시작해라. 내 듣기로 동이의 바둑은 순장바둑으로 포석을 미리 두고 시작한다던데, 원한다면 그리하여도 좋다."

무한은 괴인의 넓은 식견에 혀를 내둘렀다. 조선과 가까워

교류가 잦은 산동 지방이면 모르되 이곳은 조선과 수십만 리나 떨어진 곳이었다. 한데 조선의 순장바둑을 알고 있으니 놀라지 않을 수 없었다.

하나를 보면 열을 안다 했다. 무한은 불구의 몸임에도 불구하고 엄청난 무력과 남다른 식견을 가진 괴인에 대해 깊이 생각해 보지 않을 수 없었다.

필시 이곳에 들기 전 대단한 명성을 떨친 인물이리라.

무한이 놀람을 추스르고 말했다.

"조선의 바둑이 그런 방식인 것은 맞으나 굳이 조선식대로 할 필요는 없습니다."

괴인이 끄덕이며 말했다.

"포석 바둑도 자신있다는 뜻이렷다? 하면 속히 두도록 해라. 네놈은 앞이 보이지 않으니 말만 하면 원하는 곳에 노부가 대신 돌을 놓아주마."

"아닙니다. 어찌 그런 것으로 어르신께 번거로움을 끼치겠습니까?"

무한은 그마저도 거절하고 바닥을 더듬어 바둑판의 위치를 확인했다. 실제 바둑판과 크기는 달랐지만 손가락으로 대충 그린 것치고는 선의 깊이가 일정할 뿐만 아니라 행과 열이 굉장히 정교했다.

2

딱!

잠시 바닥을 더듬던 무한은 망설임없이 한 수를 두었다. 무한이 첫 수를 두자마자 머리카락에 가려진 괴인의 얼굴이 휴지 조각처럼 일그러졌다.

"번거롭지 않게 하겠다더니, 고작 이러려고 했던 것이냐?"

"무슨 말씀이신지……."

"네놈은 첫수를 어디에 둔지 알기나 한 것이냐?"

"물론입니다. 천원이 아닙니까?"

그랬다. 무한은 바둑판의 정중앙 천원에 착수했다.

"뭐라! 알고도 그곳에 두었단 말이냐?"

"혹, 상대가 원하는 곳에 첫수를 두어야 한다는 법이라도 있는 것입니까?"

괴인은 무한의 뜻을 읽고 대노했다. 선수를 둔 이점을 취하지 않겠다는 것이 아닌가. 한때 좌조를 넘어 입신의 경지를 넘보던 자신을 상대로 말이다. 주제를 모르는 것인가, 아니면 어차피 죽는 것, 사내다운 모습을 보이고 죽겠다는 것인가.

"정 그렇다면 굳이 말리지는 않으마."

딱!

괴인은 노화와 책망의 기운을 실어 내리꽂 듯이 한 수를 두었다. 돌이 놓인 위치는 좌하귀 화점이었다. 포석을 화점에 두는 것은 상식 중에 상식이요, 정석 중에 정석이었다.

괴인은 녀석이 바닥을 짚어 흑이 어디에 두어졌는지 확인할 거라 생각했다. 한데 그의 짐작은 보기 좋게 빗나갔다.

괴인이 돌을 거두자마자 무한의 손이 바둑판 위로 향했다.

딱!

무한이 착점한 곳은 괴인이 둔 곳과는 대각선에 위치한 우상귀였다.

괴인은 생각이 빗나갔지만 별로 기이히 여기지 않았다. 화점에 포석을 두는 건 기본이다. 그러니 좌하귀에서 돌을 놓는 소리가 나면 좌하귀 화점에 착점한 걸 짐작하는 건 어려운 일이 아니었던 것이다.

다만 무한의 착점 위치가 선과 선이 교차하는 정확한 화점이라는 건 다소 놀라운 일이었다. 천원에 정확히 둔 것이야 더듬어 확인한 후 바로 둔 것이니 그렇다 치지만, 천원에 이어 화점 자리까지 정확하게 기억해 둔다는 건 확실히 쉽지 않은 일이었다.

돌 놓는 소리와 종유석에서 물방울 떨어지는 소리만이 정적을 깨우는 가운데 얼마 안 있어 초반 포석이 거의 완료되었다.

그즈음 괴인의 놀람은 점차 정도를 더해가고 있었다. 바둑판에 올라와 있는 무한의 백돌은 모두 여덟 개였다. 처음 대국을 시작하기 전에 바둑판을 확인한 것 외에는 전혀 더듬어보지 않았음에도 여덟 개의 돌이 놓인 위치는 한 치도 선과 선이 만나는 지점을 벗어나 있지 않았다.

운이라고 할 수도 없는 것이, 처음 천원에 둔 돌을 제외하고 다섯 개의 돌은 지극히 정상적인 위치에 두어져 있었다.

괴인은 녀석의 감각과 기억력이 탁월함을 인정하지 않을 수 없었다. 하지만 한편으로는 몇 수 지나지 않아 한계를 드러낼 거라고 확신했다.

포석은 각자 세력을 형성하기보다 한 수씩 얽혀 있는 형태라 치열한 싸움을 예고하고 있었다.

무한이 첫수를 천원에 두는 바람에 오히려 괴인이 선수를 둔 꼴이라 괴인의 공세가 서서히 펼쳐지기 시작했다.

딱!

괴인은 좌하귀에 둔 포석에서 한 칸 안쪽으로 접었다. 세력을 넓히기보다 일단 좌하귀를 확실하고 안전하게 자신의 세력권으로 넣어 실리를 취하고자 하는 의도가 엿보이는 수였다.

괴인은 이번에야말로 무한이 바닥을 더듬어 흑의 위치를 확인하리라 생각했다. 하지만 이번에도 그의 짐작은 빗나갔다.

괴인이 착점하고 서너 호흡 쯤 지났을 때,

딱!

무한의 수가 거침없이 떨어졌다. 괴인의 좌하귀를 취하고자 하는 의도에 대한 대응수가 아니라, 무한이 착점한 위치는 우상귀에서 중앙을 향해 대각으로 한 칸 뛴 위치였다.

당장 실리를 취하겠다는 괴인의 의도와는 반대로 실리보다는 훗날의 영화를 위해 세력을 넓히겠다는 의도를 드러낸 수였다.

괴인은 호통이 목구멍까지 올라왔지만 꿀꺽 삼켰다. 수 자체에는 문제가 없다. 하지만 놈은 대체 상대가 무슨 수를 둔지도 모른 채 제 바둑만 두겠다는 태도이니 화가 나지 않을 수가 없었다.

더군다나 대각으로 한 칸 뛴 무한의 수는 기력이 동등하거나 자신보다 낮은 상대에게는 효율적인 수였지만, 본인보다 상수를 상대할 때는 무리가 따르는 수라 금기시하는 수였다.

괴인은 마음 같아서는 당장 판을 엎어버리고 싶은 것을 간신히 참으며 좌하귀는 그만두고 일단 우변 백돌의 진로를 가로막았다.

백을 그대로 뒀다가는 중앙까지 세력을 넓혀 소탐대실할 우려가 있었던 것이다. 물론 상대가 자신과 엇비슷한 실력을 보유하고 있다는 가정하에서 얘기였다.

괴인이 상대를 자신과 대등한 자로 보고 둔 그 한 수는 결과적으로 탁월한 수가 아닐 수 없었다. 만약 괴인이 무한을 하수로 보고 중앙으로 진출하는 백을 그대로 둔 채 자신의 실리만 추구했다면, 싱겁게 무한의 승으로 끝날 수도 있던 판이었다.

무한은 응수해 오는 괴인의 모습에 내심 고개를 저었다. 괴인은 옳은 응수를 했지만 아직 상대를 인정하지 않고 있었다. 그것은 괴인에게서 풍겨지는 느낌만으로 충분히 알 수 있는 일이었다.

어쨌든 덕분에 공수가 바뀌어 중앙으로 진출하려는 무한과 그것을 막으려는 괴인의 치열한 대국이 이어졌다. 무한의 한 철보검과 괴인의 묵철 방패가 부딪치길 칠십여 수.

우변에서 시작된 공방은 점차 영역을 넓혀 우하귀로 치달았다가 다시 우상귀로 옮겨간 상태였다.

무한의 예상을 뛰어넘는 실력에 오랜만에 바둑에 몰입했던 괴인은 문득 기이한 느낌에 휩싸였다. 괴인은 지금껏 무한이 단 한 차례도 반석을 더듬지 않았다는 걸 깨닫고, 바닥에 고정했던 시선을 들어 무한을 바라보았다.

무한은 아예 눈을 감고 있었다. 눈을 뜨나 감으나 보이지 않은 것은 마찬가지인데다, 평소 눈을 감고 수를 읽는 습관 때문이었다.

그때 무한의 한 수가 바둑판에 떨어졌다. 여전히 눈을 감은 채였는데 지금껏 그래왔던 것처럼 돌이 놓인 위치는 한 치의 흐트러짐이 없었다.

괴인은 무한을 시험하기 위해 일부러 거의 기척을 내지 않고 돌을 놓았다. 하지만 무한은 괴인이 돌을 놓은 위치를 알아내 알맞은 수로 대응했다.

괴인은 미세한 기척마저 감지한 무한의 능력에 경탄을 거듭하며 이번에는 아예 소리를 죽여 착점한 후에 무한의 행동을 살폈다. 무한은 미간을 찌푸리며 고개를 모로 뉘었다.

상대가 수를 낸 것 같기는 한데, 어디다 뒀는지 도통 모르겠다는 표정이었다.

무한은 결국 조심스럽게 바닥을 더듬어 돌의 위치를 확인한 후에 응수했다. 소리로 상대의 돌의 위치를 알아낸 것이 확실해졌다.

괴인은 보고도 믿을 수가 없었다.

한 번 바둑판을 더듬어보고 그 위치를 외워서 바둑을 두는 것 또한 믿기 힘든 일인데, 소리만으로 상대방의 착점 위치를 알아낸다는 것은 상상할 수도 없는 일이었다.

이미 바둑판에는 흑백 도합 칠십 수가 넘어가고 있었다. 애송이는 감각만 발달한 것이 아니었다. 괴인은 자신이 잠시 집중력이 흐트러진 사이 판도가 백 쪽으로 기울어가는 것을 보고 잡념을 지웠다.

자신이 선을 둔 바둑이나 진배없는 상황에서 자칫 패하기라도 한다면 씻을 수 없는 수치가 될 터였다.

괴인이 바둑에 몰입하자 엎치락뒤치락 한층 혼조 양상을 보이기 시작했다. 여기저기 패가 생기고 수읽기가 복잡해져 갔지만 둘은 누가 빨리 두나 내기라도 하는 듯 행마에 거침이 없었다.

결국 우측에서의 싸움은 괴인의 선방으로 거의 무승부로 종결지어지는 분위기로 굳어졌다. 전체적인 판세는 괴인이 초반 좌하귀를 두텁게 해 약간의 실리를 챙긴 덕에 바둑은 괴인 쪽으로 약간이나마 유리한 양상이었다.

약간이라고는 해도 무공 고수들 간의 겨룸이 단 일 초 차이로 판가름이 나듯, 바둑 또한 한 집으로 승패가 극명하게 엇갈리기에 결코 무시할 수 없는 차이였다.

하지만 무한이 던진 단 한 수로 인해 상황은 급반전되었다.

딱!

경쾌하게 떨어져 내리는 무한의 한 수를 막아가던 괴인은 뻗었던 손을 움츠렸다. 눈앞으로 떨어져 내리는 거도를 막아가는데 그 순간 날선 비수가 배후를 찔러오는 느낌이었다.

수가 높은 괴인은 오래지 않아 비수의 정체를 확인하고 기겁했다.

애송이의 공격을 무난히 막아냈다고 생각했다. 한데 그것이 아니었다. 시야를 멀리해 바둑판을 살펴보니 웬걸, 백이 흑을 교묘하게 압박해 중앙으로 몰아가고 있었다. 돌을 놓은 과정을 생략하고 결과만 놓고 보면 백의 공격을 흑이 막은 것이 아니라, 그 반대로 보였다.

괴인은 흑의 대마가 살길을 모색했다. 길은 단 하나, 중앙을 가로질러 두터운 세력을 구축한 좌하귀와 연계하는 것뿐이었다.

하지만 그마저도 쉽지 않았다. 뿌연 안개에 가려 있던 배후를 노리던 비수의 정체가 서서히 진면목을 드러냈다. 시린 빛을 발하며 흑대마의 생로를 위협하고 있는 비수.

지금껏 무의미하게 여겨왔던 천원에 놓인 무한의 첫수가 실체를 드러낸 순간이었다.

괴인은 장고에 돌입했다. 진다는 것도 충격인데 대마를 잃는다는 건 상상하기도 싫은 끔찍한 일이었다. 하지만 현실은 냉엄했다.

"이건 사기다!"

괴인은 버럭 소리쳤다. 그는 실로 잘 짜인 한 편의 연극에 속은 느낌이었다.

우연인 것 같았지만 결코 저절로 빚어진 결과가 아니었다.

단 한 수라도 부족했다면 있을 수 없는 결과였다. 즉, 처음부터 중앙 천원에 던진 한 수는 이때를 위한 포석이었던 것이다.

만약 처음부터 집중했다면 상황은 달라졌을 것이다. 양광이 내리쬐는 밝은 곳에서 대국을 펼쳤다면 놈의 비상식적으로 발달한 감각에 대해 신경 쓰지 않았을 테고, 당연히 이런 어이없는 패배 또한 없었을 터였다.

세상에, 한두 집 근소한 차이도 아니고 대마를 잡아먹히다니.

"변명이 옹색하시군요."

"뭐라 했더냐!"

"실로 바둑이란 차원이 높은 사기와 같은 것이 아니겠습니까?"

"이놈! 인생의 도가 담긴 바둑을 사기와 같다고 말하다니!"

"바둑은 상대의 강점은 피하고 약점을 공략하며 서로 속이고 때로는 속은 척 연기하여야 합니다. 기예에 도가 있다지만 아무리 현학적인 말을 하여도 결국 바둑의 핵심은 자신의 속셈은 숨기고 상대의 의도를 읽어내는 것이지요. 세상에 속임수와 배신이 난무하는 것처럼 작은 바둑판 안에도 실로 그와 같은 일이 벌어집니다."

"하면 네놈은 노부에게 방심을 유도했단 말이냐!"

"그럴 필요도 없었습니다."

"뭣이! 노부의 바둑이 그토록 하찮았단 말이냐?"

"그런 것이 아닙니다. 어르신께서는 처음부터 저를 적수로 여기지 않으셨잖습니까? 애초에 이 바둑은 시작부터 승부가 났던 것입니다."

"……."

괴인은 할 말을 잃었다. 방심해서 졌다. 그건 명백했다. 하지만 정말 그것뿐일까? 자신이 방심했다고 해서 아무에게나 지는 바둑인가 말이다.

그랬다. 눈앞의 애송이는 상대의 사소한 방심조차 옭아매 승리로 직격시킬 만한 대단한 실력을 가지고 있었다. 심지어 입신의 경지를 바라보는 자신에게조차도 예외는 아니었다.

"흐음, 어쨌든 노부가 졌다."

괴인은 흡사 앓는 소리를 내며 패배를 시인했다. 하지만 역시 최선을 다한 후 진 게 아닌지라 썩 개운한 느낌은 아니었다.

"원하신다면 한 번 더 하시겠습니까?"

괴로워하던 괴인의 얼굴이 무한의 말과 동시에 확 펴졌다.

"그래 주겠느냐?"

무한은 내심 괴인의 들뜬 음성에 미소를 지으며 말했다.

"대신 조건이 있습니다. 이번에도 제가 이기면 어르신께서 제 부탁을 하나만 들어주십시오."

"하면 노부가 이기면 네놈은 노부에게 무엇을 해주겠느냐?"

"원하시면 언제고 어르신의 대국 상대가 되어드리겠습니다."

"어림없는 수작! 노부가 네깟 놈이나 붙잡고 종일 바둑이나 둘 만큼 한가한 줄 아느냐?"

괴인은 말은 그리하면서도 바닥에서 돌을 걷어내 흑과 백을 분리하고 있었다.

주기적으로 물방울 떨어지는 소리와 돌 놓는 소리가 간간히 정적을 깨우는 가운데 시간이 속절없이 흘렀다. 대부분의 시간은 괴인이 쓰고 있었다.

괴인은 무한과 대국함에 있어 일생 대적을 대하듯 모든 심력을 쏟았다. 하지만 결코 바둑은 그에게 유리하게 전개되지 않았다.

괴인은 일평생 이런 바둑을 상대해 본 경험이 없었다. 방어는 금성철벽 같고 공격은 모든 것을 쓸어버리는 해일과도 같다. 수읽기가 전광석화와 같은데 한 치의 실수도 없었다.

더군다나 속사포처럼 토해놓는 일반 기리를 벗어난 무한의 강수들은 괴인의 평정심을 흔들어놓기에 충분했다.

괴로운 탄식을 토했다.

"허! 이게 이렇게 되다니!"

무한과 괴인 사이에 놓인 바둑판은 거의 빼곡하게 바둑돌로 채워져 있었다. 공배까지 모두 채워 바둑이 완료된 상태였다. 치열한 바둑이었음을 대변하듯 양쪽을 모두 합쳐도 채 백 집이 되지 않는 가운데 무한의 백이 한 집 더 많았다.

이번에도 간발의 차이로 무한의 승리였다.

탄식 후 한동안 패배의 원인을 곱씹던 괴인이 무한을 직시하며 말했다.

"그놈이 이번에야말로 제대로 된 놈을 들여보냈구나."

"그놈이라면… 혹시 정화를 말씀하시는 것입니까?"

"그 씹어 먹어도 분이 풀리지 않을 놈을 이르는 것이 아니면 누구이겠느냐!"

무한은 괴인에게서 풍기는 정화에 대한 극렬한 증오심에 흠칫 놀라 물었다.

"어르신께서 그를 어찌 아시는 것입니까? 대체 어르신은 누구십니까?"

"노부는 일월신교의 교주다. 또한 놈은 노부의 제자였느니라."

무한의 입이 딱 벌어졌다.

괴인의 증오에 찬 음성이 이어졌다.

"주원장, 그 간적의 대대적인 토벌 작전에서 살아남은 사람은 극소수에 불과했다. 크흐흐, 그나마 살아남은 사람도 산송장이나 진배없었지."

한 다리를 잃고 전신 근맥이 뒤틀리는 부상을 당한 교주는 교를 다시 일으켜 복수를 하겠다는 일념으로 몸을 치유해 나가는 한편, 잃었던 공력을 되찾으려 갖은 노력을 기울였다. 천마뇌정공이라는 불세출의 공력이 그것을 가능케 했다.

부상이 미약했던 광명좌사와 우사가 세상으로 나가 기재들을 납치해 공급했고, 교주와는 달리 공력을 회복할 수 없었던 장로들은 그 기재들을 제자로 맞았다. 그들은 신교사대신병 중 마교 정벌 때 유실된 천마쌍룡편을 제외한 구유혈린창 등

삼대신병과 신병에 수록된 무공을 기재들에게 아낌없이 전수했다.

"전성기 공력의 이 할을 회복했을 즈음, 노부도 제자를 얻었다. 노예 상인에게 팔려가는 것을 구하고 보니 기재가 남달라 데려다 이름을 주고 제자로 들였지."

"한데 어르신께서는 어째서 제자인 정화와 원수지간이 되신 것입니까?"

"놈은 애초에 중원으로 팔려가는 노예 따위가 아니었다. 놈은 본 교의 신공을 노리고 잠입한 자였느니라."

교주에게서 활화산처럼 들끓는 분노가 느껴졌다. 정화가 전립과 마찬가지로 첩자였다니, 이 또한 놀라운 일이었다.

"첩자라면 그를 어떤 문파에서 보냈단 말씀이십니까?"

"일월신교의 유래를 아느냐?"

무한은 교주의 뜬금없는 물음에 고개를 가로저었다.

"일월신교의 출발은 천마 조사이니라. 소림의 달마 대사가 서역에서 온 것처럼, 명교를 창시한 천마는 색목인이셨다. 정확히 말하자면 그분은 파사국(波斯國:페르시아)에서 오신 분이다. 일월신교의 뿌리라 할 수 있는 마니교의 호교사자(護敎使者)이셨던 그분께서는 동방의 현인을 만나 깨달음을 얻고 이곳에 터를 잡아 일월신교라는 새로운 종파를 여신 것이다."

"그렇다면 정화가 마니교라는 곳에서 파견한 첩자였다는 말씀이십니까?"

"그렇다. 놈뿐만이 아니었다. 노부와 비슷한 시기에 입교하여 교에 충성을 다했던 광명좌사와 우사마저도 모두 놈들이 보낸 자들이었다. 그 간악한 놈들은 본 교가 성할 때는 웅크리고 있다가 위기에 처하자 그것을 기회로 기재를 데려와 신교 사대신병에 수록된 무공을 잇게 하여 무공과 신병기를 빼돌렸다. 또한 당시 마니교의 최고 기재였던 정화를 노예 상인에게 팔려가는 색목인 노예로 위장시켜 노부의 눈에 들게 한 후, 교주 비전까지 전수받기에 이르렀던 것이다."

광명좌사 등은 마교가 정상이 아니라 그들이 데려온 기재들에 대해 철저히 조사할 수 없는 점을 이용한 것이다. 교주는 정화를 제자로 들인 지 십오 년 만에야 우연찮게 그 사실을 알게 되었다. 그때는 이미 정화에게 천마뇌정신공 칠 단계 중 육 단계까지 전수한 때였다.

무한은 교주가 받았을 배신감과 충격을 짐작하며 마른침을 삼켰다.

"그래서 어찌하셨습니까?"

"노부가 할 수 있는 일은 없었다. 이미 본 교는 놈들에 의해 장악된 뒤였다. 게다가 그 약삭빠른 놈들은 노부가 눈치챈 것을 알고 한발 먼저 노부를 급습해 제압했다."

실상 급습이 아니라도 당시 교주는 정화를 당해낼 수 없었다. 불구의 몸인데다 고작 전성기 공력의 칠 할 정도를 회복한 수준이었기 때문이다.

"노부는 남은 한 다리를 생으로 뜯기고, 눈알이 파내는 고문을 당했다. 그 와중에 애써 모았던 공력마저 대부분 날아갔다.

그러나 노부는 결코 놈들이 원하는 칠 단계 구결을 내어주지 않았느니라. 하하하!"

교주의 웃음은 처절하기까지 했다.

무한은 정화의 처소에서 보았던 자들을 떠올렸다. 하만과 남진무사 장윤, 옥환, 그리고 두 노인. 그들이 교주가 말하는 자들일까?

이야기를 마친 교주가 무한에게 물었다.

"이제 네놈 차례다. 너는 조선인의 몸으로 어쩌다 이곳까지 오게 된 것이냐?"

무한은 조선에서 이곳에 이르게 된 사연과 정화와의 만남, 비인연공비결을 익힌 태자에게서 뇌정을 얻어 내력을 쓰지 못하게 된 것 등을 간략히 이야기했다.

명 태조의 핏줄은 교주의 원수다. 태자를 구한 것을 알면 역정을 낼 것이 뻔했기에 뇌정을 전해 받는 과정에서 태자가 죽었다는 식으로 말했다.

무한의 이야기를 듣고 난 교주는 하늘이 무심치 않다며 대소를 터뜨렸다. 한데 갑자기 웃음을 그친 교주가 대뜸 무한의 맥을 틀어쥐고 한가닥 진기를 흘려 넣었다.

교주는 무한의 경맥이 시든 화초처럼 기력이 없음을 확인했다. 또한 단전마저 완전히 틀어 막혀 단단한 돌처럼 굳어져 있는 것을 확인했다. 과연 무한이 했던 말 그대로였다.

무한은 교주의 진기가 뇌정 진기와 매우 흡사함을 깨달았다. 다만 교주가 흘려 넣은 진기는 그가 품은 뇌정진기보다 훨씬 정제되고 길들여진 느낌이었다.

'이것이 진짜 천마뇌정공이로구나.'

그때 괴인이 손목을 쥔 채로 말했다.

"비인연공비결이라는 우습지도 않은 이름의 심법이 이곳에 묻힌 심법일 것이라 생각하고 들어왔다 했느냐?"

"그렇습니다."

"어떤 구결인지 읊어보아라."

무한은 교주가 시키는 대로 구결을 적어 내려갔다. 삼 단계를 마치고 사 단계에 이르기까지 묵묵히 보고 있던 교주가 무한을 제지했다.

"그것뿐이냐? 토납법은 없더냐?"

"있었습니다."

"어떤 것이었느냐?"

무한은 교주가 토납법을 궁금해하자 불길한 생각을 하며 책에 있던 토납법을 이야기했다.

교주가 말했다.

"네놈 말대로 그것은 천마뇌정공이 맞다."

"그 말씀이 사실입니까?"

무한의 환한 음성에 교주가 찬물을 끼얹었다.

"흥, 기뻐할 것 없다. 천마뇌정공은 맞으나 완전히 엉터리다. 사 단계부터가 아니라 처음부터 잘못되었단 말이다."

"예? 일 단계 구결부터 문제가 있다는 말씀이십니까?"

"일 단계는 고사하고 토납법부터 틀렸다."

"그, 그럴 리가……."

"천마뇌정공은 건물로 치면 수십 층 누각과도 같다. 어찌 평범한 터에 그만한 누각을 세울 수 있으리오. 뇌정의 기운은 그야말로 자연의 광대한 힘, 감히 인간 따위가 감당할 기운이 아니다. 경맥이 쇠하는 것은 구결이 잘못된 원인도 있겠으나 감당 못할 진기를 품은 후유증이라고 봐야 할 것이다."

무한은 그제야 정화가 심법을 찾는다면 익혀도 상관없다고 했던 이유를 깨달았다. 천마뇌정공만의 토납법이 따로 있으니 자신있게 그런 말을 했던 것이다.

"하면 어찌해야 합니까? 지금이라도 제대로 된 토납법을 익힌다면 바로 돌릴 수 있지 않습니까?"

"어리석은 놈이로다. 이미 건물을 쌓아올리고서 이제야 반석을 다지겠다는 것이냐?"

암담했다. 제대로 된 심법을 찾으면 모든 것이 해결되리라 여겼던 자신이 한심스러웠다. 교주의 말대로 누각을 쌓고 기초를 다진다는 건 있을 수 없는 일이었다.

모든 일에는 순서가 있다. 그게 바로 순리인 것이다.

교주가 놀리듯 말했다.

"무척이나 상심한 얼굴이구나. 하지만 전혀 방법이 없지는 않다."

무한은 교주의 말에 귀가 솔깃했다.

"길이 있다면 방법을 일러주십시오."

"생각해 보아라. 누각을 쌓았는데 기초가 부실하다면 어찌

해야겠는지."

"버팀목을 세우면……."

"그건 근본적인 해결책이 아니다."

"그렇다면 다른 방법이 없지 않습니까?"

"건물을 통째로 드러낸 후 바닥을 완벽히 다진 다음 건물을 다시 제자리로 옮기면 된다. 즉, 네놈이 했던 것처럼 네놈 몸속에 있는 공력을 다른 자에게 넘겨라. 그런 후에 천마신체술(天魔身體術)을 익힌 후 넘겼던 공력을 받아오면 되는 것이다."

천마신체술이라는 것이 문제의 토납술인 모양이었다.

"실현 불가능한 말씀을 하시는군요."

"네놈이 했는데 다른 사람이라고 못하리라는 법이 없지 않느냐? 다만 다시 돌려줄 것을 위험을 무릅써 가며 받아갈 자가 있을지 의문이지만 말이다."

무한은 고개를 저었다.

"만약 누군가 그런 사람이 있어 제 몸속에 있는 뇌정을 가져가기만 한다면 다시 뇌정을 받아오지 않아도 상관없습니다."

무한은 뇌정이 필요없었다. 막강한 힘이야 물론 탐이 났지만 과유불급이었다. 도선진기와 뇌정진기가 융합하지 못하는 이상 두 진기를 가지고 있어봐야 쓸모가 없었다.

무한은 단지 중평과 태자를 위해 천마신체술이라는 토납법 구결이 필요할 뿐이었다.

"뭐라?"

무한의 말을 들은 교주가 손바닥으로 세차게 바닥을 내려치며 소리쳤다. 그 바람에 바닥에 놓여 있던 바둑알이 형체도 없이 바스러졌다. 무한은 교주가 무엇 때문에 화를 내는지 알 수 없었다.

"뭐라 했느냐고 묻질 않느냐!"

"뇌정이 필요없다고 말씀드렸습니다."

"건방진 놈! 감히 본 교의 무공을 무시하는 것이냐!"

"그런 것이 아닙니다. 뇌정이 아니더라도 제게는 본 문의 심법이 있기에……."

"이놈이 그래도!"

교주의 호통에 동굴 천장에 매달려 있던 몇몇 종유석이 견디지 못하고 부러져 바닥으로 떨어졌다. 음공이나 진배없는 노인의 호통에 무한의 입가에 피가 흘렀다.

"천마뇌정공이 대단한 것은 사실입니다. 하지만 본 문의 무공이 있기에……."

"가당찮은 소리!"

교주는 모욕감에 부들부들 떨었다. 눈알이 뽑히고 다리가 생으로 뜯겨 나가면서까지 지켰던 무공이다. 한데 그것을 필요가 없다고 하는 놈이 있다니.

무한은 숨쉬기도 버거울 정도로 밀려드는 살기에 생명의 위협을 느끼고 얼른 소리쳤다.

"명예를 걸고 하신 약조를 잊으셨습니까?!"

무한의 말에 괴인이 점차 살기를 가라앉혔다.

"놈! 이번만은 살려준다만 앞으로 건방지게 주둥이를 놀렸다가는 약속이고 뭐고, 일장에 짓이겨 버릴 테니 그리 알거라."

"휴, 한데 방금 전 뇌정을 받을 사람이 있다는 것이 어르신을 두고 하신 말씀이십니까?"

"그렇다면 어쩌겠느냐?"

"만약 그렇다면 가져가시고, 대신 천마신체술의 구결을 주십시오."

교주가 파안대소를 터뜨렸다.

"크하하! 그러면 그렇지. 네놈 또한 본 교의 신공이 탐이 나지 않을 리 있겠느냐. 하지만 어림없는 수작! 천마뇌정공은 본 교의 교주 비전이다. 어찌 네깟 녀석에게 전수하랴!"

"그런 것이 아닙니다. 저는 시질을 구하기 위해 천마신체술이 필요한 것입니다."

"정녕 네놈은 천마뇌정공을 익히고픈 마음이 없다, 그 말이냐?"

"그렇습니다. 제 본래의 진기와 융합이 되지 않으니 익혀봐야 독이 될 뿐입니다."

"건방진 놈! 두 진기를 품을 수 없다면 뇌정을 받고 네놈이 전에 익혔던 진기를 버리면 되지 않느냐?"

"그럴 수는 없습니다."

"네놈이 어떤 심공을 익혔기에 감히 본 교의 천마뇌정공을 업신여기는지 한번 봐야겠다."

교주는 무한의 단전에 장심을 붙였다. 무한은 교주가 뇌정을 가져가려는 것임을 깨닫고 말했다.

"감당키 버거울지도 모르니 일단 반을 드리겠습니다."

"네놈의 본원진기까지 몽땅 토해도 충분히 흡수할 수 있으니 모두 토해도 상관없다."

무한은 고개를 끄덕이며 즉시 단전을 개방했다.

우우웅!

도선비기라는 철창에 갇혀 있던 예의 어마어마한 뇌정이 답답한 무한의 단전을 벗어나 교주에게 폭포수처럼 쏟아져 들어갔다.

교주는 천마지동에 들어와 상실한 본원진기 중 오 할을 회복했다. 그의 단전은 전성기 때에 비해 반밖에 차 있지 않아 아직 공간이 넉넉한 상태였다. 때문에 무한의 뇌정진기를 충분히 받아들일 수 있다고 생각했다.

교주는 진기를 받아들이는 동시에 제대로 된 천마뇌정공으로 불순물과 탁한 기운을 걸러냈다. 뇌정진기는 가일층 정순한 기운으로 탈바꿈되어 단전에 차곡차곡 축적되었다. 한식경만에 뇌정의 크기가 두 배가 되어 단전이 가득 찼다.

사십 년 만에 전성기 적의 공력을 회복한 교주는 가슴이 뜨겁게 벅차올랐다. 하지만 기쁨도 잠시뿐이었다.

단전은 충만해졌건만 어찌 된 일인지 뇌정진기는 장대한 장강의 물줄기처럼 끝없이 흘러들어왔다. 적잖이 당황스러웠다.

그러나 그때까지만 해도 교주는 의사표시를 할 수 있는 상태였다. 하지만 자존심이 허락지 않아 그대로 버텼다. 무한의 본원진기까지 감당할 수 있노라 호언장담하지 않았던가.

이를 악물며 진기를 받아들이기를 다시 일다경. 단전이 팽창되다 못해 폭발 직전에 이르렀으나 흘러드는 진기는 멈출 기미가 없었다. 이제는 무한에게 진기 공급을 중단하라는 신호를 보내려 해도 이미 때는 늦어 손가락 하나 까딱할 수 없는 처지가 되어버렸다.

천마뇌정공의 마지막 구결을 찾아서 복수하겠다는 일념으로 빛 한 점 들지 않은 동굴에서 이십 년을 버텼다. 한데 이토록 허무한 죽음을 맞게 될 줄이야.

정신이 혼미해지고 숨조차 쉴 수가 없었다. 죽음이 바로 코앞에 이른 그때, 거짓말처럼 뇌정진기의 공급이 끊겼다.

무한은 모든 뇌정을 교주에게 전한 후 도선진기를 끌어올렸다. 비로소 단전을 온전히 차지한 도선진기는 즉시 무한의 의지에 반응했다.

도선진기를 돌리자 대번에 어둠이 옅어지면서 시야가 밝아졌다. 교주는 가부좌를 튼 채 외눈을 감고 있었는데, 언뜻 보기에도 안색이 정상이 아니었다. 주렴처럼 드리운 머리카락 사이로 안색이 붉게 달아올랐다가 순간 하얗게 변하기를 반복했다.

무한은 교주가 뇌정진기를 과도하게 흡수하여 제어하지 못함을 깨달았다. 아니, 그 정도가 아니었다. 교주는 생명까지 위협받고 있었다.

무한은 즉시 교주의 단전에 장심을 가져갔다. 뇌정진기가 다시 장심으로부터 쏟아져 들어왔다. 과도하게 흡수했던 뇌정진기가 무한에게 되돌아갔다.

무한이 교주로부터 되돌려받은 뇌정진기는 본래 크기에 비해 이 할에 불과했다. 더군다나 교주를 거쳐 돌아온 뇌정진기는 한결 정순해지고 포악성이 줄어 이 할 정도의 도선진기만으로도 충분히 제압이 가능했다.

무한이 도선진기로 뇌정진기를 단전 깊은 곳에 몰아넣고 눈을 떴다. 마침 죽음의 문턱에서 벗어난 교주도 눈을 뜨고 있었다.

뇌정진기로 단전이 충만해진 교주는 맹수의 그것을 방불케할 정도로 새파랗게 빛나던 안광이 오히려 안으로 깊게 갈무리되었다.

비범함을 넘어 오히려 평범해진 교주의 눈과 도선비기를 끌어올려 더없이 정명해진 무한의 시선이 허공에서 얽혀들었다.

교주는 무한이 익힌 심공의 우수함을 인정할 수밖에 없었다. 눈빛을 보아도 그렇거니와, 그 엄청난 뇌정진기와 대등하게 대치하던 내력이라면 달리 시험을 할 필요도 없었다.

"칠 단계 대성을 경하드립니다."

무한의 말에 교주가 심드렁한 음성으로 말했다.

"어째서 노부를 살렸느냐?"

"말씀드렸다시피 전 천마신체술이 필요합니다. 또한 혼자보다 교주님의 도움이 있어야 이곳을 빠져나가는 시간이 단축될 것이 아닙니까?"

무한은 교주의 자존심이 남다름을 경험했다. 눈앞에서 사람이 죽어나가는 걸 볼 수가 없었다고 사실대로 말했다가는 장력을 뿌릴 것 같아, 자신의 이득을 위해 살렸다고 말했다.

"흥, 그런다고 네놈에게 본 교의 비전을 넘겨줄 것 같으냐?"

과연 비록 말투는 퉁명스럽기 그지없었으나 교주의 얼굴은 다소 풀어져 있었다.

"그것에 대해서는 천천히 생각하셔도 늦지 않을 것 같습니다. 당장 급한 건 이곳을 빠져나가는 것이 아니겠습니까?"

"네놈 말이 옳다. 그래, 네놈은 무슨 수로 이곳을 빠져나가겠느냐?"

"바둑을 두기 전에 했던 약조를 기억하시겠지요. 제가 이기면 부탁을 들어주시기로 한 것 말입니다."

"천마신체술의 구결을 달라고 말하는 것이라면……."

"아닙니다. 제가 원하는 건 이 절진의 지도입니다. 지금 이곳은 바둑판의 어디에 해당합니까?"

교주는 어쩌면 정말 이곳을 빠져나갈 수 있을지도 모른다는 생각을 했다. 이제 막 안으로 들어온 녀석이 동굴이 하나의 거대한 반상 모양이라는 걸 단번에 알아차리다니.

교주의 깊게 가라앉았던 눈이 시린 빛을 뿜어냈다.

『기검신협』 8권에 계속…

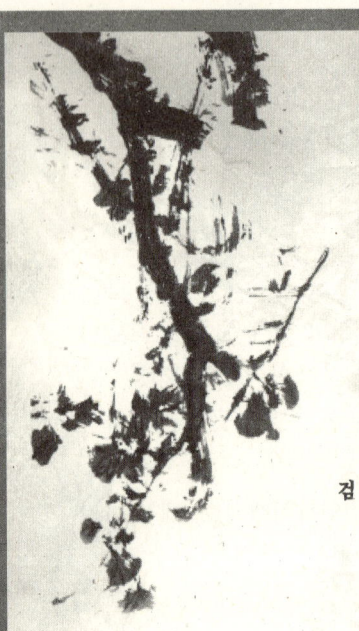

共同傳人

공동전인

설경구 新무협 판타지 소설

마교를 재건하라.

혈마옥에 갇히며 마교 장로들의 공동전인이 된 사무진에게 주어진 과제.
역사상 가장 착한 마교의 교주.
하지만 역사상 가장 강한 마교의 교주가 되고 싶다.

고정관념을 버려요.

마교도라고 해서 꼭 나쁜 놈일 필요는 없잖아요.

지금까지와는 다른 마교.

이제 사무진이 만들어가는 새로운 마교가 모습을 드러낸다.

 유행이 아닌 자유추구 -
WWW.chungeoram.com

Book Publishing CHUNGEORAM

설봉 新무협 판타지 소설

歡喜 환희밀공 密功

무유칠덕(武有七德), 금폭(禁暴), 집병(戢兵), 보대(保大),
정공(定功), 안민(安民), 화중(和衆), 풍재(豊財), 자야(者也).
〈좌전(左傳), 선공 십이년(宣公 十二年)〉

무에는 일곱 가지 덕이 있다.
첫째, 난폭을 금지한다. 둘째, 무기를 거두어들인다. 셋째, 큰 나라를 보전한다.
넷째, 공적을 정한다. 다섯째, 백성을 편안하게 한다. 여섯째, 대중을 화합하게 한다.
일곱째, 물자를 풍부하게 한다.

섭서성(陝西省) 육반산(六盤山)에 신력(神力)을 바탕으로
패공(覇功)을 구사하는 가문(家門), 육반루가(六盤婁家).
세상에게 외면받고 멸시당하는 환희교(歡喜敎).
육반루가의 후손과 환희교 교주의 운명적인 만남.

"넌 환희교를 지키는 수문장(守門將)이 될 거야.
강하게, 아주 강하게 키워주마."
'아버지처럼 죽지 않을 거야. 아무도 날 죽일 수 없어.
세상에서 최고로 강한 사람이 될 거야.'

유행이 아닌 자유추구 -
WWW.chungeoram.com

Book Publishing CHUNGEORAM